**filmes
proibidos**

filmes proibidos
bruna lombardi

1ª edição

EDITORA RECORD
RIO DE JANEIRO • SÃO PAULO
2025

CIP-BRASIL. CATALOGAÇÃO NA PUBLICAÇÃO
SINDICATO NACIONAL DOS EDITORES DE LIVROS, RJ

L833f   Lombardi, Bruna
        Filmes proibidos / Bruna Lombardi. - 1. ed. - Rio de Janeiro
        Record, 2025.

        ISBN 978-85-01-92309-7

        1. Romance brasileiro. I. Título.

24-94765   CDD: 869.3
                              CDU: 82-93(81)

Gabriela Faray Ferreira Lopes - Bibliotecária - CRB-7/6643

Copyright © Bruna Lombardi, 1990, 2025

Texto revisado segundo o Acordo Ortográfico da Língua Portuguesa de 1990.

Todos os direitos reservados. Proibida a reprodução, armazenamento ou transmissão de partes deste livro, através de quaisquer meios, sem prévia autorização por escrito.

Direitos exclusivos desta edição reservados pela
EDITORA RECORD LTDA.
Rua Argentina, 171 – Rio de Janeiro, RJ – 20921-380 – Tel.: (21) 2585-2000.

Impresso no Brasil

ISBN 978-85-01-92309-7

Seja um leitor preferencial Record.
Cadastre-se no site www.record.com.br
e receba informações sobre nossos
lançamentos e nossas promoções.

Atendimento e venda direta ao leitor:
sac@record.com.br

Para Rubem Fonseca

Quando as coisas ainda não tinham nome

Essa aventura passional acontece na virada da década de 80 pra 90, à beira de um novo século e da chegada de um novo milênio. A geração que protagoniza essa história tem por volta de trinta anos e ainda não sabe o que a aguarda. Urbana, pós-moderna, fascinada pela explosão techno e pelos computadores pessoais, ela ainda não tem internet, redes sociais, Google, celulares, selfies, WhatsApp, streamings, algoritmos, aplicativos e muito menos IA.

As ligações são feitas de telefones fixos, com secretárias eletrônicas e mensagens de voz. Nas ruas, orelhões são telefones públicos com fichas, e quando a última cai é o fim da conversa. Os interurbanos custam caríssimo e muitas vezes uma telefonista completa a ligação. Não é fácil o contato com quem viaja, a comunicação é complicada, feita de cartas, telegramas e cartões-postais que demoram e às vezes se perdem.

Os aeroportos ainda não têm uma segurança tão rigorosa e não vivem abarrotados. É possível deixar sua mala ou um pacote no depósito do aeroporto ou da estação e pedir para alguém buscar depois. Chaves ainda existem.

Há encontros em cinemas de bairro, cinematecas e videolocadoras. Nos bares, se discutem filmes de arte. A inteligência está na moda, não a riqueza. Valoriza-se a cultura, não o sucesso. Ouvimos LPs de vinil no toca-discos e CDs no discman. Fotos em negativos precisam ser reveladas e slides projetados. Instantâneas, só as polaroids. Lemos jornais físicos, cadernos culturais e anúncios classificados.

A efervescência cultural mistura livros, música, artes plásticas, moda e baladas. A noite ferve com seus personagens. As tribos são identificáveis. No agito das madrugadas, a exaltação do sexo e o aumento do consumo de drogas. É o surgimento do ecstasy e a chegada terrível da aids.

No Brasil e em muitos países, caem os regimes totalitários e voltam as eleições. É o fim da Guerra Fria. A celebração da queda do Muro de Berlim. Termina o apartheid na África do Sul e Nelson Mandela é o primeiro presidente negro. Benazir Bhutto, a primeira mulher chefe de Estado num país muçulmano.

Em muitos lugares, se inicia um período de aparente prosperidade, que será conhecido como "Tempos prósperos".

Para nós, jovens, o sonho é o destino.

Tudo isso mudou.

Este romance fala de um caso de amor anônimo, escondido numa grande cidade, num mundo em transformação. Um tempo em que várias situações não tinham sido identificadas e rotuladas e muitas coisas ainda não tinham nome.

Mudou o mundo, mudamos nós. Mas ainda somos vulneráveis aos acasos que determinam nossos encontros. Aos caprichos dos deuses que assistem a nossas histórias de amor e se divertem.

Bruna Lombardi
janeiro de 2025

*NÃO
ULTRAPASSAR*

Você percebe um ponto interno de corrupção. Um sinal vermelho. Não avançar, diz o aviso. É melhor cair fora e você sabe disso. É o momento certo de dizer não. Virar as costas e dizer não.

Você detecta sua forte atração pelo proibido. E vai, está indo, está desobedecendo seu bom senso e se deixando levar. Maldita curiosidade.

"E por que não fazer a escolha errada?", perguntei a mim mesma.

"Você é uma idiota. Completamente louca e idiota", me respondi.

Certas pessoas preferem o inferno. Um lugar particular onde deixam na porta todas as culpas acumuladas.

Deveria constar da sua ficha técnica: pessoa obsessiva.

Você não se importa. A lâmpada acende, pisca. Soa o alarme. Você ouve a sirene, sabe que ultrapassar significa perigo, que é território minado. Mas você deixa detonar.

O cinema estava às moscas. Reparei no cara do outro lado da rua, assim que desci do táxi. Na porta de um edifício, junto à banca de jornais. Ele olhou várias vezes na minha direção. Bobagem ficar apreensiva por isso, mas fiquei. Apesar de a chuva ter parado, a umidade continuava desagradável. Resolvi me afundar na escuridão da sala, numa sessão de poucos casais esparsos e uma cópia ruim.

Quando saí ele estava encostado no balcão, fingindo ler um jornal.

O bairro começava a acender as suas luzes.

Andei duas quadras, sentindo o vento frio no rosto e as batidas do salto na calçada. No meio do trânsito procurei um táxi e foi então que o vi de novo, a poucos metros de mim.

Meu Deus, ele é o cara. Foi tudo que consegui pensar quando se aproximou. Magro, frágil, de suéter preta, olhos doces e traços delicados. Parece sensível e desamparado, nada que indique perigo. Mas alguma coisa me diz pra cair fora enquanto continuo parada no mesmo lugar.

"Gostou do filme?", me perguntou.

Me senti desarmada quando o vi perto de mim. Parei como se alguma coisa me prendesse ali. Olhei pra ele e foi um impacto, como se me dessem um soco no estômago. Senti uma certa tontura.

The first time ever I saw your face seria a trilha. Ele é límpido, cristalino. Não resta a menor dúvida que me fará mal.

Parei o fotograma, aproximei a zoom e focalizei no close do olho dele: urgência, ansiedade.

"Achei lento", respondi tentando disfarçar o que eu sentia. Não ouvi as frases seguintes. Fiquei reparando que seus olhos, mesmo parecendo espirituosos e divertidos, me imploravam subliminarmente pra gostar dele. A voz ficou em outra frequência, perdeu o som e de repente senti uma absurda curiosidade a respeito daquele cara, um desejo irresistível de investigar sua vida, seus bolsos, suas gavetas, observar minuciosamente o menor tremor muscular, uma sombra no fundo da retina.

O oculto das pessoas é sempre o mais instigante.

Num dos 156 canais da minha cabeça começou a tocar *Get out out of town*, do Cole Porter.

Tirei os óculos e sorri ambígua. As linhas do rosto dele são tímidas. Por que não essa noite?

Não tinha previsto as consequências.

* * *

Tenho trinta anos e já devia ter aprendido alguma coisa, mas indiferente a qualquer apelo racional, desviei da rota da minha intuição e fui jantar com ele. Chuviscava e todos andavam apressados. Fomos nos protegendo debaixo das marquises e, quando os pingos engrossaram, entramos no primeiro buraco com cheiro de fritura e uma vitrine com sushis de cera.

Depois do segundo saquê ficou difícil prestar atenção no que ele dizia. Era evidente que se exibia pra mim, escolhia assuntos pra me impressionar, tinha a clara intenção de se mostrar melhor do que era. Aquilo foi me amolecendo.

"Por que você é tão inseguro?"

"Pensei que eu disfarçasse bem."

"E disfarça. Só que eu tenho um radar pra pessoas inseguras e gosto delas. Temos pontos de identificação imediata."

"Você tem humor, gosto disso."

Sorri. Podia ser um bom competidor pro jogo. Senti que eu tinha um adversário à altura.

"Quer que eu me sinta atraída por você?"

"Acho que você já está." O sorriso dele levemente diabólico.

"Ainda não tanto quanto você por mim...", falei enfiando um sushi na boca.

"Nenhuma mulher resiste a um homem apaixonado."

"Uau, você já tá apaixonado por mim?!", falei com a boca cheia.

"Não. Mas eu finjo bem."

"Cuidado que eu sou perigosíssima." A boca continuava cheia.

O rosto dele cada vez mais perto.

"Acho você doce."

"Doce e perversa. Uma fêmea de natureza perversa. Mas prometo não te fazer mal. Nada de que você não se recupere em três ou quatro décadas."

A ironia sempre me protege.

"Como você é boba", ele abaixou a voz e me deu um beijo no rosto.

Tomei dois goles de saquê pra ganhar tempo. No meu sistema angionervoso alguma coisa começou a desmoronar. Tentei diminuir minha respiração acelerada.

Calma, garota, nada de emoções precipitadas. Você conhece um cara há poucas horas, entrou com ele num restaurante, disseram as mesmas tolices que todos dizem e agora ele te dá um beijo no rosto. OK, os riscos ficam por sua conta, mais as despesas.

Que mistério faz alguém ser atraente? Que força do universo faz você querer grudar? Que poder tem um cara que te faz querer abrir casa, pernas e coração?

O que ele tem? Um olhar sincero, confiável? Um jeito carente? Diz coisas inteligentes e engraçadas? Tem ironia, espírito, sarcasmo? As mesmas referências que você? E você se deixa atrair só por isso? Por um sujeito qualquer que te conta uma viagem exótica e divertida e te acena com um brilho de humor? Basta tão pouco para você alimentar suas fantasias e de repente envolver um estranho em seus distraídos exercícios de imaginação?

* * *

Acabo de cair, queda livre dentro de uma história. Antes, porém, tive a premonição atávica dos animais solitários, dos tigres das geleiras. E alguma coisa me atingiu.

Uma garota baixa o olhar e toma mais um gole de saquê. Ele se aproxima e beija seu rosto docemente. Nesse instante ela acha que todos os homens que passaram por ela foram inúteis, como serão inúteis todos os outros que virão depois dele.

* * *

Passava das três da manhã quando ele parou o carro em frente ao meu prédio.

"Você não vai perder o bilhete com o meu telefone?"

"Vou decorar e depois queimar, como em *Fahrenheit 451*", respondi querendo que fizesse efeito.

Puro blefe. Uma atitude ridícula que se apoiava no humor pra minimizar essa coisa que me golpeava de frente.

"Vou subir com você", ele disse sério.

Comecei a rir. Quem não sabe o que fazer, ri ou chora. Eu ia optar pelas duas coisas nessa ordem.

"Não fica preocupada, não quero fazer amor com você."

"Ah, que pena, então perdi meu único interesse...", continuei usando o humor como escudo. Mas que espécie de humor pode haver em alguém que percebe que está caindo numa cilada?

Ele sorriu, se aproximou e me deu um beijo. Senti um arrepio de tesão. Não tive nenhuma reação inteligente, não existe grande inteligência no tesão das mulheres. Simplesmente o empurrei e comecei a chorar.

"Ei, o que foi? O que deu em você? Por que você tá chorando?"

Os vidros do carro tinham ficado embaçados. Eu soluçava. Uma sensação alcoolizada se misturou às lágrimas. Ele deve estar me achando uma louca.

"Foi uma noite muito estranha, é melhor a gente não se ver mais." Minha voz saiu anasalada.

"Posso fazer alguma coisa por você?", disse perplexo.

"Me deixa em paz", falei passando o braço no nariz. "Perdi um brinco."

Ele me olhava desconcertado. Tinha na frente uma garota desmontada, com cara de choro, agachada no chão do carro, naquele lugar estreito onde se colocam os pés, tentando recuperar um pouco da autoimagem e um brinco.

"Acho que você tá precisando de mim", ele disse rindo.

"Se eu puder descobrir pra quê."

"Tua ironia não é convincente."

"Teu paternalismo também não."

"Não sou bom pai."

"O meu também não é."

Os vidros do carro pingavam. Não era o melhor lugar pra tudo aquilo.

Esfreguei as mãos na cara e senti o nariz escorrendo. "Meu nariz entupiu, sempre entope quando choro." Assoei várias vezes e o nariz começou a sangrar. "É que sou alérgica. Tenho problemas de sinusite..." Vasculhei a bolsa até achar o rinosoro. "... e de rinite", falei pingando o remédio.

"Tchau." Desci do carro.

"Espera."

Ele veio atrás de mim, como se me achasse incapaz de chamar o elevador. Eu o deixei subir, é claro. Nessa altura não tinha mais importância, eu já me considerava em fase terminal. Sou do tipo que dá um passo em falso no declive, mesmo sabendo que tudo pode ruir.

Elevador de aço com botões luminosos. No silêncio escuro do corredor, filetes de luz debaixo de portas fechadas, janelas de vidro, a cidade. O tilintar das chaves e ele ao meu lado. Num átimo vejo uma sombra se projetar na parede e me viro assustada.

"Tive a impressão de que tinha alguém. Mas tenho mania de perseguição, como minha avó", disse girando a chave. "Ou então vi filmes demais. O que o cinema fez com a minha cabeça é irremediável."

Ele me beijou no ombro.

É quarta-feira, final de agosto e estou abrindo a porta pra um desconhecido que parece saído de um filme, não lembro qual. Tanto faz. Em caso de delito é provável que prendam os suspeitos de sempre.

Entrei mas não acendi a luz.

Seremos as únicas testemunhas de tudo o que acontecer. Quem sabe uma microcâmera registre nossos movimentos, os dígitos computadorizados do sistema de segurança da metrópole. Numa tela, numa imensa tela, um caso anônimo de amor.

"Você não vai entrar?", perguntei. Ele parado na porta, os olhos fixos em mim. Um estranho. Matar e morrer pode ser uma questão de centímetros.

De repente fez um gesto que passaria despercebido pela maioria das pessoas, mas para mim flagrantemente embutido de sexo. Seria só sexo?

"Não esta noite. Ainda não." E com a mão tocou meus lábios.

Olhei interrogativa. Ele tem o melhor sorriso que se pode ter. Meu Deus, que sorte encontrar esse cara.

"É tarde e vou deixar você dormir como uma boa menina", disse e me beijou de leve. Depois do beijo ainda um delicado fio de saliva nos unia.

Ele apertou as mãos na minha cintura. Ia fazer alguma coisa, mas se deteve. Tornou a sorrir, me apertou com mais força e foi embora. Nada parecia real, a noção do real perdia o sentido. A vida escapava.

* * *

Me estiquei na cama e abri ao acaso o romance policial que andava lendo, *The God of the Labyrinth*: "Todos acreditaram que o encontro dos jogadores de xadrez fora casual."

Deus brinca. Como todo ghost-writer experiente, ele brinca e se diverte. Escreve o roteiro de um thriller que sem saber protagonizamos e que propositalmente começa numa matinê.

Sincronicidade. O caráter simbólico das coincidências. Devo ter obedecido a alguma ordem para vestir meu casaco preto, atravessar a cidade numa tarde de chuva e ser vista descendo de um táxi. Deve haver ciência nisso.

Procurei no jornal o horóscopo do dia, o dele: "Sua impulsividade, traço marcante de seu temperamento, deve ser controlada hoje, diante de situação imprevista em sua rotina" etc.

O meu: "Envolto na dramaticidade que naturalmente marca seu comportamento em confronto com outras pessoas, avalie bem o alcance de suas decisões e a interferência de fatos estranhos à sua rotina" etc.

Você conhece a ordem perversa da infância? Já sentiu essa vontade irrefreável de se lançar, infringir, transgredir, violar, desrespeitar? Pois saiba que assim que você saiu fiquei indócil, aos pulos na cama, tomada de uma alegria terrível, um frenesi de felicidade desses que atravessam paredes e ruas, arrepiam o pelo dos gatos, dos ratos e dos braços das meninas.

Não sei a que caprichos obedeço servilmente, mas sinto vontade de me entregar. Quero ir até o fim por uma questão de temperamento, até uma sobrecarga. Não se registram em ocorrências policiais estados de alma e eu sabia. Tinha sido tocada pela vertigem.

Acabaremos mal? Seremos irrecuperáveis? Agora tanto faz. Me sinto uma infratora do meu destino. Que se dane.

*SONHOS
DE ARTIFÍCIO*

Acordei com o telefone e cheia de sono fui tropeçando nas coisas, tentando localizar um aparelho irritado e estridente, debaixo desse monte de papéis embolados no cobertor, que no meio da noite atirei em cima da xícara de café, do resto de salada de frutas e dessas drogas de biscoitos, que eu acabo de chutar e espalhar pelo chão, ai meu pé, completamente tonta, piso no rabo da Marguerite, que estava lambendo o pedaço de melão, ela mia e foge, enquanto o telefone continua tocando sem parar no centro do meu sistema nervoso, que ainda não se recuperou do encontro de ontem à noite.

"Alô, porra."

"Te acordei?"

"Ops, desculpe, pensei que era minha mãe."

"Não consegui dormir, passei a noite em claro. Você não me sai da cabeça."

Meu Deus, o que esse cara vai fazer comigo? Não cai nessa armadilha, diz minha voz interior.

"Que horas são?"

"Queria te ver agora."

"Agora?"

"Tô esperando desde a hora que saí daí." A voz dele dá pena.

"Bom, eu tava dormindo, que dia é hoje?"

"Te deixei e fiquei andando pela cidade. Posso ir aí?"

Delinquente. Uma delinquência vai me dissolvendo, vou entrando num estado líquido.

"Onde você tá?"

"No orelhão na esquina do teu prédio."

"Fazendo o quê?"

"Querendo ir pra aí, você me deixou atordoado e eu quero te ver, quero te ver agora."

Meus impulsos se aceleram na rotação de uma centrífuga. Bastaria um eletro do meu coração para que qualquer médico me operasse de emergência. Cárdio exultante.

"Você faz mal pros meus neurônios."

Do outro lado da linha o silêncio dele é cortante. Minha mãe costuma dizer: "Nunca faça um silêncio, mas, se o fizer, faça o mais longo possível. Entre em cena como se tivesse um segredo. Um segredo sexual, inconfessável." Ela conhece pequenos truques, minha mãe.

Esse cara vai me liquidar.

Ontem à noite não fizemos amor, deixamos a primeira noite intacta.

"Escuta, se a gente for logo pra cama de uma vez, eu me livro de você?", pergunto debochada.

A respiração dele é pesada.

"Se eu entrar em você não saio nunca mais."

Uau. De que filme esse cara saiu? Preciso desviar minha atenção desse telefonema hardcore, assim tão cedo, preciso de um pouco de vida real. Ligo a TV.

Mecanicamente, passo por todos os canais e me detenho numa loura platinada de meia-idade, preparando nhoques. É a demonstração de um novo cortador automático, um aparelho nave-espacial cospe nhoques num caldeirão de água fervente.

"Ele faz os nhoques sozinhos", ela diz apontando aquela geringonça com a unha vermelha enfarinhada.

"Posso ir pra aí?"

"O importante é jogar nhoque por nhoque na panela, sem grudar. Bastam sete minutos de fervura, senão desmancha." Será uma paixão doentia como parece? Seremos felizes? Faremos nhoques em casa? O que será de nós? Encontrei alguém tão perdido quanto eu, finalmente. Quem somos nós, ai de nós.

* * *

Por que fui marcar com ele?

Uma invasão a essa hora da manhã e em minutos não vou conseguir nenhum milagre. Depressa, tudo depressa. Rinosoro no nariz, pasta de dente, chuveiro, enfiar esse monte de tralhas no armário, vão despencar em cima de quem abrir, paciência. Eu devia ser menos consumista, reduzir minha vida ao necessário, jogar fora a maioria dessas coisas, me resumir à essência. Rápido, enfurnar tudo em qualquer gaveta. OK, OK, eu sei que tenho que aprender a ser minimalista, mas não agora nesse momento, que eu tô atrasada, depressa, é tarde, é muito tarde ai ai meu Deus, alô adeus é tarde é tarde é tarde, o cara tá chegando e eu sou aquele coelho maluco da Alice e falo sozinha. E daí? Todo mundo fala e, se for indício de loucura, já aceitei a loucura como se fosse uma pinta no nariz.

Corre, garota, não perde tempo, que roupa? Hein, qual roupa? Uma assim como quem nada quer. Não, essa não, pareço um limão, estou verde, ácida, cítrica. Para de brincar, não temos tempo. Essa também não, nem essa. Deixa ver, não pode dar a impressão de que me arrumei, uma roupa simplezinha, um clima natural. Cruzes, assim também não! Não e não! Parece que eu tava fazendo uma faxina em casa. Alguma coisa mais sensual, casualmente sensual, alguém que não faz nada pra ser e é. E é porque é. Gente, pareço uma foca.

Deve haver alguma coisa errada numa moça que só tem roupa preta e cinza, a era da depressão, que desânimo. Que suéter é essa? Por que compro tanta coisa que eu detesto? Merda, essa calça tá descosturada, mas agora agulha e linha nem pensar. Ó Senhor, que confusão. Uma montanha de roupa jogada no meio do quarto e ele vai chegar. Eu não consigo fazer nada direito, sou uma pinélia caótica. Marguerite, para de afiar as unhas no meu suéter! Não basta eu sair por aí cheia de pelos, ainda com todos esses fios puxados nas malhas, pareço em permanente estado de choque.

Nada de enfeites, quero um ar displicente, mas o efeito é deplorável. Não posso acreditar, não posso. Em Pasadena eles descobrem dúzias de novas galáxias e eu não consigo achar nesses armários uma, apenas uma roupa que sirva.

Um helicóptero passa perto da minha janela. Meu Deus, será que ele veio de helicóptero?

O que é isso? Moscas no vidro? De onde vieram? Que raio de ataque é esse? Odeio moscas. Só Deus com sua infinita bondade para criar esses bichos asquerosos. Não é possível que justo agora vou ter que jogar inseticida no vidro. Rápido, cadê o inseticida? Ação, garota, ação, chega de conjecturas. Bah, que cheiro horrível! Devo estar furando a camada de ozônio com essa porcaria de spray. ShhhhhhhShhhhhhhhhh. Ai, meu braço. Só faltava essa! A tampa tá quebrada. Muito bem, matei as moscas, furei o ozônio e melei todo o braço com essa bosta de inseticida.

Deus, vou chorar. Por favor, Senhor, não me abandone agora. Tudo acabou, minha vida acaba aqui. Metade do meu braço cheira a inseticida. Nem lavando sai, talvez perfume. Não, não, perfume é pior, e tem coisa mais cafona que se encher de perfume? Ontem ele disse que adorava meu cheiro. Meu cheiro, pobre de mim.

Limão, claro, limão tira tudo e posso dizer que estava calmamente fazendo uma limonada. Vou até pegar um pouco de gelo. Ah, que ótimo, eu adoro quando o gelo emperra no congelador e não sai nem com faca nem com martelo. Onde é que eu vou achar um martelo? Talvez se desse um golpe seco, assim. PAM! Oh, não, que merda! Eu não vou catar esse gelo todo do chão nem morta! Dane-se. Que alague toda a cozinha.

Corre, sua louca, você precisa acabar de se vestir. Depressa. Bom, deixa ver, onde foi que botei minha personalidade?

A situação é: eu estava distraída em casa, naturalmente atraente, quando ele chegou. Não consigo, não consigo, hoje não é meu dia. Calma, nada de pânico, nada de lágrimas, tudo vai dar certo. Mas é bom que dê certo depressa, a situação é alarmante, ele vai chegar a qualquer minuto e essa é a décima sétima tentativa.

Elegância é estar com a roupa correta, na hora correta, no lugar correto, diz a *Harper's Bazaar*. Estou em pane, nunca fui assim tão correta. O médico da minha mãe tinha ido ao cinema na hora do parto, nasci sem a menor assistência.

Eu devia jogar todas essas roupas no lixo, devia me atirar no lixo. Relax, pronto, que tal assim toda de preto? Você fica bem de preto, você tem estilo, garota.

Aaghh, pareço a filha do Mago Merlin com a Maga Patalójika, uma vassoura e eu sigo aquele helicóptero.

Não sei por que ficar tão nervosa. Conheço o cara há um dia, nem conheço, ele nem deve ser o que eu penso que é. A campainha.

Olhei em volta. Em poucos minutos, eu tinha conseguido mais do que muita firma de demolição. No espelho, o resultado é uma vaga semelhança com o Exército de Salvação. Só falta o bumbo. Que bosta.

"Oi", falei me sentindo um trapo.

"Tava louco pra te ver."

Ele fecha a porta, larga uma valise no chão e me beija. De novo aquela sensação líquida, úmida. Me abraça. Nossos movimentos obedecem a uma coreografia precisa.

"Você é uma delícia, não sei como aguentei ficar cinco horas sem você."

"Cinco horas?!! Ah, então é por isso que eu tô com essa cara."

"Você tá linda."

"Meu Deus, não dormi nada!"

"Adoro seu cheiro."

Aquilo me paralisou. Pensei em explicar.

"Cheiro do quê?"

"Um cheiro particular, quente, cheiro de calor."

Ele afunda a cabeça no meu peito, esfrega o nariz no meu pescoço, me ergue do chão. Me desprendo o mais depressa que posso.

"Uau, que desordem!"

"Não é sempre assim, eu tava dando uma geral."

Marguerite sai de baixo da montanha de roupas e se esfrega nas pernas dele. Ele abaixa, ela se joga no chão.

"Como você consegue achar esse gato no meio disso tudo?"

"Marguerite não é um gato, é uma gata."

"Bom, parece que vocês duas têm bastante roupa."

"Hum."

"E nenhuma é fanática por arrumação."

"Você tá completamente enganado."

"... gavetas abertas e entulhadas..."

"Deixa minhas gavetas em paz."

"Como é que você consegue juntar dois sapatos iguais?"

"Você não tá entendendo."

"Já sei. Essa calcinha enrolada nesse tênis é arte conceitual."

"Você é muito engraçadinho."

"E você é muito gostosa."

Nossa coreografia nos transporta da cama ao tapete com beijos em excesso. Quando alguém beija assim, nada importa. Pode explodir tudo, Zabriskie Point, Pearl Harbor, Formosa, pode tudo ir pelos ares, se desfazer em mil pedaços, desintegrar sóis, planetas, galáxias. Pode acontecer o big crunch, o grande colapso, agora, aqui ao lado.

* * *

Talvez seja tudo cinema. Tudo F for fake, F for fuck you. Orson Welles disse: "Um dia você se dará conta que a vida toda é realmente cinema. E o cinema é um excelente meio para se vingar da vida."

Me fiz a clássica pergunta se aquilo era verdade. Alguns comportamentos amorosos soam tão artificiais. Mas em plena era fake que importância tem a verdade? Que significado pode ter a autenticidade nesse universo saturado de simulacros?

Vejo esse homem através de um filtro imagético e ele se finge tão verdadeiro que acredito nele como acredito na cena de um filme.

Pode ser falso, mas tudo bem. No meio da encenação em escala industrial, como posso questionar um take? E por que me preocupar com a verdade, se tudo tem a dimensão de um reflexo visto através de um vidro de vitrine?

Como saber a origem de um desejo entre tantos desejos manipulados?

Que importância tem que ele apareça de manhã e talvez desapareça à noite? Se daqui a pouco ele vai transformar essa manhã numa cena noturna, fechando a janela.

Um passageiro, alguém que não ficará. Uma presença tão tênue e efêmera que se dissipa quando se acende a luz. Temporário como um personagem ficcional. Breve.

Tenho nos braços essa aparição emblemática e quero fazer amor com ela.

Tudo é tão real quanto um anúncio de jeans.

Tão provisório que irá desvanecer assim que for tocado. Como aquela flor que se desfaz quando se sopra.

Que dure tanto quanto a luz de um projetor, esse amante de passagem.

"Baby, você é tão gostosa."

Sua boca desliza na minha nuca.

"Acho o máximo você se vestir com esse desleixo."

Oh, silly boy.

* * *

Estou sentada no chão, encostada na parede. Ele levanta e fecha a janela. Fade out no quarto com uma suavíssima luz.

A manhã se transforma numa noite americana. A luz que filtra através da veneziana risca seu corpo. Um homem desabotoando a camisa.

Ainda não transamos, ainda estamos naquela região limítrofe com o sexo, naquele momento em que se molham os jeans apertados e o zíper fica difícil, mas ainda queremos estender isso, prolongar ao máximo.

O mistério de um corpo novo. Um estranho se revela dentro de um quarto. Vou conhecer esse cara agora. Descobrir o que ele tem de pessoal, de absolutamente único. Saber tudo dele, desvendar tudo. Como ele geme, as coisas que diz, um sinal particular nas suas costas.

Vou ficar íntima de um desconhecido.

Oh, baby, você é bonito assim e nu nem é tão magro e agora vou ficar quieta embaixo de você e apertar as coxas em volta de seus quadris e me esfregar em você até ficar com seu cheiro. Chupar você devagar, meu movimento contínuo e exato como o dos astros, em cima de você, debaixo de você, e toda essa maldita mecânica celeste nos empurrando pra fora da cama, corpos caindo no espaço, ultrapassando a zona transitória, além da palavra trepar e dos amores proibidos.

* * *

Marguerite foi pra baixo do fogão, movimentos bruscos a assustam.

Que boa maneira de começar o dia. Pensei em preparar ovos mexidos enquanto me enxugava. Vesti o roupão e me espreguicei. Abri a janela, liguei o som. Preciso de gestos largos. Tesão como esse eu só senti aos quinze anos lendo Henry Miller. Tentei uma música pra me acalmar, mas as pilhas estão fracas e deformam a linha melódica.

"Você precisa trocar as pilhas", ele diz saindo do banheiro.

"... esse é o menor dos meus problemas."

"Seu maior problema vai ser se eu ficar apaixonado."

"Isso é uma ameaça?"

Os dois se divertindo testando a rapidez dos gatilhos.

Ele coloca os braços em volta de mim.

"Se fosse só sexo seria mais fácil", diz com gravidade. "Se eu me envolver demais posso atrapalhar tua vida..."

"Não tanto quanto meus amigos e meu trabalho", sorri.

Talvez seja inevitável e só vou perceber quando não houver escapatória.

"Você tá abatida. Não dormiu direito?"

"Não, não dormi direito."

Não pretendo dormir direito nos próximos anos.

"Também passei essa noite em claro."

"Você quer ovos mexidos?"

"Você quer viver comigo?"

"No máximo mais uns vinte minutos, porque eu tô superatrasada."

"Tô falando sério, acho que você precisa de mim."

Abri a geladeira. Joguei fora umas frutas e verduras podres. Quando se mora sozinha é natural que algumas coisas apodreçam de vez em quando.

"Eeiii, de que planeta você é?"

"Hein?"

"Você se desliga, parece que viaja pra outra esfera."

"Quer leite quente ou frio?"

"Você não é muito romântica, né?"

"Eu tenho uma descompensação. Minha mãe diz que o líquido do meu cérebro tem alto teor alcoólico."

"Eu vou cuidar de você."

"Eu sei me cuidar."

Tive vontade de dizer: Olha aqui, cara, não preciso de você, não preciso de ninguém. Já transamos, foi ótimo, mas agora chega. Não vamos entrar nesse circuito sentimental babaca. Me deixa sozinha. Não tô a fim de você.

Não, não é verdade. É difícil continuar blefando.

Que aparência se pode manter na frente de alguém que te acorda, invade teu quarto e diz... o que foi mesmo que ele disse? O que esse cara disse de tão demoníaco que de repente parece que a vida sem ele não tem sentido?

Desaba minha encenação. Um resto de lucidez me avisa que uma parte minha já se encontra jogada a seus pés. Se ao menos houvesse uma solução endovenosa eficaz. Talvez um coma profundo me salvasse. Talvez uns cinco anos de sonoterapia.

Merda.

Tenho trinta anos e sei o que vai acontecer. Meu rosto vai afinar, angular, alguma coisa excessivamente lírica e trágica virá à tona.

Vou me transformar numa dama das camélias, tossindo pelos cantos exausta. Vou adquirir aquele ar fantasmagórico das heroínas de Shakespeare. Vou definhar.

Sei a aflição quanto pode, sei o quanto ela desfigura, li Gonçalves Dias demais na adolescência, muito romantismo de fim de século, Rimbaud, Baudelaire, Álvares de Azevedo, essas coisas marcam, você sabe.

No fundo de toda mulher há uma gueixa. Madame Butterfly. Uma soprano melodramática como minha mãe, que se pendura em cortinas nos agudos da *Traviata*. A pequena Liú se mata sob os acordes de Puccini.

A loucura latente se torna manifesta. Louca mesmo. Só louca pra começar gostando desse jeito.

De hoje em diante vou escolher papéis inevitáveis com meu potencial de drama. Isolda pálida segunda-feira no trabalho, Camille Claudel apertando botão do elevador, Anna Karenina carregando os pacotes do supermercado, Manon Lescaut na fila do caixa, Adèle H. na frente do fogão.

"Você assistiu Adèle H. do Truffaut?"

"Não. Mas *Jules e Jim* é um dos meus filmes prediletos."

Sorri. Naquele momento me perguntei até onde seria capaz de ir. Senti o desespero me tocar como uma segunda pele.

* * *

No espelho os cabelos desmanchados e as olheiras me dão o ar violáceo de uma orquídea. Escolhi um batom da mesma cor. Tentei me pentear, escovei os dentes e passei batom tão depressa que errei o contorno da boca. Eu ia chegar ultratarde na Interstar e acintosamente frenética pra todos perceberem essa excitação. A loba sentiu o gosto do sangue.

Saí do banheiro e comecei a me vestir.

"Ei, o que você tá fazendo?", perguntei.

"Desligando o telefone, trancando a porta e bloqueando a saída de emergência." Ele sorriu.

Fiquei parada vendo ele se aproximar de mim, me abraçar e dizer baixinho:

"Você precisa ir trabalhar hoje?"

"O quê?"

"Não vai trabalhar."

"Você tá louco, eu tenho que ir, tô atrasada."

"Nem hoje, nem amanhã."

"Como não ir trabalhar? Não posso!"

"Eu vim pra ficar com você. Olha só, trouxe uma sacola com as minhas coisas. Só dois dias. Liga e diz que não vai, inventa uma desculpa."

"Não dá, não posso interromper meu trabalho, tem pessoas que dependem de mim."

"Eu também dependo de você."

"O Ivan tá me esperando, tem uma produção na Interstar essa semana. Não posso, não posso de jeito nenhum."

"Hoje e amanhã. Sábado eu viajo."

"Não posso, não dá. Viaja? Como viaja?!"

"Preciso fazer uma viagem."

"Pra onde?"

"Não vai trabalhar, por favor. Fica comigo dois dias e duas noites."

"Mas..."

Vou dizer sim. Vou acabar dizendo sim em todas as cenas desse filme. Não é possível que ele viaje agora, preciso fazer alguma coisa pra atenuar o impacto da notícia.

"OK, OK, você venceu. Diante de uma justa causa, não vou trabalhar", disse eu fingindo leveza.

* * *

Além disso, minha revolução consistia em plantar o belo no céu. Poderia ser até um fio de cabelo. Em qualquer céu. Seja no céu sobre os caminhos subterrâneos, seja no céu sobre os cinemas.

Abri ao acaso o livro do Yoshimasu na página 112, quando ele saiu do chuveiro. *Doido na manhã.*

"Doido por você", disse se atirando em cima de mim.

Vamos ficar trancados nesse quarto, sem sair da cama. Lá fora a coisa toda é irreal. Os automóveis, as pessoas, a avenida.

"E se eu disser que tô apaixonado por você?"

"Bom, como frase não é original."

"Para de se defender."

"Você vai pra onde?"

"Berlim."

"Auf Wiedersehen."

"Quer ir comigo?"

"Por que Berlim?

"Você vem?"

"Não."

"Você me espera?"

"Até quando? Nós já estamos quase no fim do século."

"Prometo voltar antes."

Eu tentando manter o humor enquanto a dor me arranha como esse blues solitário, esquecido, vai nos arranhando e arranhando o disco, a agulha parada no mesmo ponto, repetindo what causes this pain? Ele levanta e tira.

"Coloca Cole Porter. *Get out ut of townown*."

"Você tá louca pra me mandar embora, não tá?"

"Geralmente faço isso depois de transar com um cara. Eu te avisei que não tinha coração, lembra?"

"Hum hum, só que depois chorou no chão do carro."

"Foi um momento de fraqueza, só isso. Todos têm seus momentos ridículos. Mas agora chega. Você tá dispensado, foi ótimo, valeu, agora você viaja e pronto."

"Você não quer ir comigo?"

Ele enfia a cabeça no meio dos meus joelhos.

"Vem pra Berlim comigo."

"O que você vai fazer lá?"

"Reuniões."

"De que tipo?"

"Investimentos."

"Que coisa vaga. Você faz o quê?"

"Trabalho com fundos de investimentos na Trust Vertrauen."

"Você tem o clima de mistério de um contraespião da CIA."

"Você vem?"

"Hum?"

"Vem pra Berlim, dormir agarrada comigo."

"Depois você acostuma mal."

"Como eu vou ficar sem você?"

Quem sou eu pra ir pra Berlim? Marguerite pulou na cama. Sou uma mulher sozinha que lava calcinhas na pia do banheiro. Por favor, me deixa em paz. Você não é a resposta pra minha carência. Berlim cintila. É um devaneio. Por favor, não vai embora. Não faz isso. Por Deus, não faz isso comigo, não vai.

Ele deita em cima de mim, me beija.

"Vai te pesar minha falta e meu excesso."

"Vou suportar", eu disse.

* * *

Ligar para a Interstar, inventar uma desculpa pro Ivan, dois dias sem aparecer, Tereza vai ter uma síncope, coitada. Desmarcar aula da Nina, avisar mamãe que vou passar uns dias fora, o que mais? Desligar o telefone, trancar a porta e me entregar a uma realidade paralela, um jogo de persona com esse cara, lembrando que raramente o que um homem diz significa o que ele está dizendo.

Duas pessoas fechadas num quarto se devoram, mastigam, radiografam, ampliam negativos desconexos, recortando imagens de si mesmas.

Que horror, a paixão é mesmo uma coisa insuportável.

No meio da espalhafatosa desordem da intimidade, me encontro nua, sentada na cama, tomando chá.

"Eu sou uma louca. Como pude abrir a porta pra um estranho? Acho que eu gosto de riscos."

"Eu pareço um cara perigoso?"

"Você transa com muitas mulheres?"

"Algumas."

"Se apaixona por todas?"

"Não, nunca. Você é a única."

"Mentiroso. Detesto homem que quer comer todo mundo."

"E eu fico preocupado com mulher hedonista."

"Quem disse que eu sou hedonista?"

"O desenho da tua boca. E você se apaixona muito?"

"Só quando não devo. Pra dizer a verdade não me acontece há um bom tempo. Tive um longo relacionamento com um cara chamado Nando, terminou há uns dois anos. Depois uns poucos, sem nenhuma importância. Os tempos andam difíceis. Você é casado?"

"Mais ou menos."

"Como assim?"

"Faz um tempo que a gente se separou, ela mora em Paris."

"Vocês têm filhos?"

"Só um."

"Ela é bonita?"

"Muito."

"Como chama?"

"Martine."

"Você sabe o que a Simone Signoret disse quando soube que o Yves Montand tinha se apaixonado pela Marilyn? Ela disse: 'Isso passa.' Será que a Martine vai dizer a mesma coisa de nós?"

"Você acha que vai passar?"

"Espero que sim."

"E se não passar?"

"Assim que você deixar a cidade, esse tumulto passa."

"Acho que não. Eu não vou demorar. Você me espera?"

"A espera nunca foi meu forte. Sou impaciente demais."

Ele tirou um pacote da valise.

"Vou deixar isso aqui com você. Na volta eu pego, OK?"

"Que é isso?"

"Você é curiosa? Documentos. Coisas que eu vou precisar. Vou deixar com você. Assim tenho um pretexto pra te procurar."

"Você não parece alguém que precise de pretexto."

"Eu sou tímido."

"Eu também sou e gosto de quem é."

"São documentos importantes. Não entrega pra ninguém, aliás, nem mostra pra ninguém."

"Tem alguma coisa de proibido?"

"Você não disse que gosta de riscos?"

"Você vai encontrar a Martine?"

"Provavelmente. Tá com ciúme?"

"De jeito nenhum. Acho ótimo você ter outra."

Me enrolei no lençol e levantei da cama. Tive vontade de abrir a porta e mandar ele embora.

"Nunca senti por ela o que sinto por você. Tô falando sério. Vem viver comigo."

"A gente mal se conhece, nada disso faz sentido."

"Vou voltar o mais depressa que puder. Promete que você não vai se recompor tão cedo. Promete que me espera?"

Os olhos dele estão úmidos? Não pode ser. Não é possível. Parece que ele está chorando. Esse cara está chorando?

Prometo qualquer coisa, o que você quiser, menino.

* * *

Estou diante de um acontecimento.

Sou cheia de contradições, ele é cheio de problemas. Mas amantes são refratários a tudo. Maestro: música nos bastidores, andante vivace, dó, fá maior, hoje mamãe, notas alegres.

"Tenho vontade de viajar com você", ele me diz.

"Quando você voltar, quem sabe."

"Fico pensando em você dentro de um trem. Quer viajar comigo?"

"Pra onde?"

"Não sei, você escolhe. Kilimanjaro, Katmandu, Butão, Nepal, as ruínas de Angkor."

"Tão longe assim?"

"Na Ásia Central tem o lago de uma geleira que derrete na primavera. É um lugar pra onde eu queria ir com você."

"Ásia Central? Um lago?"

"E um lago não é um bom motivo?"

Traçando mapas perdidos, deslizando do topo de montanhas geladas pra dentro da cama, onde as pernas se entrelaçam com a maior facilidade.

Ele fala de lugares que eu não conheço, tudo nele é tão longe da minha realidade. Mas qual é mesmo a minha realidade?

* * *

Isso foi na manhã brumosa de sexta-feira, comendo granola com banana, lendo jornal e deixando o telefone tocar sem atender.

Depois aconteceu aquela ventania que levantou cortina, derrubou papéis, inundou o quarto com um cheiro de poeira molhada e nos empurrou outra vez pra cama. Faço amor e não sei nada dele.

"Você precisa me contar sua história."

"Um dia."

Naquela tarde pensei vagamente nisso. Eu sabia mais da vida da Frida Kahlo, de quem estava lendo um livro, do que do cara em quem eu punha as pernas em volta do pescoço.

Entrecortamos sexo e filmes, livros, boa música e comida pedida pelo telefone.

Quando anoiteceu, éramos cúmplices perdidos na zorra de um quarto, entre roupas e lençóis, discos, embalagens, rindo sem parar, até que fomos ficando comovidos com as nossas frases, a situação insólita e o saquê.

Bali. Escolhemos Bali. Nós vamos sair dessa cama diretamente para Bali. Oh, Deus, nada me assusta tanto quanto a felicidade.

Estou tão feliz e me parece tão certo, tão próximo o instante em que ele vai sair da minha vida tão fantasticamente quanto surgiu.

*FILMES
PROIBIDOS*

Dez minutos antes do sono:

"São as únicas lembranças que tenho do meu pai. Ele pegava minha mão e dizia: 'Shhh, fica quietinha que você não devia estar aqui. É um filme proibido para crianças.' Ele tinha um cinema. Eu tinha uns cinco anos e o lugar me parecia majestoso, cheio de portas, escadarias. Lembro a sensação morna da presença dele, o escuro da cabine, a fumaça na luz do projetor, o barulho da película girando, cleck, cleck, cleck, um moto-contínuo.

Era sempre um susto, um susto que não passava, a mais forte excitação. O impacto das imagens. Era uma espécie de êxtase. Uma coisa sagrada. Eu descobria Deus dentro dos cinemas. Meu pai segurava minha mão e eu me sentia tão protegida ali dentro. A figura dele e as imagens na tela. Pessoas enormes se beijavam. Bailarinas, soldados, guardas, navios, trens, bicicletas. Mulheres com brincos que cintilavam e drinks na mão. Homens traziam flores. Mulheres se olhavam no espelho, choravam, penteavam o cabelo. Todos pareciam felizes, mesmo quando choravam, se estapeavam e depois se beijavam.

Tudo o que sei, tudo o que sinto, começa naquela tarde, entre quatro e seis horas, quando vi um filme pela primeira vez, segurando com força a mão do meu pai. Os únicos momentos de intimidade que tive com ele foram durante aqueles filmes proibidos.

Um dia ele vendeu o cinema e foi embora. Nunca mais o vi. Nunca mais soubemos dele. O cinema também não existe mais, construíram um edifício no lugar. Com ele aprendi a amar todos aqueles que de alguma maneira sonharam com cinema. Quando apaga a luz e a tela se ilumina é a minha senha para o delírio. E também minha busca. Sei que deixei escapar alguma coisa importante, que não consigo lembrar. E cada vez vou atrás dessa coisa imprecisa.

Sentei sozinha milhares de vezes no escuro do cinema, tentando reter não sei o quê. Sabe o instinto das tartaruguinhas que quebram o ovo enterrado na areia e vão direto pro mar? Eu entrava em todos os filmes, de arte, antigos, reprises, russos, malditos, poloneses, japoneses, experimentais, em mostras, museus, institutos, pequenos cinemas de bairro, filmes perdidos no centro da cidade, escondidos em galerias. Eu ia secretamente ao cinema quase todas as tardes e nunca contei isso pra ninguém."

"O que foi?"

"Não sei. Não sei por que estou te contando isso. Nunca falo do meu pai. Nunca falo dele."

"Isso dói?"

"..."

"Vem cá, me abraça."

"Nem sei por que te contei essas coisas. Você quer dormir e eu fico falando."

"Chora, faz bem chorar."

"Eu não quero chorar. Não gosto de ser assim tão... tão, sei lá, ando muito vulnerável. Semana passada chorei na porta do cinema. Na bilheteria, uma senhora de cabelos brancos e óculos, estava lendo um livro e tinha os olhos lacrimosos. Achei aquilo tocante e nem consegui esperar o troco."

"Para de pingar rinosoro no nariz."

"Não posso, é mania minha, me acalma."

"Você faz isso toda noite?"

"E durante o dia todo também. Você não tá com frio?"

"Tá superquente."

"... eu tô gelada, vou puxar o edredom."

"Encosta aqui, assim... tá melhor?"

"Hum hum."

Ele faz um gesto, ajeita o edredom no meu ombro pra me cobrir, como quem quer cuidar de mim. Fecho os olhos e sinto as lágrimas.

"Mesmo se você não quiser, eu vou ficar com você", ele diz baixinho. "Agora dorme."

As últimas imagens do dia passam velozmente na minha cabeça. Quero gravar tudo na memória antes que aquele limbo indefinido, de torpor e letargia, tome conta de mim.

A antecâmara do sonho, o último contato com o calor do corpo dele.

Grudo as coxas e o abraço. Daqui a pouco, cada um de nós vai sonhar coisas diferentes em espaços sem o outro. Uma separação.

Breves minutos de relutância.

É minha última noite ao lado desse homem e eu quero resistir ao sono.

*DIVERSÕES
SOLITÁRIAS*

A PARTIDA. A EXALTAÇÃO

Quero uma ópera. Quero a *Tosca* de manhã. *E lucean le stelle...*
oh dolci baci oh languide carezze. Quero ir além das sensações
extremadas, quero toda a mise-en-scène da dor. Ai, quero
gritos, estremecimentos. Agudos, timbres impossíveis.

Quero me convencer do que aconteceu.

Não sei o que fazer com esse sentimento.

De tudo restará esse adágio, essa contínua nota melancólica.

PRIMEIROS SOCORROS

Os sedativos: depois que ele saiu tomei três ansilives, um va-
lium, uma aspirina, grandes copos de água mineral, um suco
com duas doses de gim.

Joguei o *I Ching.*

> O nobre põe em jogo sua vida para seguir a própria
> vontade. [...]
> O poço é lamacento e eles não bebem. Nem mesmo os
> pássaros. [...]
> Hexagrama 56 – O Estrangeiro – O Viajante [...]

Cruzar o rio por baixo da água. Desastre, porém não é sua culpa. O extraordinário alcança seu ápice.

Se a água passar por cima da cabeça, isso é perigo.

Esse oráculo mostra a mais excelsa vitória sobre o destino. A água escorre por todas as cavidades. Não perde sua índole essencial.

FIOS DE LONGA DISTÂNCIA

Agosto foi particularmente generoso e desço à rua mostrando de maneira escandalosa meu rosto para todos que passam. Um rosto depois do amor é ostensivo.

Parece que ainda sinto o cheiro do sexo, os cachorros vão começar a me seguir. Ando na calçada ao som de uma música imaginária.

Foi a coisa mais desgraçadamente bonita que me aconteceu e me dá uma vontade desavergonhada de exibir meu corpo.

Só penso em sexo.

A melhor coisa que tenho é uma certa amoralidade.

Ando perambulando pelas avenidas, me movimento como se você estivesse me olhando. Tenho a impressão de que escondido em algum lugar você continua me observando. Talvez eu precise do seu olhar pra continuar existindo.

Entro num fliperama qualquer. Os antiquíssimos jogos eletrônicos. Diversões solitárias. Jogo diversas vezes.

A máquina repete o resultado: dois coelhos, um lobo. Dois corações, uma maçã.

MINHA ESTRANHA MÃE

"Alô. Alô, você está me ouvindo?"

"Tô."

"Então por que não responde?"

"Porque eu tava lendo uma coisa aqui no jornal."

"Você fica lendo jornal enquanto fala com sua mãe? Não adianta, ninguém me dá atenção. Passei anos falando para as paredes com aquele cretino do seu pai. Você gostou da camisola que te dei?"

"Joguei fora."

"Você o quê?!"

"Não joguei, mas vou jogar."

"Você é uma louca, uma camisola cara, sabe quanto paguei?"

"Mamãe, não uso camisola, nenhuma noite da minha vida combina com uma camisola dessas."

"Você detesta tudo. Veste o mesmo casaco preto há anos. Um horror essa moda de andrajos, parecem todos uns mendigos. Sabe quantas modas eu já vi passar? As pessoas são provincianas em qualquer parte do mundo, meu bem. Nunca mais te compro nada."

"Ótimo."

"Nunca te vi usar nada do que te dei. Você vive amarrotada, parece que saiu de dentro da garrafa. Não quer a camisola? Me dá, eu uso. Uma camisola tão sexy. Pena eu não ter mais as mesmas oportunidades. Ah, os jovens pensam que a velhice é assexuada. Acham que só eles gostam de sexo. É bem verdade que eu não tenho uma relação sexual desde o Sergei, o primeiro violino. Pobre Sergei. É muito difícil uma mulher não se apaixonar pelo primeiro violino... Alô, alôô?"

"Ahã."

"Você não ouviu uma palavra do que eu disse."

"Ouvi."

"Ouviu? Então o que eu disse?"

"Você disse que eu me visto mal."

"Isso foi antes. Não adianta, sou uma mulher sozinha que ninguém quer ouvir, uma mulher de outros tempos, quando os homens tinham palavras gentis. Ah, pobre Sergei, um dia vou te mostrar as cartas que recebi. Me mandava flores. Lembra da *Tosca*? Do artigo no jornal? Você era bebê, mas eu tenho todas as fotos. Eu poderia cantar a *Turandot*, Violeta, Mimi. Meu bem, as mulheres da nossa família são todas artistas. Sua tia-avó posava nua em estúdios de pintura."

"Hum hum."

"Infelizmente minhas filhas não deram pra nada. Você, que seria a melhor das três, você conseguiu o quê? Nada, nada de normal."

"Vou desligar, tô atrasada."

"Se pelo menos casasse com o Giordano, ele te daria uma vida."

"Eu já tenho uma vida."

"As mulheres da nossa família não têm sorte com homens. Ah, pobre Sergei, onde andará? Talvez já esteja morto, faz uns trinta anos. Não vi nenhum anúncio de falecimento com o nome dele no jornal. Pode estar vivo o pobrezinho. Se estiver com aquela megera simplória da mulher dele é o mesmo que estar morto, coitado. Você sabe que ele só tinha uma bola? Não é assunto para meninas, mas é bom você saber que alguns homens nascem com uma bola só. Foi um choque para mim na época. Depois me acostumei."

"Se eu for somar o número de vezes que você contou isso, o pobre Sergei já deve ter umas oitocentas bolas. Tchau, tô saindo pro trabalho."

"Esse seu emprego é tão mediocrezinho, querida, você se desperdiça. O Giordano te daria segurança, você não vai ser jovem a vida inteira."

"Ai, caceta, que saco!"

"Você está sempre tão nervosa, tem ido ao doutor Schilling? Tome um pouquinho de gim pra relaxar e um ou dois lexotan. Ah, eu poderia ter sido uma viciada. Absinto, ópio, cocaína. Os jovens pensam que se drogar é uma coisa moderna."

* * *

A histeria é a atmosfera permanente da Interstar. Quando cheguei, todos estavam alucinados com a minha ausência. Não que a minha presença fosse fundamental, mas eu tinha deixado a gaveta com os disquetes trancada e levado a chave.

Era segunda de manhã e as turbinas já estavam ligadas. Todos falavam ao mesmo tempo e ninguém se ouvia.

Cheguei na hora da filmagem. Robertson, o boy, estava descendo as escadas e me recebeu com a sua tradicional dançadinha. Era rápido e vivia me quebrando galhos.

"Robis, cadê o Ivan?"

Não foi preciso responder.

"Você é uma irresponsável!" Ivan fazia o possível pra conter a raiva. "Posso saber onde se meteu?"

"Fiquei com câimbra no dedo de tanto ligar pra sua casa e ninguém atendia", disse Mônica, a telefonista, que todos chamavam de Cacau.

"Cacau, não enche o saco", falei enquanto pensava em qual desculpa inventar pro Ivan.

"Ivan, meu anjo, tive problemas", foi tudo que consegui argumentar, sem a menor consistência.

"Quem teve problemas fui eu. Tivemos que arrombar a gaveta!"

Dei um beijo estalado na bochecha dele e tentei desviar o assunto.

"Eu soube que o cenário ficou tantalizante." Escolhi a palavra de propósito, para que as atenções se concentrassem nela.

"O Rubão fez um puta trabalho", disse Ivan.

Rubão era o marceneiro e uma espécie de coringa na Interstar. Tinha dois metros de tórax e durante as filmagens servia de eletricista, maquinista, motorista da kombi, segurança das externas e o melhor contador de piadas nos intervalos.

A gravação de hoje era um comercial de dedetização. O roteiro foi baseado num pesadelo da minha irmã Júlia, que por acaso eu lembrei durante a criação. Uma cidade invadida por baratas gigantescas.

Fui até o estúdio. A maquete do Rubão era mequetrefe, mas funcionava na câmera: ruas, casas, edifícios, postes e automóveis.

Shiro, o iluminador, um mestiço nova era, mistura de negro e japonês, tinha criado uma luz tenebrosa. Estava ajoelhado num canto testando os efeitos. Me cumprimentou com sua elegância habitual.

Tereza veio ao meu encontro andando desajeitada em cima de duas canelas finas. Tinha a abnegação dos submissos e um fiel olhar de cadela. Levantou as mãos sujas de tinta por ter feito meu trabalho na minha ausência.

"Desculpa, Tetê. Me desculpa, juro que te devo uma."

Ela sorriu triste. Mesmo grávida, Tereza era uma melancólica.

Cacau entrou no estúdio trazendo café e vendendo cupons de um sorteio. Ela vive inventando bingos, concursos e quermesses pra levantar algum emprestado.

Robis e Rubão entraram carregando caixas enormes.

"Tem bichos nojentos aí dentro." Cacau fez uma careta. "Agh, que nojo, umas cinquenta baratas, que asco."

"E a Misty tá aqui pra quê? Pra maquiar baratas?", perguntei mandando um beijinho.

"Elas precisam de blush e eu preciso do cachê", disse Misty com sua treinada voz em falsete.

Mistinguette era o maquiador freelancer desde que a Interstar começou. Naquele tempo chamava João Adolfo e foi se transformando em Misty, sob olhares maravilhados, palpites e sugestões de todos nós.

"Você devia botar mais silicone na bunda."

"Sabe que ainda se vê um pouquinho de barba?"

"Misty, corta a franja que esconde a cicatriz e diminui o nariz."

"Devia era cortar o pau", dizia Robis às gargalhadas.

A Interstar nasceu de um filme que nunca foi feito. Um longa-metragem com o roteiro escrito e reescrito dezenas de vezes e nunca grana pra rodar.

Ivan e eu somos amigos desde a faculdade. Um dia ele teve a ideia de escrever um roteiro, montar uma produtora e me pediu ajuda.

Alugou uma casinha, juntou os amigos e a Interstar ficou pronta. Passamos a sonhar com cinema. Ninguém ganhava nada mas faríamos belos filmes.

Com o tempo, como não pintava nenhum dinheiro, a possibilidade de filmar foi ficando utópica e a gente teve que se virar.

A Arriflex foi substituída pela Betamax e em vez de cinema, começamos a gravar comerciais medíocres, na esperança de um dia ter a grana pra fazer o filme.

Era uma equipe pequena, onde todos se desdobravam em múltiplas funções e ninguém se levava muito a sério, exceto Ivan e Cléa.

Ivan era a cabeça da Interstar, contatava clientes, prometia roteiros milagrosos, dirigia os comerciais e se autodenominava o "Hitchcock do vídeo". Era um cinéfilo, citava nomes de diretores que nossos clientes ignoravam e isso os impressionava. Tinha postura de um cara de cinema mesmo num tosco comercial barato de inseticida.

Meu trabalho era direto com o Ivan, éramos interdependentes. Eu funcionava como uma espécie de assistente de tudo e escrevia os roteiros medíocres que os clientes queriam.

Cléa, sócia do Ivan, era a parte financeira da Interstar. Cuidava de contratos e administração. Parecia uma mulher seca, feita de fibra sintética, a quem os sentimentos não perturbavam. Mancava levemente de uma perna, diziam que no passado tinha se jogado de uma janela por uma paixão, mas jamais alguém levantou o assunto.

Cléa era dessas workaholics sem nenhum interesse paralelo ao trabalho, sem nenhuma perda por atravessar noites e noites fechada em reuniões massacrantes, enquanto pessoas normais saem, namoram, trepam, se divertem.

"Os homens que conheço", dizia ela, "estão sempre atolados de trabalho, e só se excitam ao ver a própria agenda cheia. A pressa deles é tanta que da última vez que fui pra cama com um, mal abri sua calça, ele gozou na minha mão. Pra essa gente ejaculação precoce é uma ótima maneira de não perder tempo."

O próprio Ivan não perde tempo com mulheres. Tem uma namorada que passa a maior parte do ano em Istambul, fazendo contrabando de tapetes. Para Cléa e Ivan, sexo não vale tanto quanto uma boa reunião com um novo cliente.

* * *

Eram quase sete horas da noite quando Cacau começou a gritar. Em segundos, estavam todos berrando, correndo e subindo nas cadeiras. Rubão avisou que as baratas tinham fugido das caixas e tivemos de trancar o estúdio e suspender a gravação.

"Ivan, eu só volto se você ligar pro cliente e exigir uma dedetização completa!" Misty gritava escandalosa enquanto o suor fazia reluzir pequenas pontas pretas de barba através da maquiagem.

* * *

Às dez e meia finalmente cheguei em casa, tirei os sapatos e tentei preparar um suposto jantar, mas tudo o que achei na geladeira foram duas abobrinhas, umas vagens velhas, uma pobre beterraba e um resto de repolho roxo murcho.

Marguerite se enrolava nas minhas pernas. Tinha só um restinho de ração. Preciso urgente fazer um supermercado com carne moída e sardinhas.

"Você vai se dar mal hoje, gatinha, jantar vegetariano."

Pensei otimista em preparar alguma coisa parecida com uma sopa russa. Chamar um grude de borsch sempre levanta o moral. Era desanimador, sem dúvida, e, assim que joguei as beterrabas no liquidificador, tive a certeza de ter errado desde o início.

Só quando desliguei o liquidificador é que ouvi o telefone. Atendi com as mãos vermelhas de beterraba.

"Oi, é a Cacau, tô na maior embrulhada, você me ajuda?"

"O que foi dessa vez?", perguntei tomando um gole da gosma direto do liquidificador.

"Dá pra você me emprestar um dinheiro?"

"Pô, Cacau, já te emprestei umas três vezes no mês passado."

"Tá bom, esquece. Quer comprar aquele meu casaco de couro marrom?"

"Aquele casaco deve ter uns dez anos no mínimo."

"Tudo bem. Meu jeans, te vendo meu jeans, que é novo e é importado."

"Para com isso. Por que você não pede grana na Interstar?"

"Tô sem crédito lá."

"Mônica, amanhã a gente conversa."

"Só uns cem, duzentos no máximo."

"Não."

Desliguei numa das minhas raras vitórias sobre o relacionamento humano.

* * *

Joguei o resto da gororoba fora e liguei pro RW. Tocou várias vezes sem resposta. Ele não gosta de atender telefone. Fiz a lista do supermercado e pensei nas coisas que podia comprar pra ele. RW não era um cara fácil de agradar.

Tentei mais duas vezes, deixei tocar e desisti. Ele não ia responder essa noite.

RW foi meu professor na escola. Eu sentava perto da janela e ficava ouvindo aquele homem falar sobre o fascínio da Física.

Tudo nele era mistério. Discorria sobre átomos, moléculas, nêutrons, isótopos, fótons, quarks, enquanto nós, suas pupilas, o olhávamos com adoração, mesmo sem prestar a menor atenção.

Os olhos dele eram nervosos, fugiam. Mesmo antes de o crime acontecer, RW já trazia um desespero latente no olhar.

Na época tinha quase cinquenta anos e a irresistível plenitude de um homem maduro. Era um mito, tinha cabelos compridos, seu currículo incluía uma rápida prisão em 1968 por ideias liberais e, embora nunca tivesse tido nenhum envolvimento político, deixou o Brasil durante a ditadura militar.

Morou na França, escreveu três livros e agora estava ali diante de nós, explicando a segunda lei da termodinâmica. Tinha um cargo obviamente inferior à sua capacidade, mas era comum isso acontecer com aqueles que voltavam.

Eu sentia uma genuína avidez por tudo o que ele dizia, mesmo assim fui uma aluna medíocre. Minha admiração por ele era tanta que eu o seguia pelos corredores, espiava através de portas, até que, numa manhã de sol, o encontrei sozinho numa sala debruçado sobre papéis.

Ele não me ouviu entrar e continuou com a cabeça baixa. Lá fora o calor, a calma do calor. Os olmos no pátio vazio, tudo parado, quieto. Quando finalmente me viu, não disse nada. Viu apenas na sua frente uma menina, contra a luz de uma janela, desabotoando a blusa. Foi só o que viu.

RW levantou da cadeira, se aproximou de mim, abotoou minha blusa e me beijou a testa.

Estava selada a nossa relação. Nos amaríamos para sempre desde aquela manhã. Era como se ele tivesse dito OK, serei seu pai, mas nada de incesto.

* * *

Passamos quatro anos naquela escola até a tragédia acontecer. RW era esquivo e taciturno. Muitas vezes me deu carona pra casa ouvindo minhas intermináveis confidências. Nunca me disse grande coisa. Falava pouco. As frases mais belas de RW estavam nos livros que ele me obrigava a ler. Era um grande leitor, lia compulsivamente o tempo todo.

"Você precisa ler Ezra Pound, T.S. Eliot, Walt Whitman, Machado de Assis. Sua geração não lê nada. Quer estímulos sonoros, visuais. Não se estimula com mais nada."

Queria que ele soubesse que eu não era assim, era diferente, olhava para ele em êxtase e faria qualquer coisa que ele pedisse. Um dia me disse direto como sempre:

"Você é uma das piores alunas de matemática que já tive. Não se pode entender física sem alguma noção de matemática."

Eu me interessava pela abrangência da teoria e desprezava os números. Apesar disso, RW não me reprovou.

* * *

Ele era um homem estranho mesmo antes do acidente. Lembro que muitas alunas comentavam isso, que o achavam estranho, mas eu era incapaz de julgar seu comportamento. Sua personalidade tensa e obsessiva. As ideias que o tiranizavam e o obrigavam a interromper a aula para fazer anotações nos blocos amassados, que ele amontoava nos bolsos.

Eu não percebia seus tiques, suas pequenas manias. Os dedos ágeis constantemente tamborilando, mexendo em alguma coisa. As pernas, embaixo da mesa balançando como se marcassem um ritmo frenético imaginário. O olhar instável, incapaz de pousar, de se deter.

Sua inquietação e seus músculos não paravam um segundo. Estirava os cantos da boca, comprimia os dentes e apertava os maxilares num ríctus que quem não o conhecesse podia pensar que ele iria sorrir.

Mesmo sua conversa era descompassada. Variava de silêncios embutidos a longos monólogos delirantes, em que não ouvia e não permitia que seu interlocutor falasse.

Mas, naquele tempo tudo isso me parecia viril, harmônico. A agitação da inteligência. O frenesi do saber.

Mesmo quando ouvi (eu costumava ouvir atrás de portas) o diretor dizer que RW era um demente, isso não modificou em nada minha absoluta adoração por ele.

Nesse estado, eu não podia observar que RW nunca respondia o que lhe era perguntado. Sua mente divagava pela escuridão cósmica. Só dizia o que queria e quando queria, mesmo que parecesse desconexo e pudesse provocar o riso de suas alunas. Eu não ria. Nunca ri de RW.

* * *

Liguei mais uma vez e deixei tocar durante muito tempo. Eu fazia isso todos os dias, mesmo sabendo que ele raramente atendia.

Marguerite pulou na minha barriga e miou de protesto. Achei um iogurte na geladeira. Ela deu umas lambidas e me olhou desolada.

* * *

Você me deixou fechada nesse apartamento, tentando ordenar a sequência ilógica que você embaralhou em uma semana. Uma sabotagem.

A folhinha marca em vermelho um feriado na quinta. Preciso procurar um pouco de saúde e me livrar do ar viciado que você impregnou aqui dentro.

Ligo o rádio.

Será possível que todas as descartáveis que tocam me fazem chorar? Será que as mulheres incorporam uma idiotice comum e se entregam a melodias melosas como se entregam a desconhecidos que as abandonam?

Uma leitura fácil. A deformação das fantasias, alguma coisa parecida com os pés comprimidos das japonesas. E eu, que ambicionava passos largos, de repente caio no velho clichê: Abominavelmente Sentimental.

A caixa de correio se torna meu único ponto de referência e todas as manhãs rasgo folhetos, convites, ofertas de seguro, propagandas, ofertas de assinaturas, contas, cartas do banco, liquidações. Nada de Berlim. Nunca nada de Berlim.

Preparo o café com quatro colheres a mais, uma tinta. Estou disposta a fazer uma superginástica, mas desisto na terceira abdominal.

No meio da correspondência, um cartão-postal de Beni:

"Como vão seus desejos, princesa? Os meus cada vez mais proibidos. Beijos e mais beijos. Beni"

É o terceiro cartão que ele manda de Paris, mas sempre sem endereço.

Ia me ajudar tanto falar com o Beni agora. Especialmente agora.

A cantora de blues anos 40 que havia em mim se derramava. Nada me consola, nem café, nem dry martini, nem química fina. Talvez os feriados na praia.

Por sorte tenho pulso de atleta, uns 54 batimentos por minuto, porque no auge dessa emoção arrebatada, basta uma música da Billie Holliday para cravar as unhas no meu peito e me arrancar o coração.

Nem o mar, nem o iodo do mar, nada.

Não. Preciso reagir. Resolvo viajar, viajar vai me fazer bem.

Durante semanas deixo a mala cheia de roupas em cima da cama.

* * *

Talvez eu devesse tentar desvendar enigmas, as charadas que Deus espalha por aí. Mas onde? Na configuração dos astros? No desenho das manchas dos tigres? Nos pequenos classificados dos jornais?

Eu precisava de um sinal. Sempre acreditei na sorte. A doutrina absurda da pura sorte. Instintivamente olhei as linhas da mão esquerda. A coisa parecia bastante intrincada.

Nenhuma mulher é linear quando tocada pela faísca da loucura e, no meu caso particular, a loucura, além de morar ao lado, usa frequentemente meu telefone.

Talvez eu devesse ler sobre alquimia, cabala, sufismo, buscar a sabedoria dos iniciados, dos grandes mestres de alguma doutrina secreta em vez de ficar tão abalada por causa de um cara.

Se eu passei bruscamente da abertura à apoteose final durante um simples encontro, a culpa é da minha mãe, que me contava folhetins de ópera antes de dormir. Essas coisas impressionam uma criança. Você não pode adormecer pensando em amantes soterrados vivos debaixo de pirâmides, heroínas tísicas se consumindo e cuspindo sangue, poetas com lábios negros de láudano, vinganças, hediondos assassinatos no Olimpo, uma águia comendo seu fígado e esses terríveis relatos da mitologia.

Minha mãe não me fez bem.

Coisas assim não geram personalidades estáveis e portanto não sou o melhor exemplo de equilíbrio. Oscilo da euforia excitada à deprê abissal. Em questão de segundos, faço fenômenos.

Me olho no espelho, examino, respiro fundo. Ainda não tenho as rugas que deveria. Pelo tipo de vida que levo, devia ter a cara da Anna Magnani.

"Tive que esperar sessenta anos pra conseguir essa cara", ela disse uma vez orgulhosa a um repórter que perguntou se faria plástica.

Reconheço, tenho vivido de maneira desregrada. Diante do espelho, procuro fios de cabelos brancos. Quando esse rosto ficará marcado? Quando virá o peso do tempo, o amadurecimento?

Oscar Wilde tinha razão. Por muito menos eu venderia a alma ao demônio.

* * *

Um anúncio no rádio não era muito animador: "Você sabia que as mulheres envelhecem dez vezes mais depressa do que os homens? Use creme Lisonge todos os dias e não pareça mais velha do que ele. Experimente a linha completa dos cremes Lisonge e consulte Madame Agda, conselhos sobre beleza e previsões para o seu futuro. Madame Agda, leitura de tarô, búzios e mapa astral."

Decifrar a vida é uma missão demasiado secreta. Ah, os desígnios dos deuses. Eu sei que deveria deixar os deuses fora disso, mas abri o jornal de manhã e dei de cara com mais um curioso anúncio de Madame Agda:

A Arte da Adivinhação procura responder ao mais antigo sonho do homem: o de escolher o seu Destino. Conheça seus segredos.
Desenvolva seu Campo Magnético.
Madame Agda indicará seu caminho.
– Madame Agda –
Leitura de tarô, búzios e mapa astral.
Rua Teodoro Sampaio, 517, Pinheiros.

Consultas diárias até as 18 horas.
Cremes Lisonge: A linha completa da sua juventude.

Deve haver uma relação implícita entre lobotomia, traumatismo cerebral e paixão em estado bruto. Só uma mente muito perturbada teria a iniciativa de procurar uma cartomante que vende cremes de beleza. Eu me sentia insegura, precisava de respostas. Estava aflita e Madame Agda e sua linha completa de cremes Lisonge me pareceram suficientes. Toquei a campainha.

Um garoto de uns onze anos, magro e com ar assustado, abriu a porta. Cheiro de mofo, incenso e curry.

Bastava ir embora. Não havia nenhum interesse científico naquele lugar. Entrei, ouvi minha própria voz engolindo um tímido boa tarde e deixei minha carência depositar em Madame Agda as últimas esperanças.

* * *

A sala de espera é escura. Mobília antiga e umas pessoas. Um sofá pesado de adamascado bordô gasto, com duas poltronas iguais, uma delas coberta por um chenille musgo. Tudo parece sebento, ensebado, decididamente Madame Agda não é uma adepta da faxina.

Há duas mulheres no sofá e uma na poltrona, mas não ouso deter o olhar. Desvio para o aquário. Três peixinhos roxos com listas laranja e um negro. Pedrinhas, folhagens e bolhas. Por um momento acompanho os peixinhos e me abstraio.

As mulheres me olham de soslaio, viro a cabeça para a estante clara onde, no meio de vários bibelôs e estatuetas, identifico Vênus e Apolo.

A única coisa nova que destoa do lugar é a televisão. Na parede, além de um espelho com moldura dourada, há um velho relógio cuco de madeira escura, parado, com uma teia de aranha entre os ponteiros. Uma folhinha torta, esquecida no mês de maio, com a figura de Cristo e um coração cheio de espinhos.

De repente descubro as pirâmides. Algumas dezenas de pirâmides de todas as cores e tamanhos numa prateleira de vidro. Ao lado, um incenso aceso. Sem dúvida, é o ponto de maior energia da casa e o de maior concentração de poeira.

Resolvi sentar perto de uma boneca de vestido rosa em uma das três cadeiras de fórmica amarela perfiladas. Tropecei num cachorro pequinês que ganiu e as mulheres me espiaram discretamente. Aquilo me fez mudar de direção e ir para a poltrona vazia. Sentei e senti a mola.

Tive a impressão de uma certa cumplicidade no ar, uma promessa de absoluto sigilo. Na mesinha do centro, ao lado de uma bailarina espanhola, estavam umas revistas engorduradas. Escolhi uma qualquer. Tinha a capa vermelha rasgada e chamava *Simpatias que Curam*.

Algumas pessoas, quando chegam nesse nível, cortam os pulsos no banheiro com uma gilete enferrujada. Eu tiro da bolsa meu rinosoro, uma caneta e um papel onde anoto a receita de uma das simpatias: Como recuperar um amor: folhas de coité, cumarim e graviola, uma vela branca queimando três vezes o nome dele e as cinzas enterradas num jardim ao pôr do sol. Sortilégios.

* * *

Madame Agda tem um sotaque falso que tanto poderia ser russo, polonês ou paraguaio e o olhar insinuantemente firme. Deve ter ensaiado muito pra chegar a isso.

"Um homem, não?"

Olhos penetrantes, a serpente do desenho do Mowgli, a sibila cicia.

"Um homem", respondo propositalmente seca. Me sinto uma aluna diante de uma chamada oral sem ter estudado uma página. Mesmo assim mantenho a expressão neutra, máscula.

Ponho a mão esquerda sobre o maço de cartas, Madame Agda toca de leve meus dedos e fecha os olhos.

Seu silêncio é tão longo que perco a noção. Ouço uma mosca zumbindo. De repente ela abre os olhos e fala alguma coisa de noosfera, biosfera e eu não consigo prestar atenção. Ela pressiona o dedo na minha testa e usa a palavra abrasada. Tocada pelo fogo, abrasada. Me sinto arder e tomada por uma ansiedade de respostas, ela me pede pra cortar o maço com a mão esquerda.

Então ela aponta a carta dele e uma felicidade fátua me arrepia. É ele, ele o Mago, o Prestidigitador, o que me virou a cabeça, e basta que essa bruxa fale dele, fale, fale.

"O caminho é seco, rápido, ardente. É a natureza dele, não pode fazer outra coisa senão abrasar o que toca."

Sim, sim, é ele, só pode ser ele, sim. Fala mais, fala dele.

"Você vê essa outra carta? Seria uma carta negativa."

Oh, não.

"Mas aqui está ele novamente, o Arcano VI, o Namorado, e você pode observar que ele está descalço. Está descalço porque é vulnerável, tem gestos contraditórios porque está perdido."

Ela levanta uma carta.

"No Tarô, esta recebe o nome de A Encruzilhada dos Caminhos. É a carta da hesitação."

Pausa. Madame Agda lê lentamente alguma coisa e franze a testa. Depois ergue os olhos e agora é outra mulher, quase maternal. Perdeu a intencionalidade da expressão e parece ter pena de mim.

Um calafrio me percorre a espinha. Suas unhas enormes pousam sobre duas cartas.

"Vê o Enforcado e o Diabo?" A mosca pousa sobre a carta do diabo. "Arcano XII e Arcano XV."

Ela me olha profundamente.

"O Diabo, como Hermes, é o intermediário entre os deuses e os homens, se presta a todos os serviços."

"Quero saber se ele me ama, se vai voltar..." Meu Deus, fui eu que disse isso?

Madame Agda suspira. Parece muito mais velha agora.

"Esse é um alerta contra o arrebatamento, contra os impulsos incontrolados", diz, já quase sem sotaque.

Vira outra carta.

"Eis a Papisa, a guardiã do Segredo da Gênese. Forte instinto, golfo profundo. Seu corpo é um instrumento de iniciação e seus mistérios são semelhantes aos de Elêusis e ao Tantrismo. O Tantra é o fruto do Conhecimento. Essa mulher fez o homem viajar no amor como pela magia de uma droga. Ísis recolhe os pedaços do corpo de Osíris e o faz renascer. Você me entende?"

Fiz que sim com a cabeça, mas falei não.

"Ele está fascinado por você, sim, viciado em você como em uma droga, esse foi seu poder, mas..."

"Mas o quê?"

"Veja essa carta. É uma ponte estreita e perigosa para passar do outro lado. Esse caminho não serve. Eu não sei..."

Nova pausa. O rosto macilento de Madame Agda se contrai. O que ela não sabe?

"Essa é a Roda da Fortuna, o tempo, a fragilidade das coisas."

"E daí?"

"Você deveria se preservar. Há coisas que não nos cabe decifrar. Somos o que estamos condenados a ser."

* * *

Algumas vezes, os lagos dissimulam na sua profundidade a entrada do inferno. Como o de Lerna, na Argólida, o de Averno, na Itália. Talvez um demônio de olhos doces me conduza pelas águas do rio Aqueronte e eu me deixe levar.

Só quem não teme o fundo do poço pode conhecer o êxtase do voo. No horror está contido o excelso porque tudo contém o seu oposto, o seu contrário.

O fundo do poço é negro, o coração dele é negro como o peixinho do aquário de Madame Agda.

O Mago tem coração negro, pensa a misteriosa Papisa.

Madame Agda é uma mulher roxa, de roupas roxas, lábios roxos, unhas roxas. Ansiedade é uma palavra dessa cor.

* * *

Quando saí, o sol baixava rapidamente. No céu cada vez mais vermelho a luz machucava os olhos. No meio do trânsito procurei um táxi.

Carros parados, tráfego congestionado, uma festa de vendedores ambulantes e crianças pedindo esmola no sinal. Desci a pé a Teodoro Sampaio em direção ao largo de Pinheiros, passando no meio das roupas expostas na calçada. Dobrei à esquerda na Fradique Coutinho sem saber exatamente pra onde ir. Me sentia purificada, quase leve.

Ele me ama e isso me basta. É fraco, hesita, está descalço, mas me ama, foi o que Madame Agda disse. Ele me ama.

Em casa, tento insistentemente o número de RW que com certeza está ao lado do telefone, mas não se dá ao trabalho de atender. Às vezes ele me exaspera.

Vou tomar um banho de espuma e um vinho branco gelado. Deixar o som bem alto sem me importar com os vizinhos.

Acabo de comprar a linha completa dos cremes Lisonge. Tenho creme suficiente para os próximos vinte e cinco anos, podendo inclusive me dar ao luxo de um envelhecimento precoce, se for necessário.

* * *

Um dia na escola, eu soube que RW tinha um caso com a secretária da contadoria, Virgínia, uma oxigenada ordinária de cabelos descoloridos e ancas enormes, desproporcionais. Vivia mascando chiclete, sempre metida em roupas justas que a apertavam. Era vulgar e usava cores berrantes. Muitas vezes um vermelho vibrante que ela estendia às unhas longas e afiadas.

As alunas tinham pouco contato com ela, uma vez por mês nos pagamentos e eventualmente para reclamações corriqueiras, desde o aumento das taxas e mensalidades até um trinco quebrado, uma goteira.

Ela tinha ares de subchefe, uma déspota com os subalternos e extremamente solícita com qualquer pessoa que a pudesse prejudicar.

Era difícil acreditar que um homem inteligente como RW se interessasse por alguém assim. Duvidei quando me contaram. Mas um dia senti o cheiro adocicado e enjoativo do perfume dela assim que cheguei perto dele. E ele nunca mais me ofereceu carona.

Comentavam que, na saída, ele apanhava Virgínia na viela lateral da escola. Eu não me conformava. Não tanto por descobrir que RW não era um poço de virtude e fidelidade conjugal, pelo contrário, essa ideia até me agradava. Mas eu sofria acima de tudo por sua falta de critério, pelo mau gosto, pela qualidade de sua escolha.

Não podia conceber que um homem como ele fosse atraído pela vulgaridade.

"É impossível ter tesão e ser inteligente ao mesmo tempo", ele me disse da última vez que estivemos juntos.

Mas já tinham se passado mais de dez anos e com certeza ele nem se lembrava mais da existência de Virgínia.

* * *

Era um axioma banal: aluna de dezenove anos suspira pelas rugas e pela inteligência de um professor trinta anos mais velho.

Uma boa demonstração de cultura é o suficiente pra me abrir as pernas e tomei aquele ônibus para Belo Horizonte com objetivos físicos determinados.

Aproveitei o pretexto de um ciclo de palestras e fui atrás de RW, que andava me evitando nos últimos tempos. Não podia ser por causa daquela vagabunda da Virgínia.

No hotel, subi diretamente para o seu quarto, mas ele já tinha saído.

A palestra começava às sete, pedi um quarto ao lado do dele e tentei me organizar mentalmente pra não chegar atrasada.

No cartaz de entrada estava escrito: "O Homem e os Segredos do Cosmo." A sala estava repleta, com tanta gente em pé que tive de fazer um esforço enorme pra conseguir passar.

Eu não enxergava nada, atrás de montes de cabeças, mas ouvia a voz de RW ao microfone.

"Se há, portanto, a expansão do universo, para onde esse universo se expande? Supomos então a existência de uma zona de expansão, uma zona indefinida que não poderia estar contida num limite e não se considera matéria ou energia, mas escapa ao domínio das nossas hipóteses."

Fui pedindo licença e avançando entre as pessoas, ouvindo resmungos e reclamações enquanto me acotovelava. O lugar era pequeno e estava lotado. Era inútil tentar me encaixar num canto melhor. Eu só queria poder enxergar RW, o que era difícil, mesmo na ponta dos pés e esticando o pescoço.

Optei por rastejar, deslizar pelo chão como um réptil até alcançar um lugar seguro junto à parede. Continuei ouvindo sua voz e finalmente consegui me encostar num espaço onde caberia um rato. Desse ângulo RW parecia enorme, onipotente.

"Não basta validar uma teoria científica sob o prisma de sua consistência lógica. Pesquisar a origem do universo é estabelecer um jogo silencioso com um programa genético de uma complexidade superior. Digamos que, se existe Deus, ele é um grande matemático..."

Me ajeitei tentando sair de cima da perna que doía. A garota comprimida ao meu lado me cutucou: "Para quieta, porra!" Eu não conseguia entender nada do que RW dizia.

"Meio século depois da descoberta da antimatéria, baseada numa hipótese proposta pelo físico inglês Paul Dirac, cientistas coletam minúsculas quantidades de uma substância que, com uma carga elétrica oposta, tem a propriedade de desintegrar a matéria normal, ao entrar em contato com ela. Enquanto a matéria é feita de átomos com prótons positivos e elétrons negativos, os átomos da antimatéria têm elétrons com carga positiva e prótons com carga negativa. Especular a possibilidade de existirem planetas e inteiras galáxias de antimatéria talvez nos traga uma resposta. Então chegaremos quem sabe aonde? Alguém arrisca uma resposta?"

A plateia permanecia em silêncio, ninguém ousava se mexer.

"Talvez ao nada. Ao absolutamente nada", concluiu RW com uma leve expressão satânica.

"Uma partícula interage com a sua antipartícula e se desmaterializa. Talvez todo o caminho do conhecimento, toda sabedoria nos conduza ao nada", acrescentou.

Quando RW usava esse tom entre o grave e o grandiloquente dramático, eu ficava exausta. Seu rosto agora tinha a desolação das estepes. Fez um minuto de silêncio e todos continuaram quietos. Com seu costumeiro ríctus facial repetiu num tom ainda mais baixo e cavernoso.

"Ao nada e para nada."

* * *

Não consegui ver RW naquela noite. Depois da conferência foi envolvido por tanta gente que não pude alcançá-lo.

Esperei em vão por ele no hotel, deixei vários bilhetes na portaria e acabei adormecendo porque a viagem de ônibus tinha sido massacrante.

Às sete e vinte da matina ele bateu na minha porta.

"O que você faz aqui?"

Eu estava de pijama e camiseta e ainda não tinha acordado direito. Ele sentou na beira da cama e ficou em silêncio, como se eu não estivesse ali.

De repente pegou o telefone e pediu o café. Viu seu livro que eu tinha deixado de propósito ao lado da cama.

"Gostei muito da sua palestra", falei tímida.

"Escritores são anacrônicos e obsoletos", disse pegando o livro. "É uma idiotice escrever livros."

"Eu adoro tudo o que você diz, tudo o que ensina." Eu queria tanto sua atenção.

"Você leu os livros que te sugeri?"

"Claro, todos."

"Na verdade, tudo é bobagem. Toda arte é uma indiscrição. As grandes histórias de amor não saem de dentro dos quartos. As que se contam são medíocres."

Aquilo fez meu coração se apressar, num relance pensei em Virgínia e cruzei intencionalmente as pernas, queria que ele reparasse em mim. Uma história de amor não deve sair de dentro do quarto, repeti mentalmente.

"Para escrever é preciso expor sem pudor coisas particulares. Não se escreve um romance sem ferir mortalmente alguém. O terrível é que a arte desmascara. Liberta, mas desmascara."

Do que ele disse extraí apenas as palavras romance e sem pudor. Aquilo me interessava. Se pelo menos ele soubesse o quanto eu o amava.

"Veja a poesia, mas seja capaz de ver a célula solta, entregue. Um fragmento de Maiakóvski encontrado junto a uma bomba no bolso de um terrorista morto na Palestina. A poesia possui a ambivalência da fé e como a fé pode se tornar uma máquina destruidora e explosiva."

Eu não queria desviar o assunto pra essas coisas terríveis, queria que ele voltasse a falar de amor e aquela coisa toda.

"Quando a poesia se volta contra si mesma, conduz ao suicídio ou à loucura. A ciência é mais bela que a literatura. Palavras servem para designar, para servir ao fato científico."

O garçom bateu na porta com o café.

RW comia muito pouco enquanto eu tentava manter uma conversa. Rapidamente o assunto se esgotou e tornei a sentir nele o ar de urgência, de pressa constante. Não relaxava, parecia querer sair a cada segundo.

Minha última tentativa foi me aninhar sinuosamente na cama e abraçar um travesseiro, quem sabe ele me notasse.

"Você deve descender dos felinos. Darwin reconsideraria muita coisa se te conhecesse."

Foi o elogio que RW se limitou a fazer antes de sair e fechar a porta. O único.

* * *

Um minuto depois bati na porta do quarto dele.

"Você quer ouvir uma crítica? Hein?! Você quer ouvir uma crítica?! Eu não gosto do jeito que você ensina! Não gosto mesmo, de verdade, eu detesto! Tudo que você diz é chato, confuso e insuportavelmente vazio!"

Minha escala vocal se alterava, eu gritava de pijama no corredor, diante de uma porta fechada.

"Vazio!", continuei em direção aos tons mais agudos. "Você anula tudo e é um depressivo."

Comecei a soluçar.

"É isso que você é, um velho niilista depressivo. E não é didático. Você é um péssimo professor que não sabe ser didático."

Eu já chorava copiosamente, meu nariz escorria, as veias do meu pescoço deviam estar saltando pra fora. RW abriu a porta espantado.

"Eu tô de saco cheio de você, você é um merda como qualquer outro e não perdoa uma mulher que tenha ideias próprias. As mulheres não são nada pra você. Só existem pra você foder. É um problema da tua idade, da tua geração. Graças a Deus vocês estão morrendo!", gritei aos prantos.

Corri para o meu quarto e bati a porta.

* * *

"Alô."

"Ah, você me deixa tão preocupada, minha filha, não dá notícias, não telefona. Por que você é assim? Você já jantou? Fico aflita quando você se alimenta mal, não come direito. Aposto que não tem nada em casa."

"Não tô com fome."

"Você não pode viver assim. Não tem forças, coitadinha. Tem caldo knorr aí? Pelo menos faz um caldinho antes de dormir."

"Caldo knorr tem glutamato."

"Glutamato? O que é glutamato? Uma palavra nova inventada por essas pessoas esverdeadas. O que é glutamato?"

"Um troço que faz mal à saúde."

"Caldo knorr faz mal à saúde?! Você está maluca!! Ouve um idiota qualquer e repete esses absurdos. Devia confiar na sua mãe e só. Tomo glutamato desde que nasci. Você pode me explicar como é que não estou morta?! Hein? Ah, imagina se caldo knorr faz mal à saúde!"

"Tá, tá bom."

"Você é louca. Tudo faz mal, sal, açúcar, óleo, carne, ovo, farinha. Vocês e seus amigos são loucos, vão comer o quê? Me diz? O que é que vocês comem?"

"Ai, saco."

"Uma geração de fracos, não se seguram em pé. Eu me alimento de venenos desde que nasci. E olha a minha voz:

- larararila rararararara rarararariiriri lalararaara. Só não está melhor porque estou destreinada, só isso... e por causa dos cigarros... e do gim."

Bocejei do outro lado da linha, ela continuou.

"Todo dia eu como veneno. E fico doente? Me diz? De tanto comer veneno, fiquei imune. Eu sou o meu próprio antídoto."

"Tá. Boa noite."

"Você não está bem, tem algum problema. Sabe o que recomendam para os hipertensos? Bebida alcoólica. Sim, senhora, o álcool desobstrui as artérias. Se você tem problemas, por que não faz análise como todo mundo?"

"Mãe, tô com sono."

Fez uma pausa e mudou de tom.

"Querida, você está apaixonada?"

"Hum hum."

"E quem é? Posso saber?"

"Um cara que foi pra Berlim."

"Você é como eu, uma sonhadora. Ah, se eu te contar o que passei com o Alberto. Já te contei do Alberto? Aprender a esquecer é uma virtude, é claro que uma bebidinha ajuda. Cuidado, meu bem, você puxou a mim. Das três é a mais parecida comigo. Júlia e Letícia puxaram aquele cretino do seu pai, infelizmente. Nós duas somos almas extremadas, nos entregamos demais. Uma lástima. Mas lembre-se, não se subestime. Boa noite, meu anjinho, cuide-se bem. Você não está misturando barbitúricos, está?"

O ANIVERSÁRIO

Sete semanas e nenhuma notícia. Preparo maquinalmente o café. "I pray every day to be strong." Danço pela cozinha

"Moon over Bourbon Street" enquanto Marguerite procura lugares seguros.

Vou me dar um presente. E saio antes que minha mãe, minhas irmãs e os amigos de sempre telefonem.

* * *

Gastar até o último centavo é a melhor arma pra me vingar de mim mesma. Consegui comprar cinco calcinhas caras, uma talvez inútil capa de chuva, uma jaqueta jeans e um vestido que provavelmente nunca vou usar, cilada da vendedora.

Comprei livros lindíssimos e um chapéu masculino que pretendo nunca mais tirar da cabeça.

Na seção de perfumes, me distraí e deixei a balconista me lambuzar com todos, até ficar enjoada com aquela mistura insuportável de cheiros. Me deu tontura e precisei me sentar num degrau de escada, debaixo do extintor de incêndio. Só um hidrante acabaria com aquela náusea.

Fiquei um tempo com os olhos parados na vitrine de eletrodomésticos em frente, tentando não ficar triste.

A perdição encosta levemente no meu braço.

* * *

Sozinha dentro do cinema, você chora nos letreiros. Tudo o que vê imagina como ele veria. Sessão das seis no Belas Artes, *Dance with a Stranger.*

Diante de uma história passional, você se torna espectadora de si mesma, se projeta na tela e basta isso para estimular sua autopiedade. Você sai do cinema e a câmera continua a te acompanhar. Passa pela rua em obras. Desce com você pela passagem da Consolação e te encosta no muro, em cima da sujeira e dos grafites. A câmera enquadra pacotes de compras no chão e um corpo pregado à parede, os ombros caídos.

"Ah, não faça cenas!", teria dito sua mãe.

Um garoto chega perto de você e pede dinheiro. Você acha um troco no fundo da bolsa e um vidrinho de noselit. Aproveita e põe duas gotas em cada narina. Ele diz que, se você estiver a fim de um pó, ele tem um amigo que sabe onde descolar um.

Um mórmon se aproxima e o menino sai correndo. É do tipo protestante carola, cabelo loiro, recém-cortado, expressão gelada de um peixe e o olhar persuasivo de um cágado.

Ele se aproxima e diz:

"Jesus te ama, irmã. Só a Bíblia pode te salvar."

E só ele pode me doutrinar. Veio ao mundo pra isso. Pra me apontar o caminho e colocar nas minhas mãos uma edição de luxo da Bíblia a preços módicos e todos os folhetos que conduzem ao caminho da salvação.

As pessoas estão saindo do trabalho. Eu estou dentro de um buraco na Consolação, segurando bíblias e a papelada de um mórmon, enquanto ele abre um banquinho para dar início ao discurso que salvará as almas de todos esses pobres cordeiros de Deus, inclusive a minha.

Mais um moleque aparece, com uma bandeja pra vender balas de goma, cocadas e cigarros. Me cutuca e aponta pro menino da cocaína que está encostado na escada. Ele me faz um sinal, mas estou ocupada nesse momento como assistente de mórmon e continuo ali com aquela coisarada toda na mão.

As pessoas começam a se agrupar em volta do pregador que repete sua ladainha em cima do banquinho.

Mesmo para a aquiescência deve haver um limite. Largo as bíblias na bandeja de cocada, pego as sacolas no chão e dou o fora.

No meio de tanta gente sem rumo, que importância tem uma a mais?

* * *

Chegando em casa, encontrei a portaria aberta e sem o porteiro. Achei estranho. De repente, um homem emergiu da escuridão e parou na minha frente. Senti a fibrilação de um susto.

"Mora no prédio?" O tom da pergunta é grosseiro. Não respondo. O homem diz que é da polícia e agora, sim, sinto medo. A primeira coisa que me vem à cabeça é o pacote com os documentos.

"Conhecia o porteiro?"

Não respondo, não consigo responder.

A porta do elevador abre e descem mais dois caras. Estou petrificada. *A honra perdida de Katharina Blum*: conheço um sujeito, ele passa dois dias comigo, me deixa uma pasta de documentos e a polícia chega. Quem era ele? Eu não sei, juro que não sei. Minha vida retalhada, esquartejada. Meu Deus, onde me meti?

"Tudo bem, tudo sob controle."

"Positivo", diz o homem.

"Checamos nos apartamentos, é aquilo mesmo."

"Mais nada?"

"Limpeza", responde o outro.

"Que puta cara louco." Um deles dá uma risadinha.

Continuo paralisada no meio dos três com a porta do elevador aberta. Preciso subir depressa e sumir com aquela porra daquele pacote. Tento disfarçar meu medo e peço licença. Um deles esbarra no meu braço. Aquilo me incomoda.

"Tem alguma queixa pra fazer? Andou sumindo alguma coisa de casa?"

Os três riem, coniventes.

"Conhece um tal de José Expedito Abrantes, chamado Dino, mulato claro, trinta anos, porteiro do período noturno?"

O que eles querem? Seja o que for, não tenho vontade de colaborar.

"Conhece?" Ele segura a porta do elevador.

"Grampeamos ele, ladrão. Demos flagrante. Gostava de souvenirs, o sacana.

"O tarado roubou cento e tantas calcinhas das áreas de serviço aqui do prédio."

"Furtava roupas de baixo, entende?" A frase imbuída de malícia. A prepotência atrás dos sorrisos.

"Apreendemos o material no quarto dele. Tem tudo que é cor e tamanho. Se a senhorita quiser dar uma reconhecida em alguma peça sua, tamos às ordens."

"Por acaso a senhorita sentiu falta de alguma peça íntima?"

Pensei em dizer "Não, cavalheiros, eu não uso calcinha", mas resumi a um não seco e entrei no elevador. Ouvi um boa noite quando fechei a porta e continuei escutando suas risadas.

Respirei com profundo alívio.

Dino, quem diria, um fetichista. Um colecionador. Aquele cara manso e solitário embutia suas taras espalhando pelo quarto o cheiro das calcinhas das madames.

Era tão surpreendente quanto o pai de uma amiga minha, quando eu era criança, que às vezes ficava nu na janela.

Uma tarde, apareceu vestido de mulher. Uma imagem estranha, um senhor de bigodes, brincos, saia e batom. Libidinoso é uma palavra engraçada.

Ainda ouvi a sirene da polícia indo embora. Polícia me amedronta. Melhor me acalmar, tomar uma bola e dormir. E se estivessem atrás do pacote de documentos? Sabe lá que documentos são esses.

Podia ser pura fantasia, mas eu estava assustada. Pensei em pedir a RW pra localizar o Antunes. Um delegado sempre pode ajudar.

Abri o armário, peguei o pacote e o embrulhei com todas as calcinhas velhas que Dino não chegou a roubar.

Não podia me desfazer desses documentos. Eram a única coisa concreta que tinha restado dele.

* * *

No meu último ano de escola, durante as férias de julho, a mulher de RW foi assassinada. Não cheguei a conhecer Angélica. Li a notícia nos jornais, com os detalhes da brutalidade, e não fui ao enterro. Não gosto de enterros, se pudesse não iria nem no meu.

Tentei inutilmente encontrar RW, soube que a polícia não lhe dera folga e esperei a missa de sétimo dia que a escola ofereceu para poder vê-lo.

Ele não foi. Resolvi então ir até sua casa. Pela primeira vez senti uma espécie de pânico antecipado por alguém. Eram quase nove da noite quando RW abriu a porta.

O que vi na frente foi uma ruína. Um homem que lembrava o que eu conhecia, mas não era o mesmo. Tinha os olhos injetados, os cabelos ralos. Os sulcos da face pareciam flácidos, com a cor cinzenta da carne dos frigoríficos. Notei que seus lábios tinham quase desaparecido como acontece com os velhos, sua boca tinha se tornado uma cavidade seca e arroxeada.

Fiquei em pé na sala sentindo os braços subitamente pesados e RW não me olhou na cara. Parecia ocupado, absorto em pensamentos e andava de um lado para o outro, balançando a cabeça.

"Você quer um chá?", perguntei. Queria fazer alguma coisa por ele.

O telefone tocou. Ele o deixou tocar e continuou andando pela casa, murmurando para si mesmo. Continuei parada no mesmo lugar.

A coisa com Angélica tinha sido escabrosa. Mesmo consternada com a violência eu era covarde o suficiente para não tocar no assunto.

"Prefiro café", ele respondeu muito tempo depois.

Lembro vagamente daquela noite, talvez porque preferi esquecer ou porque já pensei nela de tantas maneiras diferentes que a acabei modificando.

Houve momentos em que a simples evocação daquela cena me dava o desconforto da vergonha, em outros me pareceu absurda, porém sempre dolorosa.

* * *

O café esfriava nas xícaras. RW olhava pela vidraça. Havia um espelho ovalado e móveis art nouveau, que só poderiam ter sido dispostos assim por uma mulher. Lembro de rendas, de porta-retratos, das franjas e de um xale verde. E de uma pequena caixa de joias pintada à mão. O quarto de uma mulher que tinha morrido havia uma semana. As roupas, a cadeira.

Lembro do momento em que RW me olhou. Me olhou demoradamente e tornou a olhar pela janela. De repente, disse com rancor:

"Eu teria te fodido se você fosse uma putinha, mas você não passa de uma estudantezinha de merda tentando atenuar meu sofrimento. Piedade me dá asco."

Aquilo dito tão abrupto me deixou mortificada. Respirei fundo e compreendi que a frase vinha da dor, da explosão da dor. Depois eu sentada, abraçando meu pulôver, fazendo força para não chorar.

Sentimentos são ambíguos e muitas vezes, mesmo com o passar dos anos, não os entendemos.

Naquela noite, não trocamos mais nenhuma palavra. Era como se eu já tivesse ido embora e nem sei por que fiquei, não consegui me mexer. Acabei adormecendo lá, em cima da cama, sem abrir os lençóis.

* * *

RW não voltou mais à escola. Sua vida naquele resto de ano se transformou num inferno de reportagens, delegacias, estudos com peritos, depoimentos, relatórios.

O sensacionalismo em torno de uma mulher estuprada e encontrada morta dentro de um automóvel, numa ponte do rio Tietê, crescia a cada dia e alardeava revelações bombásticas.

Durante as investigações, houve um momento em que o resultado dos laudos e a total falta de pistas da polícia fizeram o foco se voltar para RW. Seria o crime sinistro de um marido enganado? A imprensa utilizava indícios e suposições que o afundavam numa areia movediça.

"Vão virar sua vida do avesso", disse o delegado. "Mas não se pode incriminar um homem simplesmente porque encontraram suas impressões digitais no seu próprio carro, nos seus livros no banco de trás e um fio de seu cabelo na roupa de sua esposa."

O delegado Antunes era um homem extremamente simpático, com clareza de raciocínio e bom senso incomuns. Tinha a dureza de alguém acostumado a autópsias e seu olhar conhecia todos os desvios da natureza humana.

"Se todos os homens traídos se transformassem em assassinos, as mulheres seriam uma espécie em extinção", dizia rindo.

Usava paletó e vivia estalando os dedos.

Por seu empenho no caso e sua argumentação sobre a insuficiência de provas, digitais não identificadas e o resultado da análise do esperma, deram trégua a RW.

Mesmo assim, suspeitas continuavam a recair sobre ele, porque havia coisas obscuras, difíceis de esclarecer.

O mais grave é que RW não tinha um álibi.

"Alguns se tornam assassinos, outros escritores, outros padres", RW me disse enigmático na porta da Homicídios na última vez em que foi depor.

Ficamos três anos sem nos ver depois disso.

AZUL DE TÃO MODERNA

Hidroxizine 0,25, dexedrina 1,1, diazepam 0,10, ergotamina 0,5, fluoxetina.

Dr. Schilling é um médico velho demais para se preocupar com a saúde de alguém, além da dele mesmo. Era o médico da minha mãe e eu já estava acostumada com ele. Seria capaz de me receitar morfina, contanto que eu o deixasse em paz. Era uma relação gasta a nossa.

Anos atrás me obrigou a operar por causa da sinusite e não adiantou nada. Piorei. Dr. Schilling diz que o edema de quincke faz parte do meu quadro alérgico e pode se manifestar. Rinite, nevralgias e pequenas erupções podem aparecer. Ele me avisa da ação deletéria das pílulas, o álcali na massa encefálica. Diz que sou agente e vítima do meu processo.

"A álgebra do problema é a sua instabilidade emocional. Você pode criar centenas de causas para o desequilíbrio. Sou um clínico ocupado e não tenho tempo de resolver seus problemas pessoais."

Tenho vontade de mandar dr. Schilling à merda. Médicos são tão poderosos que qualquer chefe de Estado se entrega nas mãos deles feito uma criança. Abaixei meu chapéu e me afundei na cadeira.

O mais desagradável nesse médico com cara de irlandês bêbado é a tosse. Seus ataques de tosse duram mais do que deveriam, até ele esbugalhar os olhos e ficar com as orelhas vermelhas.

"Dona Leocádia, cadê o medidor de pressão? Hein? Não, não, não está, já procurei. Armário? Qual armário? Pois botou errado. Botou errado, sim senhora. Quantas vezes preciso repetir? Também não estou achando as seringas descartáveis, sumiram também as seringas, dona Leocádia."

Minha vida pessoal não interessa ao dr. Schilling. Esse velhusco débil está pouco se lixando pra minha enfermidade. Se tenho insônia, urticária, agorafobia, licantropia, se a polícia invade minha casa, se você foi pra Berlim e me deixou tão poucas alternativas, não há nada que uma boa dose de pequenas drogas não possa resolver.

Anfetaminas, anti-histamínicos, sedativos, sedativos para dormir, sedativos tomados com champanhe.

A paixão intoxica, é corrosiva, mas o doente de amor não quer se curar.

* * *

Deve ser como parar de fumar. Você vai indo, contando as horas, os dias, até que descobre um resto de nicotina no fundo da bolsa, um cigarro velho amassado na gaveta. Aí reacende desesperada todas as bitucas que encontra nos cinzeiros, no meio do lixo.

Dr. Schilling assina a receita espremendo os olhos atrás dos óculos.

Adoeço devagar.

Medicina nenhuma cura esse surto. Os deuses são químicos exímios.

TRÓPICO DE CAPRICÓRNIO

Convalescente de uma gripe somatizada e febres intermitentes, noto os sintomas da proximidade do verão nos trópicos. Noites de estrelas baixas.

Estou inquieta. Tomo um chuveiro gelado e paro em frente à janela. O ar quente que invade o apartamento tem um cheiro oleoso e selvagem. No calor do Trópico de Capricórnio não há sutilezas.

A exuberância do verão me esmaga. O ar não mexe, não há brisa. Apenas o bafo que a grande boca de sábado à noite exala.

A metrópole trepida. Sinto de longe o movimento, o motor a diesel dessa cidade vibratória. A excitação está no ar, os gemidos dos gatos e uma fímbria de lua amarela no quarto crescente.

São Paulo e o brilho sedutor de suas luzes. Sábado é dia de Saturno e a Noite é filha do Caos.

* * *

"Alô, Joy? Sou eu."

Joy e eu somos amigas há anos. Temos um passado, algumas manias parecidas, um homem em comum.

Fomos juntas pra Grécia, pra Machu Picchu, pro Tikal, o último reduto de ruínas maias em plena selva, no coração da Guatemala. Duas garotas apavoradas dentro de um teco-teco velho, caindo aos pedaços. O piloto descalço e de camiseta, fumando sem parar, um arqueólogo suíço, um padre francês e nós duas, tomando Cutty Sark pelo gargalo de manhã e ainda carregando na volta oitocentos slides, que nos custaram mais do que a viagem e que ninguém teve saco de ver.

"E aí, vamos pra festa? Você tá pronta?", ela diz com a voz ansiosa.

"Acabei de sair do banho."

"O Nando também tá no chuveiro. Ele ficou até agora no laboratório. Eu já tô pronta e linda."

"Joy, liguei pra dizer que eu não vou."

"Claro que vai, vamos pra festa, agitar. Com esse calor, vai ficar aí trancada sozinha? Assim que o Nando estiver pronto a gente passa aí pra te apanhar."

* * *

Batom vermelho, vestido preto decotado, salto alto e irish coffee gelado. Me preparo para a festa com os signos claros do desejo. Qualquer um vai perceber que estou disposta a tudo.

As luzes piscam e eu vou sucumbir à atração irresistível da cidade. Estou pronta para miar nos telhados.

Duas gotas de perfume, um certo andar, um sorriso, pequenos artifícios. Posso parecer uma bela mulher, mas não me recupero. Uma coisa metálica me arranha o coração.

* * *

O barulho é atordoante. O suor empapa meu cabelo e escorre pela nuca. Meu batom se espalhou nos copos e na cara das pessoas, meu vestido está grudado no corpo.

Centenas de pessoas espremidas dentro de um apartamento ao som do Nick Cave.

O dono, um ator bissexto, recebe os convidados de robe, rodeado de gente. Um desfile de egos e figuras tentando escapar do peso do anonimato.

O brilho eufórico da cocaína nos olhos dos rapazes com quem flerto por nada, só pra passar o tempo. Doce fruição.

Super-homens na fila do banheiro. Vaidades espocando no ar junto com as rolhas de champanhe. Super-homens sequiosos de admiração, movidos a pó e bebida com o estímulo de mostrar o próprio corpo, se exibir, ser o fruto da tentação de alguém.

Estou dançando há duas horas e não sei exatamente com quem, todos se parecem tanto esses super-homens que servem pra dançar, pra apressar a noite e para que o vazio não fique tão aparente quanto o esforço de mexer os quadris.

A promessa de um desempenho sexual à altura da qualidade do som.

***

Às seis da manhã o último deles me deixa na porta de casa. Exausta.

"Você tem certeza de que não tá mesmo a fim?", ele diz no melhor estilo ave de rapina.

"Absoluta."

"Você vai se arrepender... não sabe o que tá perdendo."

"Tchau. Obrigada pela carona."

"Não vou ganhar nem um beijo de despedida?" E ele se atira em cima de mim.

"Um beijo, me dá um beijo."

"Não posso, tô com uma inflamação na gengiva."

Isso foi perfeito para paralisar o atacante.

Ele se recompõe e endireita o corpo, irritado.

Desço do carro, tropeçando.

"Você é uma garota esquisita. Se mudar de ideia tá aqui meu telefone."

Ele passa seu cartão pelo vidro aberto mas sou um pouco lenta, o cartão cai na poça de água suja e eu o deixo lá.

O super-homem lança um olhar furioso para a garota esquisita e dá uma partida acelerada.

* * *

Super-homens e meu supervoo na vacuidade me fazem aterrizar no dia seguinte na banheira, em estado pós-gás letal.

Estou me desmilinguindo, enfio a cabeça na água, molho os cabelos. Preciso entrar urgente em processo de decantação.

Acordar no fim da tarde não me faz bem e fazer coisas que não devo é a minha especialidade. Abro a janela. O céu tem cor de leite de magnésia.

Good morning, Lúcifer, acabo de descer do metrô na estação Rainha Satanás, me lanço no espírito da era. *Zeitgeist.* Estou ficando azul de tão moderna.

Decididamente meu sistema vago simpático não gosta de mim. Basta uma noitada como a de ontem e no dia seguinte os nervos revirados, meu estômago igual a uma lixeira repleta de tungstênio, ânsia de vômito, dor nos gânglios.

Me arrasto sob o peso da cabeça cheia de pensamentos soturnos. Sofro de sinusite, rinite, adenoides e não há vasodilatador que me faça respirar com as duas narinas ao mesmo tempo. Cadê o frasco de noselit?

A cor desfocada das pílulas. A vista embaralha a dosagem certa prescrita na bula. Nesse momento sou um exemplo vivo de todas as possíveis contraindicações.

Estou mal, mal, qualquer mulher obsessiva no meu lugar estaria. Aquele cara não me sai da cabeça.

Sinto a língua pesar dentro da boca, as pálpebras insuportavelmente pesadas, os músculos, os braços pesados e uma falta intolerável do peso dele, do sexo dele, dele.

Seis e quarenta da tarde de domingo e o telefone não toca. Você não me conhece, não sabe nada de mim.

Vapor, bolhas de shampoo. Passo a mão no corpo. Minha languidez é lasciva, a mão escorrega na pele lustrosa, o calor da água. Quero você em cima de mim, dentro de mim.

Sete e dez. Movimento os quadris. A água transborda, molha o chão.

Deslizo a mão pela perna. Preciso de um beijo. Sou louca por ele, a voz dele, suas palavras ditas assim como as notas mínimas de um pianíssimo.

Sete e cinquenta. O telefone toca. Uma chance em milhares de ser ele e me agarro nela.

"Alô."

É o Lamberto, um pentelho.

"Oi. Não dá pra falar agora, tô acabando de arrumar a mala, embarco daqui a pouco." Minha voz pastosa.

"Pra Berlim. Vou morar seis meses em Berlim." Uma poça de água se formando a meus pés.

"Vou fazer um curso de geofísica. O quê?"

"Sobre Berlim? Agora na TV? Que canal? Vou assistir. Tchau, não posso mais falar que eu tô molhando todo o tapete. Te ligo na volta. Tchau."

Lamberto a essa hora deve estar jogando paciência ou xadrez ou montando um daqueles enormes quebra-cabeças inúteis. Um chato. E eu não sou o clube dos corações solitários, nem faço assistência noturna. Lamberto é desestimulante pra qualquer libido.

Ligo depressa a TV. Novas notícias de Berlim nos telejornais. Rumores sobre a queda do muro. Alemães orientais passam para o lado ocidental e são recebidos com lágrimas e solidariedade. Pego os jornais, revistas, busco avidamente tudo o que se relaciona ao fato, atenta aos subtextos. Na minha fantasia imagino alguma mensagem cifrada nas entrelinhas.

Manifestações estudantis em frente ao Kongresshalle. A polícia acompanha o povo à Porta de Brandemburgo. Olho detalhadamente cada foto. Você deve andar por essas ruas, respirar esse ar.

As atenções do mundo estão voltadas para *Die Mauer*, o muro. O arame farpado. Depois de quase trinta anos de divisão, de centenas de pessoas que morreram por esse muro, a esperança de ele desabar.

Potsdamer Platz, Unter Den Linden, Alexanderplatz, velhos edifícios, ruas, parques, cafés. Nesse momento, o noticiário é o meu único contato com você. Leio as reportagens como se fossem cartas.

* * *

Meto o travesseiro entre as coxas. Noites de domingo são terríveis. Programas insuportáveis na TV. Vejo os mesmos filmes, os mesmos velhos games.

Continuo com o jornal no colo e pego a apostila da última aula de Nina. Releio a mesma linha repetidas vezes sem entender nada, bocejo, me espreguiço e todas as folhas do ensaio caem no chão. Merda, impossível querer estudar desse jeito. Quanto mais quero me livrar de um pensamento, mais ele me persegue. Não dá para misturar filosofia ouvindo um som, assistindo a vídeo, lendo jornal e revendo a reprise da sua entrada vulcânica na minha vida.

Eu gostaria que um neurocientista me dissesse se uma paixão estúpida dessas consegue arrebentar uma quantidade infinita de neurônios e fazer o cérebro permanecer nesse looping repetindo obsessivamente uma cena, um beijo, um gesto, o arrepio de um tesão.

Estou entorpecida. Me sustento de pequenas doses e do gemido melado desse sax. Vou deixar que essa droga de filme continue até a última sessão, até que apaguem a luz, até que fechem o cinema – com o cartaz na porta: "Vende-se material de demolição" – e no seu lugar construam um supermercado.

Amanhã volto ao trabalho.

* * *

Nove dias depois do meu aniversário recebo suas flores amarelas, já meio ressecadas e um telegrama. "Foi linda aquela vertigem do tempo. Teu cheiro, teu corpo, precisos fragmentos amorosos que ainda afogam minha memória."

O arrebatamento.

Câmera *plongée* pega uma mulher dentro de um quarto, eufórica, beijando um travesseiro.

* * *

Depois de um dia exaustivo de trabalho, que ainda incluiu duas idas ao banco e uma ao supermercado, saio da Interstar e atravesso a rua numa sinfonia de buzinas com o desejo ingênuo de encontrar um táxi debaixo dessa chuva.

Está anoitecendo. As janelas acesas de edifícios contra o céu escuro refletem nas poças da calçada esburacada. Estou parada acenando para táxis invariavelmente cheios. Automóveis espirram água quando passam. Procuro me proteger da chuva debaixo do andaime de uma construção, comprimida entre as pessoas.

De um lado, um rabino com barba enorme, solidéu e roupa escura de lã, nesse calor. Do outro, um mendigo, que me oferece um pedaço do jornal que usa de guarda-chuva.

De que adiantou o milagre de conseguir o táxi, se o trânsito não anda e estamos parados há quinze minutos exatamente no lugar onde o peguei? O sinal fecha e torna a abrir e ninguém se mexe. Passam os pedintes, os vendedores. O painel luminoso anuncia a qualidade do ar: ruim.

Pra não ficar histérica com as buzinas, ouço Kiri Te Kanawa no fone de ouvido, porque, desde criança, árias de óperas me relaxam. Minha mãe costumava cantar pra eu dormir.

A chuva parou. Numa esquina da avenida Paulista, entre imensos edifícios de vidro, mendigos em volta de uma fogueira atiram lixo nas chamas.

A dissonância da cidade grande. O homem e seu domínio, seu sonho das máquinas e de sóis e inteligências artificiais.

Encolhida num táxi, uma garota escuta ópera num CD e se comove no final da *Bohème*. Lirismo tecnológico talvez seja isso.

* * *

Desço do táxi no meio do trânsito parado, achando que a pé vou chegar mais depressa. Minha mãe me espera pra jantar. Não passo pelo parque Trianon há muito tempo. Reminiscências: bolsos da jaqueta com líquens e musgos dos troncos de árvore. Enfio as mãos nos bolsos e acho o seu telegrama. Paro debaixo de um poste para reler mais uma vez.

Preciso sair do ermo da invenção. Preciso voltar à tona pra respirar.

Durante o jantar acabo contando pra minha mãe que desde que você viajou me sinto dilacerada. Uso a palavra *dilacerada*, ela usa sua voz de soprano:

"Não seja teatral. Só porque seu namorado foi para Berlim? Você arruma outro melhor."

"Não quero outro."

"Você não está se drogando, está? Saiba que nenhum homem vale isso. Pegue mais ervilhas, meu bem."

"Tomei um atarax e um somalium."

"Não é bom misturar, nem tomar dois dias seguidos."

"Já sei, mamãe."

"Seu problema é que você é uma idiota sarcástica. Os homens são românticos, sentimentais. Sua personalidade põe tudo a perder. Qualquer homem prefere o fingimento à ironia. Onde você foi jantar ontem, meu bem?"

"No japonês."

"Argh, não sei como se pode ir a um lugar onde comem peixe cru e cozinham guardanapos. Bom, é claro que eles têm que cozinhar os guardanapos, senão como iriam fazer aquele chá horroroso?"

"Para de pôr comida no meu prato, mamãe. Se eu quiser me sirvo sozinha."

"Tenho um projeto ambicioso mas ainda é segredo. Me ofereceram um terreno na Serra do Mar. Clima esplêndido, montanhas, sal marinho, um ótimo negócio por uma ninharia. O corretor esteve aqui em casa essa tarde, ele é tão simpático, o doutor Goodman. Um homem sensível que adora música."

"Que absurdo! Pra que você quer um terreno na Serra do Mar?"

"Como pra quê? Pode ser um ponto de encontro para arte, com concertos de música de câmara, artistas, intelectuais, pintores, maestros, escultores. Pessoas que tenham um passado, uma história!"

O olhar dela se perde em devaneios.

"Mas não pense numa casa de repouso para velhos, não, não, nada disso. Será um reduto para talentos jovens também, você vai adorar. Você pode até largar esse seu empreguinho e se mudar para lá. Assim você esquece esse alemão."

"Ele não é alemão."

"O que ele tem? Belos bíceps? Você precisa mais do que isso, precisa de um homem como Giordano. Não vai fazer como aquela estúpida da sua irmã e eu mesma, que acreditei naquele cretino do seu pai."

"Mamãe, não começa."

"Parece sina das mulheres da nossa família. E lembre-se: nunca implore."

* * *

Uma vez encontrei no meio dos papéis da minha mãe um anúncio de jornal, marcado por um círculo em vermelho: "Profissional, rapaz acompanha senhoras, inclusive a ambiente fino. Caixa Postal 1365."

Naquele momento senti um amor tão grande por minha mãe. Compreendi sua luta tenaz, diária contra a infelicidade e por que se agarrava tanto ao que ainda tinha.

Sua casa é o depósito de um passado acumulado. Ela não se desfaz de nada que sirva de lembrança. Guarda tudo o que possa reter o tempo, impedir sua passagem.

Possui dezenas de porta-retratos. Fotos, fotos emolduradas por todo o canto. De todas elas teve o cuidado de recortar meu pai. Ele é o grande ausente da casa. Está numa única fotografia amassada, esquecida no fundo da gaveta.

Minha mãe sempre teve delírios de grandeza. Na juventude perdeu os pais, ganhou uma bolsa e foi viver num conservatório em Viena. Era soprano. Suas histórias são grandiloquentes, mas pelos recortes e papéis guardados teve apenas uma brevíssima carreira no palco. O suficiente para se sentir uma diva. Fez uma turnê por algumas cidades, Praga, Belgrado e o resto sei pouco porque ela muda a história cada vez que a conta.

Conheceu meu pai, que não tinha nada a ver com o mundo da música, até hoje nem sei exatamente o que ele fazia, porque ela foge dessa história, odeia essa tórrida paixão, que acabou com a sua carreira. Deixou palcos e pretendentes, voltou para o Brasil para ser mãe de três meninas e se arrependeu de tudo isso.

Somos três decepções que a impediram de voar e ser algum tipo de estrela de um mundo do qual sei muito pouco. Primeiro a Letícia, eu sou a do meio e a Júlia veio em seguida. Sem saber conseguimos destruir seus sonhos.

Foi uma mãe desesperada com toda razão. Três meninas carentes precisando de uma atenção e cuidados que nunca tiveram.

Lembro da minha mãe estressada, esgotada, chorando pelos cantos e de um pai que durou muito pouco nessa história. Sumiu quando eu tinha uns cinco anos e nunca mais soubemos nada dele. Ela evita tocar em seu nome, a não ser pra dizer que foi um cretino, um canalha, um filho da puta. É só o que sabemos dele.

O resto é uma memória tênue que guardo como um tesouro. A mão do meu pai pegando minha mão no supermercado em que eu estava perdida.

Eu no colo dele é uma imagem que não sei ao certo se foi imaginada por mim num momento de tristeza.

Então a única coisa que ficou foi a sensação de entrar naquele cinema de bairro durante as tardes e poder ficar assistindo, da sala de projeção, àquelas imagens de pessoas gigantes que falavam coisas sem parar. E às vezes se beijavam. Aqueles beijos de cinema me pareciam ser aquilo que as pessoas chamavam de felicidade.

* * *

Não tive uma casa feliz. Tive uma infância de pouquíssimas amigas, talvez nenhuma. Eu era sistematicamente maltratada pela Letícia com seu ciúme feroz e tinha que cuidar da Júlia, que, tão abandonada quanto eu, por ser menor, corria mais riscos.

Tivemos uma sequência de babás e assim fui formando minha imagem do feminino. Todas exaustas, estressadas, tentando com um resto de energia nos alimentar, lavar, vestir e até distrair cantando.

Pra mim, até hoje todas as mulheres de alguma forma tentam se distrair do próprio desespero. Eu inclusive.

Aceito meu desespero como a marca vermelha que tenho nas costas, a curva do meu quadril, o desenho da minha orelha. Vim ao mundo com ele. Ou pelo menos com seu potencial, o resto foi cuidadosamente produzido em barris de carvalho na adega da minha existência.

Com as minhas babás aprendi a arte da exaustão e a capacidade de aceitar o que não pode ser mudado. Crianças jogam a papa no chão, crianças vomitam, crianças vivem com o nariz escorrendo. Nenhuma das três jamais conseguiu ir pra escola com o uniforme completo e/ou completamente limpo.

Pra dizer a verdade, conhecendo minha mãe e seus devaneios, nem sei como conseguimos ser matriculadas numa escola, ter algumas partes do uniforme e coisas práticas como cadernos e livros. O lado funcional da minha mãe, ainda que falho, sempre me surpreendeu.

Minha mãe foi filha única, viajou pra Europa com a herança dos pais e acho que ganhou algum dinheiro nos palcos. Decidiu investir a maior parte da grana em coisas que considerava valiosas. Tapetes persas e casacos de pele.

Voltou pra casa de navio com meu pai e com muitas caixas abarrotadas, que foram diretamente para o sótão.

Tapetes persas continuam enrolados até hoje, casacos de vison e astracã, cheirando naftalina, coisas guardadas que ninguém nunca usou. Nunca nada foi aberto e minha mãe acha que tem ali uma fortuna. Mas é apenas um grande depósito de traças alegres e muito bem alimentadas.

O resto do que veio e do que ela foi comprando está fechado em armários, dezenas de caixotes, escondidos por todo lugar. Você se perde no meio de tantos objetos, discos, vestidos, bibelôs, candelabros, porcelanas, papéis, álbuns, quadros empoeirados.

Até hoje minha mãe abarrota nossas vidas com seus presentes inúteis.

"O que você quer de Natal, meu anjinho?"

A voz dela oscila de tom, independente do assunto. Modifica o ritmo e a velocidade, vai do *sottovoce* ao *fortissimo* ou *allegro* sem nada que justifique, exceto o hábito de seus solfejos.

"Você é tão estranha, não responde quando a gente fala. Você não é normal, não é uma moça normal."

"Não quero presentes, OK? Fui péssima o ano inteiro e não quero ganhar nada."

"Você fica enchendo a cabeça com essas bobagens desses gibis. Perde tempo com histórias em quadrinhos! Que adianta ser a mais inteligente das três, se é incapaz de fazer alguma coisa importante? Minha própria filha, meu Deus! Você foi ao doutor Schilling? O que ele disse? Você contou que não come direito, não se alimenta? Como você espera que seu cérebro funcione desse jeito?"

Em qualquer frase da minha mãe há resquícios das grandes personagens da lírica. Seu descontrole emocional faria Zelda Fitzgerald parecer cartesiana.

Ela continua seu monólogo e eu continuo ausente, empurrando a comida com o garfo, alheia, lendo gibis.

* * *

De certa forma somos um fracasso, Letícia, Júlia e eu. Mamãe queria que soubéssemos música, nos obrigou a ter aulas de piano e canto. Júlia aprendeu. Letícia nunca teve musicalidade e eu detestava aqueles exercícios monótonos, repetitivos, Bach matematicamente chatíssimo aos ouvidos de uma criança. Eu fingia ter dor de garganta, colava nas aulas de piano, escrevendo o nome das notas no marfim.

Depois que meu pai se foi, minha mãe voltou a frequentar teatros.

Vinham homens em casa e em geral traziam chocolates. Da escada escura eu via a luz na sala, fumaça de cigarros, risadas. Foi o mais perto que cheguei da alegria.

Ela foi arrumando uns trabalhos esporádicos. Enfiava nós três no camarim, com vestidos brancos de laços e ordens expressas de ficarmos imóveis sob o olhar ameaçador da babá.

Eu era atraída pelos cenários, o vermelho do veludo das poltronas, as flores nas estreias. A atmosfera dos teatros, a mesma escuridão da escada e daquela alegria que vinha da luz.

Minha mãe vivia distraída e ocupada demais para lembrar de coisas regulares. Fazia solfejos e nos fazia aprender poemas de cor, mas nem percebia se faltávamos um mês inteiro na escola. Não lhe ocorria nos levar ao dentista ou em viagem de férias, mas de repente nos mandava a uma série de palestras sobre egiptologia no Instituto Goethe, considerando fundamental para nossa formação.

Aos sete anos eu sabia quase todos os dramas das óperas, mas ignorava a existência das quatro operações. Aos treze, conhecia a vida de Oscar Wilde e não tinha feito a primeira comunhão.

Nossas vidas eram tão diferentes das outras meninas, que não nos identificávamos com ninguém e não tínhamos amigas. Mas nem isso nos aproximou. Cada uma de nós tinha criado seu mundo particular, fechado e incomunicável.

Fomos três crianças solitárias e somos até hoje, acho.

Júlia, a mais retraída, tem temperamento submisso, enquanto Letícia sempre foi a mais forte, a melhor em tudo.

Cada uma de nós olhava mamãe miticamente. Víamos a criatura frágil e poderosa, recém-saída da infância e envelhecida de repente. Uma vez ela nos confidenciou: "Eu poderia ter sido alguém." E ficou parada nos olhando durante um tempo. Então num ímpeto nos levou para uma loja e comprou um sutiã para cada uma.

Era engraçado, porque ela nunca se preocupou em saber se tínhamos meias, pijamas, um uniforme de escola decente e em geral todos os presentes eram coisas inúteis que acabávamos nem usando.

Um dia Letícia entrou no quarto aos gritos: "O papai não mora mais aqui. Papai não mora mais com a gente, a mamãe tá lá embaixo chorando."

Achei estranho ouvir que ele não morava mais, porque nunca tinha me passado pela cabeça que ele morasse.

Minha mãe não fez nenhum comentário. Naquela noite nos reuniu e disse: "Hoje vamos nos divertir." E nos fez experimentar champanhe pela primeira vez.

Foi uma comemoração. Depois, durante várias noites acordei ouvindo seus soluços. Dele não lembro, por mais que eu queira. Do meu pai não consigo lembrar. Exceto das nossas tardes no cinema.

Quando nos falta um pedaço a gente se acostuma. Mas existe uma dor imprecisa, quase imperceptível como uma poeira, que cai todos os dias nas coisas e a gente nem nota.

É com essa dor que vivemos. A dor de uma ausência que senti a vida inteira. Uma espera. Uma criança existe em mim e espera um pai que nunca mais voltou.

Procurei esse pai e continuo procurando nos homens que conheci, que invariavelmente me causam a dor que o meu me causou.

Criei escudos para me defender, sarcasmo, ironia, indiferença, distração, todas as encenações possíveis e tenho consciência disso.

Talvez seja isso o eterno retorno. Ser destinada a repetir uma sensação e fazer da própria vida uma longa espera.

NINA NUMA SEXTA-FEIRA

Não sei para que servem essas singulares aulas de filosofia se tudo o que realmente me interessa na vida é um bom recado na secretária eletrônica, uma mensagem, uma possibilidade.

Resolvi estudar filosofia por mero acaso, quando conheci Nina numa exposição de fotos do Nando. Se tivesse encontrado uma professora de paraquedismo, provavelmente estaria me atirando de aviões.

O problema é que eu andava muito desorientada. Na Interstar, em vez do tão sonhado longa-metragem, estava perdida em comerciais de miojo e papel higiênico e na vida pessoal, depois da separação do Nando, simplesmente não surgia nenhum cara interessante. Naquele momento me aprofundar nas ideias dos homens que pensaram o mundo pareceu uma saída.

Eu devia estudar o *Manual de sobrevivência na selva*.

Sou uma aluna sem disciplina, impaciente, derrapo na pista do autoconhecimento, nas vias tortuosas da sabedoria, e desmarco a aula da Nina toda vez que pinta coisa melhor pra fazer.

Convivo com contradições, com verdades absolutamente antagônicas e só relaxei quando descobri que não há mesmo resposta para as três ou quatro grandes perguntas da humanidade.

Às oito Nina chegou. Ansiosa e pontual como sempre, carregando suas pastas e livros, mas tinha um sorriso estranho e olhava para os lados, evitando o olhar.

"É horrível ter que dizer isso, mas hoje é meu aniversário."

"Parabéns, Nina."

"Me desculpa. Faço cinquenta anos essa noite."

"Bom título pra um filme", tentei brincar, mas Nina não parecia no seu melhor *mood*.

As mulheres nunca deveriam se sentir culpadas e nem pedir desculpas por envelhecerem. Senti pena de todas nós.

"Então nada de aula numa noite tão especial, Nina, vamos sair e comemorar."

Ela escolheu um lugar pequeno e agora estávamos frente a frente em nosso primeiro momento de intimidade. Já conversamos tanto sobre teses e teorias, mas nunca a ouvi falar de si mesma. Nina pediu bourbon.

"Cinquenta anos é o declínio", disse levantando o copo e bebeu tão depressa que suas bochechas ficaram instantaneamente coradas. Através de sua pele clara transpareciam pequenas veias azuis.

Era uma mulher bonita, com muitas rugas de expressão e vestígios de uma educação rígida. Tinha o corpo ereto, a testa alta, uma certa fidalguia. Mas seu fundo de olho era frágil, embaçado como o fundo do copo.

"Faço cinquenta anos sozinha e sem dinheiro."

Pensei em alguma coisa animadora para dizer, mas não me ocorreu nada. Nina esvaziou o copo e olhou muitas vezes para a porta como se esperasse alguém.

"Cinquenta anos é a plenitude da mulher", me surpreendi dizendo, mas nem eu mesma acreditei nessas palavras.

"Dá para fazer um bom balanço", disse e suspirou, dilatando as narinas e olhando as próprias mãos, numa atitude típica das mulheres.

"Que vida estranha a minha, meu Deus!", murmurou. Pedi mais dois drinks.

Quando se examina um rosto, na maioria das vezes se obtém uma leitura completa dos fatos, registros e sentimentos pessoais. O de Nina não revelava nada. Era um rosto contido, controlado. Passava por todas as idades. Podia parecer uma menina ou muito mais velha do que era. Havia porém um constante susto estampado nele. O ar assustado de uma pessoa que tivesse envelhecido bruscamente de uma vez só.

"Você é muito bonita", falei com sinceridade.

"Mas estou cansada de sustentar os músculos da cara. Me sinto desabar." Fiz uma associação idiota com os cremes Lisonge e falei:

"Quero te dar um presente. Uns produtos de beleza."

"Você acredita nisso? Bobagem. Nada vence o avanço do tempo. Eu envelheci num dia. Acordei de repente numa manhã e tinha me transformado numa velha."

"Bom, melhor do que numa barata." Pensei que a faria sorrir, mas Nina nem me ouviu.

"A gente passa a vida esperando que alguma coisa espetacular aconteça. Todos acreditam nisso. Um dia a gente descobre que não vai acontecer mais nada e para de esperar. Para de acreditar. Só isso. Envelhecer é só isso."

Nina engoliu seu segundo bourbon. Eu não sabia o que fazer por ela.

"Não tenho mais ilusão. A vida não é o que promete ser."

"Posso te ajudar em alguma coisa?"

"Você já está ajudando. Não conheço muita gente. Tudo mudou tanto em cinco anos. Minha história é feia", disse, e tornou a olhar para fora como se tivesse a impressão de estar sendo seguida.

"Convivo com os gregos desde a faculdade e aprendi, no melhor estilo sofocliano, que deuses e tiranos não se cansam de inventar tragédias."

Nina queria contar alguma coisa, mas hesitava. Fez uma pausa e abriu as narinas de novo. Então respirou profundamente como se fosse dar início a uma sessão de yoga. Aproveitei a pausa para pingar sorine no meu nariz.

"Meu marido me abandonou e fugiu com a minha mãe."

Levei um tempo para absorver a coisa.

"Parece tragédia grega, não é?"

Não respondi.

"Fui casada dezessete anos. Estávamos passando férias em Araras quando aconteceu. Tínhamos uma casa nas montanhas, meus filhos e eu dávamos longos passeios durante as tardes. Meu marido ficava lendo, ele lia sempre, era um homem muito fechado. Minha mãe veio nos visitar, ela tinha torcido o pé. Ficou deitada numa espreguiçadeira no terraço e ele lendo perto da lareira. Foi assim que os deixei e assim que os vi pela última vez. Quando voltei eles não estavam mais. Nunca mais quis ver nenhum dos dois."

Nina falava devagar, como se a história não fosse mais sua.

"Depois, um advogado me procurou para assinar uns papéis. Meu marido administrava todos os bens que meu pai me deixou quando morreu e eu não quis ficar com nada. Mandei meus filhos estudarem fora com medo que descobrissem. Desde então me sustento com as aulas. E pensar que fiz a faculdade por puro tédio."

Nina. Cinquenta anos. Mais um bourbon.

"Agora acabou. Parece tão remoto. Os dois moram juntos no Rio de Janeiro e isso não importa mais."

Continuei quieta. Ficamos as duas em silêncio.

Imaginei os dois fechados numa cobertura na Praia do Flamengo, entre heliotrópios secos, cânfora e naftalina, roídos por um romantismo lascivo, doentio, herança da sífilis. Um homem sugando o seio de uma velha senhora entre rendas gastas, pérolas. Uma velha com uma maquiagem forte de contornos malfeitos. Ela com suas mãos manchadas, os dedos nodosos com um anel de brasão, maquiando o rosto que teve no passado, um rosto que não existe mais.

Me despedi de Nina na porta do restaurante, voltei para casa e dei comida para Marguerite. Pensei que ela também ia acabar envelhecendo, essa gata vesga.

Fui dormir me sentindo como um guarda-chuva esquecido num banco em alguma estação de trem.

NÚMEROS DE ESTRANHEZA

Não tenho a impressão de estar sofrendo. A moça do banco disse que preenchi o formulário errado. É o terceiro talão de cheques que perco em duas semanas.

Na Interstar devem estranhar meu comportamento, trabalho mal, falo pouco. Tereza pergunta por que não tiro os óculos escuros, falei em fotofobia, mas a verdade é que acho difícil sustentar o olhar.

Sei que ando chorando à toa, o que não faz nada bem pra minha sinusite, as mucosas são meu ponto fraco, diz o dr. Schilling. Marquei com dona Leocádia outra consulta na terça, mas na última hora resolvi não ir.

Certas histórias, como a de Nina, me consolam. Pra alguma coisa servem as tragédias dos outros.

Nina disse que estou bem, mas essa semana andei errando o caminho de casa, esqueci a carteira, primeiro no balcão da loja e depois no guichê do banco. E ia deixando a bolsa no restaurante, quando o garçom me chamou.

Fiz as compras de supermercado pra RW, mas acabei largando os pacotes na produtora ao invés de mandar.

Não, não estou.

Devia dizer a ele: "Volte porque estou sofrendo. Volte, por favor, nossa história está morrendo, suas flores já morreram e eu também não me sinto muito bem.

Talvez não seja grave.

Depois que ele me transformou numa idiota que chora dentro de táxis, sinto uma certa estranheza nessas vitrines de Natal, isso é tudo.

Detesto o telefone. Detesto cada vez que toca.

Talvez seja simples e eu complique as coisas. Pode ser. Mas só vou descobrir mais tarde, quando for pra cama com aquele japonês do bar, aí sim vou perceber que fazer amor desatenta, fazer amor com alguém pensando em outra coisa, é um dos mais óbvios sintomas de estar sofrendo.

* * *

Se de Berlim você pudesse ver essa garota. Se a visse agora, voltando pra casa cheia de embrulhos, abrindo o elevador e segurando a porta com o pé, a luz do corredor queimada.

No escuro, uma garota larga os pacotes e vira a bolsa espalhando todas as porcarias inúteis que carrega, procurando a chave.

Entra em casa, joga tudo no chão e despenca exausta na cama. Uma garota sozinha, e sem sapatos, atirados longe.

Se você a visse assim encolhida, menor ainda, desamparada e nem sequer bonita. Nada nela lembra sedução. Nada iria te parecer tão mínimo.

Se você a pudesse ver agora, na certa entenderia tudo.

* * *

Seu telefonema apocalíptico interrompeu meu sono e o espanto me empurrou até o banheiro escuro sentada no chão gelado de azulejos gritando "Alô, alô, que bom que você ligou alô a ligação tá péssima fala mais alto eu tô completamente apaixonada por você".

"Amo você, eu amo você", gritei. Através de centrais, impulsos eletrônicos, ondas hertzianas e toda essa confusão, eu finalmente ouvia sua voz via satélite me dizendo:

"Eu também te amo. Escuta, quero te pedir uma coisa."

"Quando é que você volta?"

Sinais de transmissão, uma chamada telefônica entre milhões nesse segundo.

"Você pode vir pra cá? Eu estou te mandando um PTA, você pode retirar uma passagem em seu nome na Varig."

"Ir pra aí? Como assim? Quando?"

"Amanhã, depois de amanhã, o mais depressa que você puder."

"Bom, eu não sei, eu... tão depressa assim? Vou ter que pedir férias na Interstar... não sei... não posso... eu vou. Eu vou de qualquer jeito." Isso se eu não enrolar o fio do telefone em volta do pescoço e puxar.

"Então olha só, eu quero que você traga aquele pacote de documentos, OK? Amanhã eu ligo a essa hora para saber do teu embarque. Vou te buscar no aeroporto."

"Que loucura, eu nem acredito. E o muro? Tenho lido todas as notícias."

"Você vem para cá num grande momento. Vão derrubar o muro."

"E unificar as duas Alemanhas?"

"Ainda não se sabe. A coisa é complicada."

"Sinto tanto a tua falta."

"Eu também. Muito."

Oh, please, preciso de você. Preciso de um dry martini. Será uma noite longa essa. Há euforia nas ruas de Berlim, esse é o maior acontecimento da década, esse telefonema, e eu te suplico por favor não desliga ainda, porque estou me segurando nesse telefone como numa beira de um abismo e me agarro com força pra não cair.

* * *

Minhas medidas urgentes foram: convencer Ivan a me dar férias e um dinheiro adiantado, comprar dólares, roupas de inverno, desentocar casacos, luvas, echarpes; me despedir rapidamente dos amigos, prometer pedaços do muro de Berlim, me despedir da minha mãe, prometer que em Munique procuro um antigo namorado seu, arrumar um lar para Marguerite.

"Joy, preciso de um favor."

"Que história é essa de ir pra Berlim?"

"Na volta eu te conto."

"Você adora fazer clima."

"Joy, vou deixar a Marguerite com você."

"Ah, não, não gosto de gatos."

"Você tá errada, Joy. Gatos são interessantíssimos e afugentam os maus espíritos. Os egípcios ergueram templos e estátuas porque sabiam que gatos são portadores de fortuna e capazes de influenciar oráculos."

"Chega! Não vou ficar e pronto."

"Joy, eu te faço mil favores, você tá sendo injusta."

"A injustiça é minha principal qualidade."

"Olha aqui, você não tem escolha, vou deixar a Marguerite aí hoje à tarde. Ela come ração e carne moída. Uma vez por semana você dá sardinha fresca. Põe a bandeja de alumínio com areia e troca todos os dias. Não esquece de dar água e de lavar bem o pratinho, senão ela não come."

"Porra, que puta mão de obra!"

"Quantos milhares de favores eu já te fiz?"

"Tá, tá, não precisa ficar repetindo. Pode-se saber com quem você vai pra Berlim tão de repente?"

"Não."

"Hum, sempre cheia de mistério..."

"Tchau."

"Espera, não vai mesmo me contar?"

"Não."

"Quanto tempo vou ter que ficar com essa gata?"

"O necessário. Te ligo. Um beijo."

* * *

Em Frankfurt, tive que pegar uma conexão pra Berlim. O aeroporto estava cercado de guardas armados e em frente ao portão de embarque, além da revista normal contra sequestros, houve um interrogatório individual e tenso. Fui fechada dentro de uma sala com diversos policiais que me perguntaram, num inglês carregado de sotaque alemão:

"Quem fez sua mala?"

"Como assim?"

"Quem arrumou sua mala?"

"Eu mesma."

"Quando?"

"Ontem... ontem à noite."

"Estava sozinha?"

"Sim."

"Aceitou alguma coisa de alguém desde que desceu nesse aeroporto?"

"Não."

"Aceitou alguma coisa de alguém em seu aeroporto de embarque?"

"Não."

"Sua bagagem contém algum desses itens abaixo relacionados que possam infringir as regras de segurança?"

Li a lista e assinei embaixo conforme me mandaram. Ainda respondi a mais outro inquérito, afirmando que não carregava nada comigo e só depois me deixaram entrar na sala ao lado, onde quatro mulheres me revistaram. Em seguida desci uma escada rolante e fui levada com os outros passageiros para dentro de um ônibus militar com novos policiais. "Identifique suas malas", pediu um deles.

A bagagem foi aberta e revirada do avesso. Abriram até o pacote de absorventes femininos e apalparam todos. Eu tentava disfarçar meu nervosismo e mais uma vez pedi a Deus que aqueles malditos documentos não acabassem comigo.

* * *

No avião senti o coração apertado quando me dei conta de que eu não tinha um telefone, endereço, nem sequer uma indicação se acaso ele não viesse me buscar ou houvesse um desencontro.

Essa simples ideia foi o bastante pra detonar minha sinusite e, mesmo depois de excessivas gotas de descon, eu não conseguia respirar.

Descer em Berlim foi um alívio. Ele estava lá. Me pareceu ainda mais doce e desprotegido. Dentro de um abraço demorado as coisas melhoram tanto.

Quando descemos do táxi na Kurfürstendamm, em frente ao hotel, achei que poderia ficar em Berlim pro resto da minha vida.

A suíte tinha uma sala com lareira e da janela do quarto se via o parque do zoológico.

"Cidade linda."

"Eu sabia que você ia gostar."

"Quero andar por todas essas ruas, quero passear com você."

Mas nessa tarde não íamos sair do quarto, nem da cama, nem dos braços um do outro.

Meu coração, Berlim.

* * *

Sexo. Quando se está apaixonado, sexo é a quintessência. Eu sentia uma falta louca dele. O ar de Berlim alimentava fantasias. Contei sobre a revista no aeroporto de Frankfurt.

Ainda podia sentir a estranha excitação contida no medo. O desejo de me submeter, de ser subjugada.

"Fica assim, parada. Levanta a saia devagar. Assim. Agora deita e abre as pernas. Devagar."

A entrega sem nenhuma reserva, uma entrega tão absoluta quanto a morte. Um abandono absoluto. Você pode fazer de mim o que quiser.

"Não mexe agora. Fica parada, para assim, não mexe."

Corpos nus e espíritos aturdidos. Tarde de sexo em Berlim.

* * *

A nudez de um corpo não é nada perto da nudez da alma. A alma exposta mostra fragilidades que dilaceram. Uma vez que expomos nossos pontos vulneráveis, feridas que não cicatrizam, nossa fraqueza se torna um alvo fácil. Esse é o ponto fraco que derruba o sistema. É ali, onde não temos defesa.

* * *

"Gosto do vento frio na cara, gosto do inverno, gosto de andar a pé com você no frio olhando as vitrines iluminadas." Eu estava eufórica, emocionada.

"Tem um restaurante delicioso aqui perto na Schlüter Strasse chama Lutter e Wegner, você vai gostar."

"E você gosta de mim?"

"Gosto da sua cara no frio, da ponta gelada do seu nariz e do jeito que você transa."

"Tô morrendo de fome."

"Gosto quando você tá morrendo de fome."

"Quero ver o muro amanhã. Amanhã de manhã", falei me enfiando na cama. Minha primeira noite em Berlim.

Ele sentou ao meu lado.

"Eu não vou poder ficar aqui com você."

"Você vai estar ocupado amanhã?"

"Eu vou ter que ir embora."

"Ir embora?"

"Amanhã à noite eu embarco pro Japão."

Fiquei chocada e apenas repeti: "Japão."

"Eu sei que não estou sendo justo com você, mas estou envolvido num projeto muito importante nesse momento e não posso falhar, entende?"

"Não."

"É um investimento muito alto e não dá pra adiar. Eu pensei em te levar comigo. Você poderia me esperar em Tóquio, só que preciso ir a vários lugares e não vou ter tempo pra você. Eu não queria fazer isso, mas não tenho alternativa... Não fica assim, por favor. Desculpa, você me desculpa? Fala alguma coisa."

"Por que você me fez vir?"

"Pensei que as coisas iam se arrumar de outro jeito. Hoje de manhã recebi uma notícia que mudou meus planos. Tenho que ir amanhã."

Segurei o choro. Não, nada de cenas.

"Você não acha muito extravagante trazer alguém de tão longe só por um dia?"

"Estou envolvido numa grande jogada. Se tudo der certo, pretendo fazer coisas muito mais extravagantes com você."

"Que jogada?"

"Um acordo entre o governo japonês e um grande laboratório farmacêutico. Você já ouviu falar de Inteligência Artificial? É um puta negócio. O governo está investindo pesado em pesquisa científica."

"O que você tem a ver com pesquisa científica?"

"A Trust é intermediária. Eu e o Geoffrey somos os contatos entre o governo e o dono do laboratório, um velho chamado Abe Nakushi. O problema é que o velho acaba de morrer e é por isso que eu preciso ir correndo."

"Justo agora."

"Ele tinha oitenta e quatro anos. Nós vamos ter uma reunião com o filho dele, Shintaro Nakushi, pra continuar o projeto."

"Por que você não larga esse projeto?"

"É uma puta grana, eu estou nesse lobby há muito tempo e tem muita gente querendo estar no meu lugar."

"OK, você tá me trocando por um bom negócio."

"Escuta, esse trabalho é muito importante pra mim agora. Você também é. Eu te pedi uma vez pra me esperar e vou te pedir de novo. Você me espera?"

"Não."

Levantei e fui chorar trancada no banheiro.

*   *   *

Uma noite em claro. Uma noite olhando pro teto e me perguntando por que entrei nessa. Ele dorme. Parece um menino desamparado e chega a ser difícil ter raiva dele.

Minha atitude foi surpreendentemente passiva, não optei por brigas nem recriminações. Me sinto apenas vazia. Não quero acreditar que ele me fez vir só por causa dos documentos. Mas essa ideia me passa pela cabeça inúmeras vezes.

Antes de dormir, ele se lembrou de pedir o pacote. Eu tinha embrulhado os documentos nas minhas calcinhas usadas e antes de colocar na mala me certifiquei do cheiro impregnado. Cheiro de fêmea, o velho truque. Amarrei um laço vermelho e escolhi um codinome: Nike. Nike de Samotrácia, a estátua grega da Vitória. Vitória de um golpe baixo, sem dúvida. Ele riu.

"Você é engraçada e eu amo você."

"Mesmo assim, tá me deixando."

"Não tô te deixando, só preciso adiar mais um pouco nosso encontro. Mas vou beijar todas as noites essas calcinhas."

Perguntei se tinha pintado outra mulher.

"Martine", ele respondeu. "Estive com ela algumas vezes."

"Aqui?"

"Não. Em Paris."

Fala dela com afeto, alguém que ainda o prende por alguma razão. Martine. Martine. Não se pode culpar uma mulher por tudo. Eu poderia ir a Paris pra conhecer minha rival. Poderia procurar Beni, que é sem dúvida o amigo certo pra me socorrer numa hora dessas. Mas o último cartão de Beni estava sem endereço.

"Me faz um favor?", pediu antes de sair. "Guarda esse outro pacote num dos armários do aeroporto. Tranca e leva a chave com você."

"Mais documentos?"

"Registros de aplicações, papelada."

"E como vou te dar essa chave?"

"Eu pego com você. Outro pretexto. Vou voltar muito mais depressa do que você imagina."

Depois ele disse eu te amo, fechou a porta e foi embora.

***

Eu ia passar um dia sozinha em Berlim, pegar o metrô, atravessar o muro para o lado oriental, alugar um martelo e descarregar toda minha fúria em cima daquela merda de muro, batendo com toda violência, suando, sentindo a mão dolorida, quebrando cada pedaço com a mesma raiva de tantos alemães a meu lado, cada um de nós com seu motivo.

Voltei a pé pela Unter den Linden chorando como a mais idiota das mulheres. Perder a autoestima, recolher o que sobra.

***

Tenho cinco anos. Estou no colo do meu pai. Ele ri. Está rindo porque eu disse alguma coisa engraçada e isso me enche de felicidade. Uma sensação quente de ver a alegria impressa no rosto do meu pai e ter provocado isso. Ter sido a causa.

Repito a coisa. Quero de novo o mesmo momento, de novo a mesma sensação. Mas dessa vez ele não ri. Minha expectativa é ansiosa. Repito então pela terceira vez. Não adianta, falhei. Meu pai já não ri.

Cheguei no aeroporto e fui guardar o pacote num armário. Peguei a chave, pendurei numa correntinha em volta do pescoço e tomei o avião de volta.

Berlim e a interdição de um sonho.

*ENTERTAINMENT
MOVIES*

Quando o médico me receitou prozac e eu já estava pensando em adotar algum tipo de comportamento esquizoide como parte integrante da minha personalidade, Beni voltou.

"Como vai, princesa?!!"

"Beni, que saudade!!!" Abri a porta e me atirei no seu pescoço. "Você sempre aparece pra me salvar na hora certa!!"

Não vejo Beni há quase um ano. Parece mais magro, o rosto anguloso, belo, a pele morena e seu velho senso de humor permanente.

"Princesa, eu adivinho quando você precisa de mim."

"E aí, que tal morar em Paris?"

"De Pedra do Lagarto para o mundo."

"Você tá ainda mais bonito. Marguerite, olha só quem chegou!"

Ele me abraça e me dá um beijo. Se não fosse por nossas preferências sexuais, Beni e eu teríamos sido amantes.

* * *

Conheci Beni há sete anos no banheiro de uma festa. Dessas que reúnem constelações de personalidades de várias áreas num galpão modernizado, entre posters de Lichtenstein, Tom Wesselmann, esculturas, bebidas e pó, dando um clima

Soho ao Bom Retiro. Eu queria fugir de um árabe bêbado que ameaçava me raptar e o banheiro me pareceu um lugar seguro. Enquanto fazia um xixi de alívio, a porta abriu e alguém enfiou a cara:

"Opa, desculpe, não sabia que tinha gente."

"Acho que esqueci de trancar a porta", falei puxando a saia.

"Você se importa se eu lavar a mão?"

"Ahn?"

Nunca tínhamos nos visto e não era exatamente o lugar adequado, nem o momento propício para travar novas amizades. Ouvimos escorrer as últimas gotinhas.

"Dá pra você sair um instantinho, por favor?"

"Ô, claro, desculpe."

Quando fechou a porta, puxei o papel higiênico. Ele tornou a enfiar a cabeça.

"Ia esquecendo, meu nome é Beni", disse e saiu.

* * *

Passamos o resto da festa juntos. Benedito Orestes de Souza, Beni, um leonino de frases cintilantes, que deixou o interior de Minas pra fazer teatro e se tornou um eterno amador em projetos experimentais. É diretor de um grupo, roteirista, cenógrafo, figurinista e às vezes ator.

"A vanguarda para existir deve furar o bloqueio do permitido. Pena que eu tenha predileção por fracassos." Beni sorriu e acendeu um baseado.

Eu estava particularmente cheia daquela festa, porque o tal árabe não me deixava em paz. Assim que me localizou veio correndo.

"No meu tempo não havia mulheres como você", disse chegando com bafo azedo de bebida.

"Sorte sua", respondi me afastando, enquanto ele babava no meu ombro.

"Poderíamos nos conhecer melhor."

"Sinto muito, mas já conheço pentelhos demais." Foi um custo me livrar dele.

"Por Alá, que perseguição!", exclamou Beni. "Também estou fugindo de um senador nojento, um sapo casado e cheio de filhos. Tentou enfiar um relógio no meu bolso, acredita?"

"Pra quê?"

"Pra me corromper, queridinha. Mas meu lance não é grana, só quero emoções", disse Beni exacerbando seu lado feminino. "Ah, se não existissem as mulheres e os gays o mundo não teria a menor fantasia. Você veio sozinha?"

"Quase. Você conhece o João Rodolfo?"

"Aquele babaca? Não acredito que uma garota bonita como você possa transar com um sujeito medíocre como ele."

"O pior é que não é o primeiro sujeito medíocre com quem eu transo. Não tá fácil."

"Eu sei! Vem cá, vou te mostrar um que caiu do Olimpo. Tá vendo aquele ali? Tô atrás dele há horas."

Beni me apontou um rapaz alto, com uma trança comprida, sozinho num canto. Olhei pra ele e pisei no acelerador. Era o cara mais confiável que aparecia nos últimos tempos. Desses com quem se divide a merenda escolar.

"Não conheço", falei engolindo o terceiro dry martini.

"Nem eu, mas passaria o resto da vida ao lado dele."

"Por que você não vai até lá?"

"Já fui, o nome dele é Nando, é fotógrafo. Foi tudo o que consegui. Ou ele não fala porque é tímido ou está me evitando."

"Deixa comigo." Acenei pro tal Nando com um sorriso.

"Não vale, eu vi primeiro!", arrematou Beni me puxando pelo braço. Passamos o tempo nessa doce disputa até que Nando foi embora.

O tipo de festa que dura três horas a mais. O suficiente pra sabermos que uma amiga tinha sido estuprada num táxi e pra que eu misturasse dry martini e champanhe, um dos meus erros mais comuns, além da rodada de bloody mary que alguém preparou pro café da manhã.

Sem a presença de Nando tudo tinha perdido o interesse. Eu fazia esforço pra me equilibrar, tudo rodava, até que Beni me levou pro jardim e ficou segurando minha cabeça, enquanto eu vomitava nas begônias.

"Tô estragando todo o canteiro de flores..."

"Fica quieta, tá tudo bem. Respira fundo."

"Puxa vida, Beni, obrigada, você é..."

"Quieta. Respira."

"Eu respiro mal..." Tentei explicar o porquê, mas as palavras não me obedeciam.

"Shhh... quieta, princesa."

* * *

No dia seguinte acordei sobressaltada numa cama que não era a minha. Senti um chumbo de culpa latejando na cabeça e fiz um esforço enorme pra pensar. Meu raciocínio ainda não estava funcionando e não consegui reconhecer o lugar. Tentei levantar, mas simplesmente não possuía mais músculos.

Apertei a tecla sobrevivência e distingui no visor: Emergência – SOS: doze copos de água – urgente.

Senti a língua áspera como casca de jaca. Um lixo.

Me arrastei pelo chão em cima de discos, almofadas, roupas enroladas, meias, livros, um cinzeiro cheio.

"Socorro", falei para um velho par de tênis.

Nesse instante a porta do Purgatório se abriu e na claridade consegui divisar um santo carregando uma bandeja.

"Princesa, só um mineiro é capaz de preparar um café bom como esse."

Ora se não é meu velho amigo Beni, o da festa de ontem.

"Onde eu tô?"

"Na minha casa. Você apagou sem dizer onde morava."

Ele tinha feito suco de laranja e torradas com queijo derretido. Certas coisas vistas sob o ângulo da ressaca deixam a gente comovida.

"Beni, promete que vai ser meu amigo pra sempre? Jura por Deus?"

* * *

Desde então, somos grandes amigos. Beni é o meu melhor amigo. Durante todos esses anos ele, com certeza, foi a pessoa mais próxima, exceto nesses últimos tempos em que morou em Paris.

Quase não me escreveu só mandou alguns postais, mas grandes amizades não precisam de nada. Beni ainda me chamava de princesa, imitando dublador de filme de TV. Ele adora falar nesse tom.

"Você parece estar em apuros, garota."

"Você nem imagina."

"Mas continua o melhor beijo do oeste, princesa."

"Pena que você prefira o bandido à mocinha. Puxa, Beni, como você aguentou ficar tanto tempo longe de mim?"

"De você não dá pra ficar nem longe nem perto."

"Seu idiota, eu te adoro."

"Somos dois, princesa, eu também me adoro."

"Ih, você voltou pior, nem me lembrava que você era tão canastra assim."

Ele continuou nessa com a voz de dublador de TV.

"Chega de falar de mim, vamos falar de você: o que você acha de mim?"

"Para, Beni, você tá insuportável."

"Uau, que zona! Quem revolucionou esse quarto?" Meu quarto continuava causando impacto.

"Andei sem tempo de arrumar, mas isso não é nada perto da minha desordem mental."

"O que foi, princesa, mais uma das suas, hein? Meteu-se em apuros! Ah, eu logo saquei. Mas socorrer garotas bonitas de coração partido faz parte da minha rotina."

"Você é tão cansativo. Até quando você vai segurar esses personagens?"

"Até conseguir coisa melhor. Vem, vamos sair e comemorar."

Fomos jantar no L'Arnaque. Peixe com creme de maracujá e cogumelos selvagens.

"Os venenosos, por favor", disse Beni.

"E para beber?"

"Cicuta."

O garçom nem sorriu, simplesmente virou as costas.

"Champanhe", Beni estalou os dedos.

"Ei, que extravagância é essa?"

"Relax, princesa, não te convido pra jantar há mais de um ano. Eu poria a cidade a seus pés."

"Paris te acostumou mal."

"Paris é uma festa pra todo bom clandestino. Vivi de pequenos roubos em supermercados: franguinhos, croissants, caviar. Se Genet era um cleptomaníaco incorrigível, *pourquoi pas moi?*"

"Você fazia o que lá?"

"Pequenos expedientes como qualquer cidadão de terceira classe, terceiro mundo e terceiro sexo. As ruas de Paris estão cheias de Etiópia, Nigéria, Paquistão, mas sempre cabe mais um brasileiro cheio de charme."

O champanhe espoca no ar.

"Um brinde, princesa, a toda essa gente morena como eu", ele tomou um gole, "e aos homens que nos amaram."

"Por falar nisso, Beni, como vai de amores?"

"Fiquei um tempo com um bailarino lindo. Lindo e intratável. Escorpião. Tinha uma maldita lua em Gêmeos que me fez sofrer paca. Trabalhava no show do cabaré onde eu era garçom. Um lugar engraçado da moda. Um dia ele escreveu num guardanapo: "Todo dia eu mudo o show pra você não sentir tédio.""

"Muito sutil."

"Quando ele me deixou, pra me vingar transei com um ator francês mais velho, um coadjuvante charmoso. Só que tinha jaquetas nos dentes. Com jaqueta o cara beija com cuidado, morde a nuca sem apertar, não é a mesma coisa. E você? Quero saber de você. Tá suspirando muito. Tá apaixonada?"

"Nada, tô aí em todas e só."

Não queria resumir nossa história a uma conversa de bar. Não disse uma palavra sobre você, nada de Berlim.

"Ah, não vai contar? Quando você faz essa cara de marmota na chuva é porque tem coisa."

"Para de se interromper, me conta de Paris."

"Pior foi o vendedor de ostras. Na esquina da Saint-André des Arts. Eu ia todas as manhãs comer ostra. Até que um dia finalmente ele falou malicioso: 'Não exagere, são afrodisíacas.' Foi a senha. Ele cheirava a limão. Passava limão no corpo pra tirar o cheiro de peixe."

"Igual a Susan Sarandon em *Atlantic City*."

"Nunca comi tanta ostra na vida."

"E acabou?"

"As histórias terminam, todas elas. O champanhe também. Que tal um Chablis?" Beni fez um sinal ao garçom. Lá fora começava uma chuva fina.

"E o Tato? Vocês continuam juntos?", perguntei.

"O Tato casou com uma mulher."

"O quê?"

"Depois de quatro anos comigo, ele resolveu transar com mulher. A primeira noite de um homem. Puro medo. Tempos difíceis esses. Foi por isso que viajei, fui embora. Pra não ver o Tato nos braços de uma mulher. Freud fala da inveja do pênis, mas esqueceu da inveja da xota, que com certeza dói mais."

Os olhos de Beni envelheceram de repente.

"A verdade, princesa, é que não transo ninguém há cinco meses. A coisa tá brava com essa maldita doença. O padre lá de Pedra do Lagarto dizia que Deus castiga. Hoje eu acredito."

Passei a mão de leve no seu braço.

A chuva aumentou. Raios, relâmpagos e pingos grossos. O restaurante agora estava vazio. Os garçons já nos olhavam com ar de enfado.

O vinho foi me dando sono, aquele sono que pinta quando não se tem nenhum interesse sexual no parceiro.

"Cuidado pra não dormir em cima do sorvete."

Debrucei na mesa, sucumbindo a um cansaço secular.

"Quando as mulheres não amam, que sono as mulheres têm", constatou Beni. "Se o cara estivesse aqui você acordava na hora. Quem é ele?"

"Não tem cara nenhum."

"Vamos, vamos, você não vai enganar o velho Beni. Sessão de confidências noctívagas. Quem é o cara?"

Coloquei o cotovelo na mesa e afundei a cabeça. Senti os olhos umedecerem e um súbito nó na garganta.

"Não faz isso, princesa, chorar estraga os olhos."

"Ando meio vulnerável."

"Você é complicada."

"Não sou complicada. Sou complexa."

"Ih, lá vem você com seu lado pequena órfã! Você se apaixonou e ele não?"

"Não é tão simples."

"Nunca é."

Senti as lágrimas me traindo. Passei o guardanapo no rosto e pinguei nasidrin nas narinas.

"A condição humana me comove, Beni."

"Então vamos pensar na condição humana desses pobres garçons e pedir a conta."

"Tô cansada de respirar, é isso. Passei a vida inteira respirando sem parar e isso me deixou exausta. Tô muito feia?"

"Tá linda. A garota mais bonita da cidade."

A conta era exorbitante e não achei justo ele pagar.

"Então a gente racha."

"Não, de jeito nenhum, Beni. Deixa eu pagar essa, você me salvou a vida, isso merece um desfalque nas minhas finanças. Meu banco tá acostumado a ver meu saldo no vermelho."

"O que eu posso fazer por você?"

"Preciso esquecer o cara."

"Só arrumando outro."

Enquanto esperávamos o táxi embaixo do toldo, um mendigo rodava abraçado no poste, entoando uma espécie de salmo religioso.

"*Singing in the rain* mais triste esse", falei apertando o braço de Beni.

"Nada de lágrimas na chuva, princesa."

"Beni, vem até minha casa, me coloca na cama e fica conversando comigo até eu adormecer? Please, em nome dos velhos tempos."

"Está bem, está bem. É um serviço sujo, mas alguém tem que fazê-lo."

FLASHBACK

Hoje sei que crio o perigo por impulso. Por gostar do risco sem rede de segurança, sem salvaguarda.

Mas anos atrás quando conheci Nando, nem pensava nisso. Apenas buscava o prazer como forma de libertação. Vivia inebriada pelo brilho e segura de que nada disfarça melhor as próprias mazelas do que um bom batom.

Naquela fatídica festa, quando Beni me apresentou Nando, ele me olhou como se usasse óculos e estivesse sem eles. Foi o bastante.

"É tímido", soprou Beni no meu ouvido e no dia seguinte, à tarde, armou um falso acaso para que o encontrássemos de novo.

"A gente fica passeando na frente do estúdio dele, esperando ele aparecer. Faz de conta que foi a maior coincidência."

"É ridículo, Beni, é a proposta mais infantil que já ouvi e ele vai perceber. Ninguém passeia numa ruazinha de vila no Itaim."

"Não interessa. Vai ser um encontro casual."

Ficamos mais de três horas parados esperando um sinal de vida. Fomos diversas vezes até a esquina e voltamos. Passavam carros, crianças e Beni repetia o texto "Oi, que surpresa, você por aqui" para um ou outro vira-lata.

Começamos a ficar nervosos e a discutir o absurdo daquela situação. Eu culpava Beni e sua ideia imbecil e estávamos no meio da nossa primeira briga, quando vimos Nando passar. Ele simplesmente passou sem nos ver, abriu a porta do carro e foi embora. Apenas isso. Um desastre.

Ainda tentamos correr atrás dele, o que tiraria todo o sentido do plano. Se é que um plano como esse tem algum sentido.

* * *

Quarenta e oito horas depois, saí de um chuveiro gelado, tomei uma vodca e uma resolução. Metida num vestido vermelho decotado, toquei a campainha na casa de Nando, num sábado à tarde.

"Oi, tudo bem?", ele atendeu a porta.

"Lembra de mim? Da festa."

"Claro", respondeu e continuou parado. Os cabelos soltos batiam no ombro, ele espremeu os olhos.

Ficamos ali constrangidos por um momento. Nando piscava muito, piscava sem parar.

"Caiu um cisco no seu olho?", arrisquei perguntar.

"Não, eu tenho isso sempre, é um tique."

"Ah, é um tique muito interessante", sorri sem graça.

"Você acha?"

"Fica bem em você", emendei.

Ficamos parados em silêncio sem saber o que fazer, quando ele finalmente perguntou se eu queria entrar.

"Você tá ocupado?"

"Não, não. Aluguei umas fitas. Tô assistindo ao *Encouraçado Potemkin*. Tá a fim de ver?"

Era uma casa de dois andares. Nando morava em cima e na parte de baixo funcionava o estúdio. Passamos por um fundo infinito e uma parafernália de máquinas, lâmpadas e flashes, vários varais com fotos penduradas e algumas ampliações nas paredes.

Na sala do andar superior, havia um certo descaso interessante. Pelos lançamentos tecnológicos, presumi que Nando sabia o momento exato de substituir o obsoleto, o oposto de mim, que uso o mesmo gravador velho faz uns cinco anos.

Ficamos sentados em silêncio na frente do vídeo. Escolhi uma poltrona preta e tentei lembrar alguma regra de sedução. Tudo inútil porque Nando não desprendia os olhos da tela.

Eu tinha provas da eficiência de umas gracinhas minhas, mas ele parecia irredutível. Fingi que prestava atenção no filme e nunca aqueles russos me pareceram tão chatos.

Quando finalmente Eisenstein terminou, descobri que tinha escolhido o personagem errado. Nando me surpreendeu com uma conversa seríssima sobre o cinema russo, justamente quando eu estava empenhada em parecer uma garota fácil, tola e sensual. Decididamente um equívoco, e confesso que não foi fácil me recompor.

Nem sempre é simples ser mulher. Tudo o que eu queria era um rápido romance no tapete, beijos de cinema e tchau. Nando dava um certo trabalho.

"Eu também sou louca por cinema", tentei.

"Você quer ver *Napoleão* do Gance?"

"Agora?"

Pelo amor de Deus, pensei...

Era falta de sensibilidade dele, sem dúvida. Comecei a ficar impaciente.

"Nos anos 20 esse cara colocava a câmera no lustre, no peito do bailarino, genial", ele disse entusiasmado.

Suspirei.

"Pelo visto temos uma paixão em comum." Minha voz falhou, me senti tão insegura que não falei mais nada.

O filme do Gance durou mais de três horas e eu adormeci no sofá. Acordei só nas cenas finais e Nando continuava grudado na TV. Eu já tinha perdido todo o entusiasmo.

Talvez ele não gostasse de mulheres e Beni teria tido mais chance.

"Estou morrendo de fome", falei sem o menor tesão. Preparar aquele macarrão foi minha vingança. Fiz um molho de tudo. Qualquer coisa que aparecia na frente eu jogava na frigideira com manteiga derretida. Espremi um tubo inteiro da pasta de anchovas. Minha raiva me conduzia a excessos. Já que não posso dormir com ele, pelo menos vou envená-lo. Ah, mulheres.

O jantar foi uma espécie de trégua na guerra dos vídeos e aproveitei pra ser de uma doçura encantadora, falsa faceta naquelas circunstâncias. Reação à rejeição.

Nando me olhou surpreso.

"É o melhor macarrão que eu já comi."

Mesmo enjoada tentei recuperar um certo ar insinuante. Achei que a coisa ainda podia dar certo, quando ele disparou:

"Quer ver mais um? Tem *Metrópolis*, do Fritz Lang."

É claro que a vida tem suas ironias, sempre soube disso e até aprendi a rebater a bola conforme vem. Mas dessa vez eu caí de boca no gramado, a torcida vaiava, chovia na minha cabeça e ninguém podia me ajudar. Nem Deus.

Achei que nada mais tinha a menor importância. Foi tudo um engano e usei meu resto de energia pra lavar toda aquela louça imunda, aquelas panelas engorduradas, rindo de mim mesma.

Sou o oposto da história. Começo princesa e acabo gata borralheira. E meu príncipe se revela um sapo, que continuava na frente da tela.

Puxa, não é fácil levar um cara pra cama, não sei por que, mas decididamente não é fácil.

De repente uma gota de detergente espirrou no meu olho e o prato escapou das minhas mãos, se espatifando no chão. Fiquei cega, tentei enfiar a cara debaixo da torneira e esbarrei no resto da louça. Tudo caiu de uma vez, fazendo um barulho danado. Nando veio correndo e me encontrou ajoelhada.

"Cuidado! Você pode se cortar com esses cacos."

"Já tô me sentindo um deles."

Inesperadamente ele me pegou no colo. Meu olho ardia, a água da torneira continuava correndo e eu abracei Nando com as mãos ensaboadas.

Nos beijamos. Houve uma ternura insuspeitada naquele beijo.

Fomos para a cama. Foi um amor lento e delicado, interrompido apenas porque Nando teve um ataque de asma. Ele sabia fazer uma mulher se sentir sensual mesmo depois de lavar pratos e ver trocentas horas de vídeo. O Nando sabia tudo.

Uma semana depois morávamos juntos. Eu, ele e a bombinha de asma que passou a dormir entre nós.

* * *

Morei cinco anos com Nando, que agora mora com a Joy, minha melhor amiga. Antes de nos separarmos tentamos durante uns sete ou oito meses morar juntos os três.

Um dia, Nando chegou em casa tarde e de táxi.

"Nando, e o carro?"

"O carro?..."

"Cadê o carro?"

Ele tinha deixado o carro na calçada da Bela Cintra, o equivalente a multa e guincho.

"O que você foi fazer na Bela Cintra?"

"Adivinha quem eu trouxe pra jantar?" Abriu um pacote e mostrou duas lagostas vivas. "Vou colocar na água fervendo, mas não vai chorar por matar as bichinhas."

A voz de Nando estava dois decibéis acima, ele abriu um vinho branco e notei que tremia levemente. Tinha a palma da mão úmida.

"Por que teu cabelo tá molhado?"

A frase imobilizou Nando. Começou seu tique de espremer os olhos e piscar sem parar. As lagostas saíram andando pela casa.

Ele encolheu os ombros e abaixou a cabeça. Seu cabelo caiu no rosto. Nando não sabia mentir.

"Tô transando com a Joy." A voz saiu rouca, do fundo da garganta. Ele pegou a bombinha.

O efeito foi fulminante, mas minha reação demorou uns segundos.

"A Joy?! Mas Nando, a Joy? A minha melhor amiga?!"

Eu estava chocada. Esse cara tímido e honesto, que nunca deu a mínima pra todas as modelos que o querem seduzir, me traiu logo com a minha melhor amiga?

A descoberta da traição é uma flecha envenenada. Eu poderia me deixar levar por certa propensão ao drama, mas, na verdade, Nando e eu andávamos desapaixonados e sem coragem de admitir isso. Um bom relacionamento sexual não basta. É preciso fazer o céu lampejar.

Eu já nem me empenhava tanto na cama achando a vida ao lado dele monocórdica. Normalmente, já no café da manhã, eu sentia a leve brisa da saturação. Um bom momento para me apaixonar. Aconteceu com ele, podia ter sido comigo. Mas comigo só iria acontecer dois anos depois.

Como defesa, Nando teve um dos seus piores ataques de asma. Todas as explicações foram entremeadas pelo uso da bombinha. Tivemos uma conversa longa e inconclusiva chamada "balanço da relação". Um troço cacete em que, sob aparente compreensão, se destilam cobranças e ressentimentos remotos, provando que a vida, além de acumulativa, é cotidianamente mal resolvida.

Entrecortadas com a asma, eram pinçadas pérolas:

"A felicidade não pode ser uma coisa cristalizada", pontificou Nando.

"Posso saber a que felicidade você se refere?"

"A ironia te deixa parecida com a tua mãe."

"Nando, você se encosta, eu faço tudo nessa casa."

"Você fica tão chata quando reclama."

"Vivo sobrecarregada, acumulo funções e a Joy reclama muito mais do que eu."

"Pode ser, só que eu não moro com ela."

"Então mora pra ver. Ela só está te mostrando o melhor ângulo, mas ninguém aguenta isso o tempo todo, é muito cansativo."

As lagostas agora passeavam livremente pela casa.

"Por exemplo, em cinco anos, Nando, você nunca foi ao banco."

Ele me olhou confuso, piscando muito.

"E o que tem no banco de tão interessante?"

"Você quer que eu seja um homem na casa e uma gueixa na cama", gritei.

"Pior se fosse o contrário." Ele riu da sua própria gracinha.

"Mais uma dessas respostas engraçadinhas e eu saio. Nando, tô cansada de fazer tudo sozinha."

"Tá vendo como você é repetitiva? E quem devia sair sou eu, só tem legumes nessa casa, eu como igual um coelho. Você não cuida de mim."

"E você por acaso cuida de mim?"

"Você vive viajando por causa desse roteiro que o Ivan inventou. Na semana passada a Joy veio aqui, tomamos um vinho e ela preparou um risoto com caviar de ovas de salmão..."

"Vocês comeram o caviar que eu comprei no duty free?!"

"Você tá mais preocupada com o caviar do que comigo?"

"Vocês comeram o meu caviar??!"

"Você quer parar!"

"Eu não acredito! Vocês comeram meu caviar? Como tiveram coragem de fazer uma coisa dessas?"

A gente continua uma discussão por pura inércia. Mas uma ideia maligna começava a germinar dentro de mim.

"A Joy sabe cozinhar, prepara ótimos almoços e ainda leva todos os meus filmes pro laboratório. Você é autocentrada demais, independente demais pra me dar atenção. Preciso de uma mulher que me ajude, entende?"

"Claro que entendo. Eu também preciso de uma mulher que me ajude!", falei determinada. E imediatamente mudei de tom:

"Pensa bem, Nando, é exatamente o que falta nessa casa: alguém que dê uma força para nós dois."

Nando parou de piscar por um momento.

"Não é tão grave, Nando. Eu gosto de você e você gosta de mim, eu também gosto da Joy e sei que ela gosta de mim e vocês dois estão apaixonados. Quer dizer: se somos três pessoas de boa índole e excelente caráter, as coisas vão ficar melhor às claras. Não há real motivo pra gente se machucar com essa situação."

Ele me olhava com a boca aberta e a bombinha na mão.

"Só quero entender aonde você quer chegar."

Era de fato uma proposta singular. Subterraneamente, eu vislumbrava a solução de vários problemas. Joy podia ficar com as inúmeras tarefas cotidianas, o que iria facilitar tremendamente as coisas.

Nando me olhava desarmado. Sempre teve o ar desamparado de um cachorro que a gente recolhe na rua e nunca mais abandona. Eu gostava dele, gostava muito. Havia nele uma coisa desajeitada, frontalmente sincera. Foi essa mistura de sentimentos que me fez propor:

"Por que não moramos juntos os três?"

Atônito era a palavra estampada na cara dele.

Saímos para a rua em busca de ar. Sentíamos uma estranha cumplicidade. Nando pegou a moto e fomos andando em silêncio pelas marginais.

Ainda sinto o ar dessa noite me batendo no rosto junto com os faróis. A luz âmbar refletida nas águas do rio.

Quando voltamos pra casa, fizemos amor noite adentro até os primeiros raios da manhã.

Parecia incestuosa nossa relação, éramos parentes. Às vezes irmãos. Eu o transformava na minha mãe ou no meu filho. Nossos laços de sangue pareciam definitivos.

Já estávamos quase adormecendo quando lembrei:

"Ih, Nando, e as lagostas?"

"Hummm, a essa hora já devem estar dormindo, me lembra de procurar amanhã."

* * *

Joy e eu tínhamos tanta coisa em comum, que me pareceu natural que tivéssemos também o Nando e uma conversa franca.

"Joy, que puta sacanagem!"

"Juro que eu nunca faria uma coisa dessas com você."

"Não faria, mas fez!"

"Aconteceu. Quando vi, já tinha sido. A culpa foi minha, toda minha. O Nando não fez nada, coitado."

"Eu sei, conheço bem os dois."

"Fui eu. Sabe aquele fim de semana que você viajou com o Ivan?"

"Eu tava trabalhando, Joy, como você pôde fazer isso comigo?!"

"Não foi com você, já disse, não é uma coisa pessoal. O fato de ficar a fim do Nando não é de jeito nenhum contra você. Uma coisa não tem nada a ver com a outra."

"OK, OK, vamos ao que interessa."

"Na sexta-feira à noite cruzei com o Nando sozinho no supermercado. Me deu pena. Um tremendo gato solitário precisando fazer o próprio jantar. Você cuida muito mal dele."

"E você fez a boa ação de adotar o coitadinho."

"Quem dá pros pobres empresta a Deus", ela sorriu leviana.

"Nessa altura da vida, Deus deve estar te devendo uma nota."

Nosso forte componente de amizade deturpava tudo.

"Tô decepcionada com a sua traição."

"Não foi traição, foi um acidente."

Eu não conseguia despertar seu sentimento de culpa. Joy sabia ser explícita.

"Um mero acidente, mais nada. Como bater o carro, quebrar um braço ou pegar uma hepatite ou uma picada de dengue."

"Quer dizer que pra você tudo se reduz a uma picada de inseto?"

"Não, espera aí, não quero ser injusta com o Nando", ela me olhou com malícia. "Eu não sabia que ele era tão bom de cama."

"Sabia sim, porque eu tinha te dito."

"Dizer é uma coisa, experimentar é outra."

"Como você pode ser tão canalha?"

"Por favor, não vamos brigar por causa disso."

Joy me abraçou com força.

"Desculpa, desculpa, a última coisa que eu quero é magoar você", disse.

Até que enfim ela começava a mergulhar numa crise de consciência.

"Desculpa, foi mais forte do que eu, não resisti."

Continuei coadjuvando Joy, que finalmente começou a chorar e fez uma cena convencional de arrependimento.

"Desculpa, por favor, me perdoa."

Aquilo era um saco, mas esperei paciente ela se acalmar. Eu tinha uma proposta concreta para fazer.

"Calma, Joy, por que não tentamos resolver tudo de uma forma civilizada?"

* * *

Nesse episódio, aprendi muito sobre as ciladas do ciúme, as armadilhas do comportamento amoroso e vi, com clareza cirúrgica, a diferença entre o que de fato sentimos e o que estamos condicionados a sentir.

A sabedoria, porém, não é um bem que dura e eu iria esquecer tudo dois anos depois, quando perdi o controle da minha vida.

Naquele momento, somar era melhor que dividir e entreguei o Nando pra Joy com o coração sereno, achando muito melhor entregar a uma amiga do que a uma desconhecida qualquer.

Dos três, para minha surpresa, foi Nando quem reagiu pior.

"Eu não entendo você", me disse, "se comporta como se não tivesse a menor perda."

"Só estou tentando fazer todos felizes."

"Você me trata como se eu fosse um imóvel, uma casa de vila com aluguel barato, que antes de deixar a gente passa pra um amigo."

"Você tá invertendo as coisas, não tô te deixando, você é que quis isso."

"Não pensei que seria tão simples pra você."

"Eu faço as coisas serem simples pra mim."

Mentira. Minhas equações são imprevisíveis, meus teoremas não têm lógica. Eu sou um exemplo de insensatez.

* * *

Joy é restauradora de quadros e trabalha no Museu do Ipiranga. No dia em que se mudou para nossa casa, comprei uma edição de *A Primavera de Botticelli: história de uma restauração* e dei a ela de presente.

No princípio não sabíamos remanejar a divisão de quartos. Era um assunto delicado que nos deixava constrangidos. A casa tinha dois quartos e um terceiro, transformado em escritório, servia de arquivo pro Nando e estava cheio de livros empilhados.

Optamos por um quarto para cada um. Joy ficou com o escritório e o entupiu de mais livros, tintas e painéis.

Trouxe novos assuntos para casa. Agora, além de refletores e lentes 125, discutíamos a restauração da Capela Sistina.

Ela passou a cuidar das compras e da comida e aos poucos fui transferindo pra ela toda a administração da casa. Eu a treinava para ficar no meu lugar. Um dia Nando me disse com humor:

"Você não vale nada. A Joy passou o dia reclamando igualzinha a você."

Ela andava exausta e, quanto a mim, começou a me sobrar tempo. Nessa época, a Interstar ainda não existia. Ivan e eu estávamos trabalhando no roteiro do tal filme que nunca foi feito e eu ia quase todos os dias ao cinema. Aproveitei para conhecer a cidade melhor. Passeava por museus e galerias. Lia muito. Ia a várias feiras típicas, a japonesa na Liberdade, o bairro árabe, o bairro judeu. Foi quando pude observar mais atentamente o rosto das pessoas e me apaixonei pela diversidade.

Com o tempo, toda vez que eu voltava tarde, Joy dormia no quarto do Nando.

Ele e eu raramente transávamos. Às vezes o fazíamos de tarde, escondidos, enquanto Joy estava fora. Éramos tomados por uma excitação nova. A sensação do proibido. Momentos roubados.

Depois ríamos, apagávamos todos os indícios. Pequenos cúmplices convencidos de cometer crimes perfeitos e inconsequentes.

Nando sempre foi um voyeur, seu estímulo vem através do nervo óptico. Ele percebe tudo melhor através das lentes da Nikon e durante esse período quis me fotografar obsessivamente. Talvez fosse a necessidade de fixar o que perdia. Ele sabia que eu estava indo embora.

Um dia, não senti mais prazer com Nando. Não tive vontade que ele me tocasse. Nada mais me prendia ali. Olhei pra ele e pra Joy, achei que se entenderiam juntos.

Caí fora. Cinco anos cabiam numa gaveta cheia de fotos.

* * *

Assim que me separei de Nando, Beni achou que viajar me faria bem e me convenceu a ir com ele pra Minas Gerais, conhecer sua cidade, Pedra do Lagarto.

Ele não se conformava. No caminho, repetiu várias vezes: "Não entendo como você deixa escapar um homem desses!"

"Deixei o Nando em boas mãos, Beni."

Passamos por um trevo rodoviário, um posto de gasolina, uma extensa área de casebres e chegamos a uma cidadezinha híbrida, meio descaracterizada por um desejo de progresso. Na praça principal, a igreja, o Banco do Brasil e a fachada pretensiosa das casas entre a feiura e a inocência.

"Eita cidadinha!"

Beni me levou para conhecer a igreja.

"Já fui coroinha nesse altar, como todo bom mineiro. Tá vendo essa salinha?" Era uma espécie de oratório, cheio de velas e santos. Cheirava a incenso, flores murchas.

"A mulher do prefeito tentou me comer aqui."

"Traidor, você disse que nunca transou com mulher."

"Foi ela, não eu. Era uma mulher sisuda, sempre de preto. Um dia entrou aqui comigo, levantou a saia, abaixou a calcinha e me mandou enfiar o dedo. Eu tinha nove anos. Ela disse que, se eu contasse pra alguém, São Jorge me atravessava a espada. Morri de medo. Fiquei olhando a aranha da mulher e o Cristo no crucifixo. Aquela perna aberta na minha cara e o pavor, a mortificação. Fazer aquilo dentro de uma igreja era sacrilégio. Fiquei quinze dias com febre. Até hoje quando vejo um altar penso em sexo."

"Que clima, hein? Não é à toa que você não gosta de mulher."

"Só de você, princesa."

* * *

O que me chamou a atenção na mãe de Beni foram os olhos – uns olhos que nunca nos olham, mas atravessam, passam por nós e fixam um ponto no horizonte. Uma mulher de poucas palavras e pernas grossas, varizes. Quando chegamos estava lavando roupa agachada no rio que passava por trás da casa.

Deixei Beni sozinho com ela e fui andar por aqueles matos cheios de casebres como o dela.

Em seguida fomos ao mercado comprar carne, macarrão, salada e a mãe de Beni preparou um farto almoço. Só depois que saímos da mesa ela se serviu e foi comer sozinha num canto. Senti que pra ela qualquer afeto era um luxo.

Enquanto fazia o café, Beni me abraçou e falou baixinho:

"Eu falei pra ela que você é minha noiva."

"O quê?"

"Você se importa em passar por minha noiva? Quero dar essa alegria pra velha. Por isso insisti tanto pra você vir."

"Beni, mas que ideia..."

"Por favor..."

Na saída, a abracei e beijei como uma verdadeira nora e disse que nos casaríamos logo. Sorri e ela esboçou um quase sorriso.

Durante horas choveu muito e as estradas ficaram enlameadas, difíceis de passar.

À noite, Beni e eu fomos parar num pardieiro chamado Equatorial, mas se lia Equaoia, porque as letras estavam apagadas.

Só tinha um quarto com uma cama de casal e o banheiro era uma casinha lá fora. De preguiça, fizemos xixi no cesto plástico de lixo, salvos por um bom humor inacreditável, que nos fez ignorar as goteiras e dormir abraçados com nojo do lençol. Era um novo patamar no relacionamento.

"Tô me sentindo no céu. Heaven... I'm in heaven...' Se pelo menos você transasse comigo, seria uma verdadeira lua de mel."

"Princesa, só se eu fosse sapatona!"

"A gente já começou se apaixonando pelo mesmo cara, lembra daquela festa?"

"Só que quem ficou com ele foi você."

"O Nando não transa com homem, Beni."

"Ah, as fadas só aparecem quando a gente tá relaxada."

"Dorme bem."

* * *

Eu ainda vivia com o Nando quando finalmente consegui localizar RW. Não foi uma coisa fácil, porque, mesmo na escola, ninguém nunca mais soube dele.

Um dia por acaso encontrei o delegado Antunes no supermercado e para minha surpresa ele e RW continuavam mantendo contato.

RW sempre foi um misantropo, nada afável com as pessoas. Além do Antunes e da índia, não vê ninguém. Mesmo eu sempre o via pouco, porque mais ele não ia permitir.

A índia mora com ele e, como quase não fala, ele a deixa ficar. Mas mesmo ela não fica muito tempo. Vai e volta e passa os dias acocorada num canto, fazendo artesanato.

Pedi o endereço e disse a Antunes que o procuraria.

RW frequentava botecos nas galerias mais feias da cidade, quando o encontrei novamente. Morava num prédio velho de paredes descascadas, ao lado de um terreno baldio, onde toda a vizinhança jogava lixo. O táxi custou a encontrar aquela viela anônima perdida nas redondezas da antiga rodoviária. Eu me orientava pelo borracheiro da esquina e o monte de pneus gastos que as crianças arrastavam na rua. Depois de um botequim com uma mesa de sinuca e um muro carcomido, se chegava ao portão de ferro e vidro que era a entrada do prédio.

No corredor escuro havia sempre umas garrafas vazias, latas, jornais. Muitas vezes RW não queria ver ninguém e gritava:

"Não estou!"

Então eu deixava o pacote de supermercado encostado na sua porta, passava um bilhete por baixo e ia embora.

DEZEMBRO

"Alô, querida, mamãe falando. Por que você liga essa máquina horrível?! É tão desagradável telefonar para alguém e ter que ouvir uma gravação."

"Alô."

"Ah, você está aí? Então por que não desliga essa porcaria? Meu bem, o que está acontecendo com você? Você parece cada dia pior."

"Ah, não vai começar..."

"Você nem me contou nada sobre essa sua viagem relâmpago para Berlim. Por que você voltou tão depressa?"

"Tive problemas no trabalho."

"Por que você não larga esse seu empreguinho? No seu lugar eu já estaria casada com o Giordano."

"Ai, saco."

"Você já falou com ele? O Giordano está preparando uma belíssima festa de réveillon e faz questão que você vá, meu bem. E pare de ser tão mal-humorada, que coisa, parece a Letícia! Mau humor não serve pra nada. A vida é ópera, meu bem, tudo é ópera."

"Mamãe, tô ocupada."

"Ah, mas eu preciso falar urgente com você." Ela baixou o tom. "Sobre finanças. Quem cuida de tudo o que tenho é a Saul e Sepúlveda Advocacia. Você e suas irmãs precisam sempre lembrar disso, se acontecer alguma coisa comigo... O Saul tirou férias e o Sepúlveda, você sabe, é surdo. Fiquei mais de uma hora com ele no telefone, ele não entendeu nada e agora preciso ir até a Barão de Itapetininga, aquele horror."

"E pra quê?"

"O doutor Goodman não é só um corretor de imóveis, ele concordou em ser meu agente e dar um novo impulso na minha carreira."

"Mas ele entende disso?"

"Vou ajudar no início, explicar..."

Respirei fundo pra ter paciência.

"Você vem passar o Natal na casa de sua irmã, não vem?"

"Não sei."

"Você não vem ver sua mãe no dia de Natal??"

"Já disse que não sei."

"A Júlia, pobrezinha, organiza tudo no meio do inferno que é a vida dela. A Letícia está naquele fim de mundo do Acre, mas garantiu que vem. Agora está com mania de defesa ecológica, se mistura com os índios, mas prometeu vir. Vamos ficar todas juntas, não é lindo?"

"Demais."

"Não suporto esse seu tom sarcástico, é por isso que você não vai pra frente. O que adianta ser a mais talentosa das três se não consegue nada na vida? Agora, com a minha carreira e o negócio da Serra do Mar tudo vai mudar. O doutor Goodman vem jantar aqui hoje à noite. Ele é tão agradável. Preparei uma pequena surpresa, vou cantar *Falstaff*... Sul fil d'un soffio etesio... Lalararilararalararalararalariririlararilararilarara."

* * *

Naquela noite, às três horas da manhã, ele ligou de Tóquio.

Depois do nosso encontro em Berlim eu tinha me prometido não pensar mais nele. Mesmo assim, eu carregava aquela chave no pescoço.

Fui lacônica e meus silêncios foram cheios de ressentimento.

"Por que você tá assim?"

"Porque eu tava dormindo."

"Não é a primeira vez que eu ligo quando você tá dormindo."

"Sinal de que você só liga fora de hora."

"É, acho que tô ligando numa hora errada."

"Você tá sempre fazendo as coisas na hora errada."

"Eu queria que você me desculpasse por Berlim, eu queria te explicar."

"Tá legal, me manda uma caixa de desculpas e explicações pelo correio."

"Eu vou voltar antes disso."

"Você pode voltar, mas eu não volto."

"Baby, por favor, não fica assim, eu amo você."

Fiquei em silêncio.

"Eu te amo", ele repetiu.

* * *

Duas horas de ligação. Tóquio-São Paulo. O amor dele me massacra.

Desliguei pedindo pra ele não me procurar mais.

Em seguida liguei pro Beni.

"Desculpa, eu sei que são cinco da manhã, mas eu tô em pedaços."

Fui contando pro Beni as coisas de qualquer jeito, no meio de invariáveis lágrimas e uma irritante autocomiseração.

"Esse cara tá fazendo um jogo perverso, princesa."

"Eu preciso me livrar, Beni. Eu não tô bem..."

"Você precisa cair fora dessa relação tóxica... ele é um manipulador."

"Eu sei."

"Tem que cair fora, achar outro, namorar. Meu Deus, a cidade tá cheia de gatos! O que você tá esperando?"

"Eu tô um trapo." As duas narinas entupidas.

"Quer que eu vá aí?"

"Não..."

"Eu vou."

"Não precisa. Vou superar, Beni, é só uma questão de tempo."

"Amanhã a gente vai pra noite e você vai conhecer alguém..."

Assoei o nariz.

"Que foi?"

"Minha sinusite."

"Já tem programa pro réveillon?"

"Não. O Giordano me convidou pra uma festa na casa dele. Quer ir?"

"Vou pra casa do Tato, em Paraty. Finalmente separou da mulher. E hoje mais tarde, quer sair?"

"Tenho a aula da Nina e não posso desmarcar de novo. Ai, Beni, desculpa, tá amanhecendo e eu aqui falando de problemas."

"Eu vou até aí."

"Beni, obrigada, não precisa. Você tá sempre me salvando."

"Vê se dorme um pouco, então."

"Você também. Daqui a pouco, já é hora de ir pra Interstar."

"O Ivan vai achar que você passou a noite na maior loucura."

"Não deixa de ser verdade. Tchau. Um beijo."

* * *

No final do expediente, me sinto uma inutilidade. Alguém jogando sua energia fora, vendendo produtos de má qualidade e frases óbvias.

O excesso de trabalho na Interstar e as insossas festas de Natal me provocam náuseas, sou a vítima ideal para o dr. Schilling envenenar.

Faz calor. Um sufocante fim de semana na cidade. Fui a última a sair porque Giordano ligou me convidando para ir a Ilhabela e tive que inventar uma desculpa. Só desligou depois que prometi ir na festa de réveillon dele.

Estava me preparando pra sair quando Robis entrou esbaforido.

"Caramba, fui lá duas vezes, toquei, toquei e o velho não abriu."

Comprei um presente de Natal para o RW, um telescópio usado, e pedi a Robis que o entregasse.

"Tudo bem. Ele tem um certo temperamento. Por favor, segunda-feira você tenta de novo? Eu falo com ele nesse fim de semana. Pode ir que eu apago as luzes."

Fui apanhar minha bolsa em cima da mesa e senti alguém se mexer atrás de mim.

"Cacau! Que susto, pensei que você já tinha saído."

"A Cléa me botou pra fora. Fui despedida."

"Por quê?"

"Bom, você vai saber de qualquer jeito. Peguei umas coisas dela emprestado."

"O quê?"

"Sabe como é, é Natal e coisa e tal, nessa época a gente tem que gastar muito, tem os meninos, coitados... e meus vales estouraram, aí eu peguei um dinheirinho da produção... e o colar de pérolas dela que tava na gaveta."

"Mônica, você roubou?!"

"Eu ia devolver. Só que precisei botar o colar no prego."

"Você empenhou o colar da Cléa?"

"Assim que puder, eu devolvo."

"Que loucura, Cacau."

"Pois é, eu queria que você desse um toque no Ivan pra não me mandar embora. Ele disse que não confia mais em mim."

"E você acha que eu confio?"

"Você é minha amiga e sempre me ajuda."

"A Cléa não vai voltar atrás."

"Olha, fui numa numerologista. Eu preciso mudar meu nome."

"Cacau, você precisa cair na real."

"Eu sei, mas é foda com dois meninos pra criar..."

Abri a bolsa e dei o que eu tinha na carteira. Ela sorriu e pegou.

"Daqui a uma semana muda a década e eu também vou mudar, vou ter um novo nome, vou ser outra pessoa."

* * *

Narcotizante noite de Natal. No fundo do corredor, numa cozinha iluminada, quatro mulheres limpam vagens, quebram nozes, tomam drinks e falam ao mesmo tempo, enquanto um bebê no cadeirão atira coisas e dois gêmeos fazem guerra, gritando com metralhadoras de plástico na mão.

Laços de família.

Ver essas mulheres juntas traz o saldo de uma melancolia latente que foi se depositando ao longo dos anos.

Nunca passei um Natal com meu pai. Tivemos diversos tios no lugar dele, mas nenhum por muito tempo. Quando minha mãe começou a viajar para o interior nas turnês, ficávamos com minha avó Raquel.

Não tínhamos outros parentes. Minha mãe foi filha única de uma família iugoslava com uma certa grana, o que explica boa parte de seu despreparo.

Nossa educação desconexa e anacrônica nos fez, até a puberdade, cumprimentar as pessoas com uma pequena reverência e passar pelas mãos de babás que nos mostravam outra realidade.

Eu não tinha ideia da dimensão da solidão da minha mãe, nem de seu esforço para superar os desacertos da vida e tentar manter uma ordem, enquanto as coisas desmoronavam em volta dela.

Foi numa festa de fim de ano na escola. Minha mãe encerraria a solenidade cantando um prelúdio. Eu tinha doze anos e gostava de um menino chamado Dario Alfredo. Consegui um lugar ao lado dele na plateia, e então minha mãe chegou.

O pianista a ajudou a subir no palco e ela não andou em linha reta. Estava vestida e maquiada com exagero e usava sapatos e luvas cor de beterraba. No microfone, disse nossos nomes e repetiu várias vezes que se sentia muito orgulhosa de seus três únicos tesouros.

Estava bêbada. Eu quis morrer. Ouvi em volta risinhos e comentários e odiei minha mãe por tudo e por causa daqueles ridículos sapatos. Dario Alfredo nunca mais falou comigo.

Júlia passou a festa toda escondida no banheiro e Letícia, no dia seguinte, deixou um bilhete e se atirou pela janela. Por sorte era coisa de uns três metros e ela passou todo aquele verão com a perna engessada.

Naquela época, eu pensava que mães nunca deveriam beber em festas, usar sapatos cor de beterraba e envergonhar seus filhos. Era isso que eu pensava. Mas é claro que eu ainda não sabia grande coisa sobre a palavra infelicidade e nem percebia o desespero que exalava da minha mãe como um perfume.

* * *

Por mais que eu tente ouvir o que Júlia está dizendo sobre seu ex-marido, estou atordoada. Ela se separou há pouco tempo e ficou com as crianças, um tipo de penitência que as mulheres chamam de proteção da lei. Largou os estudos para casar, vive da pensão do ex e mora num apartamento de paredes cheias de maionese, chiclete, ketchup, rabiscos de caneta e muitas marcas de mãos. Na mobília, se espalham brinquedos, papéis, sapatos, restos de sanduíche, balas, batatas fritas, uma árvore de Natal torta piscando e um aparelho de TV eternamente ligado.

"É impossível conversar com você desse jeito, Júlia", reclamei. "Não dá pra mandar os gêmeos calarem a boca?"

"Rodrigo, Tiago, vamos parar?" A voz de Júlia parece um pedal de piano em surdina.

Eu estava enfiando uma colher de papa verde na boca da Mariana, a bebê de onze meses, que soprava tudo de volta na minha cara. Minha vingança era atochar a colher cheia na sua boca e não tirar até ela engolir pra poder respirar de novo. Mariana contra-atacava com uma estratégia sutil que consistia em enfiar as duas mãos na papa e puxar meu cabelo. Tirei o prato da sua frente e meti a colher na sua boca bem depressa. Mariana espirrou e me deixou verde. Me senti vencida.

Eu estava suja e nauseada com a papa que cheirava a ovo, e ela, má como toda criança, me deu a última estocada. Regurgitou. Por pouco eu também.

"Golpe sujo, que nojo, sua monstra traidora, você ganhou."
Mariana começou a chorar.

"Isso é jeito de falar com uma criança? Upa, upa, vem com a mamãe, vem." Júlia a pegou no colo e me olhou com reprovação.

Fui me lavar na pia e levei uma almofadada na cara. Os gêmeos, aos urros, faziam guerra de almofadas e nos usavam como trincheiras humanas.

O resto de papa verde rapidamente foi espalhado pela casa.

"Para, Tiago! Para, Rodrigo!" O tom de Júlia era de débil desistência.

"Teus filhos são potencialmente perigosos", falei.

"Todas as crianças são assim, você que é muito impaciente. Só quando você tiver filhos vai entender..."

Júlia nervosamente passava o mesmo pano imundo na baba verde de Mariana, em cima da mesa, na louça que enxugava e no nariz dos gêmeos.

"Meu Deus, prefiro qualquer outro tipo de enfermaria!"

"Você é muito implicante. Quando tiver a sua família, você muda."

Júlia sofre de apatia crônica, arrasta os movimentos. Tudo drenou sua energia. O marido a trocou por uma mais nova, os gêmeos crescem desgovernados e Mariana exige atenção plena. Letícia implica com Júlia, e minha mãe a acha uma fraca.

Julia parece conformada com o destino ou pelo menos não espera muita coisa dele.

Mesmo assim, se esforça pra fazer essa festa de Natal.

Enfiou na própria boca as últimas colheradas da papa verde como se sofresse de anorexia.

"Vou trocar a Mariana", disse.

"Ótimo. Troca por um poodle." Letícia riu.

Assim que Júlia saiu, Letícia me puxou num canto.

"A Júlia está com um sério problema no ouvido. O otorrino disse que ela teve perda parcial da audição e corre o risco de operar."

A surdez de Júlia naquelas circunstâncias era uma prova da generosidade divina, um reparo.

"Deve ser autodefesa."

"A mamãe também tá em crise", bufou Letícia.

"Estamos todas em crise, todas nós, mulheres desse final de milênio", sentenciei comendo irrefletidamente um resto de papa que me sobrou no dedo.

* * *

Letícia não se parece com nenhuma de nós, nem com nenhuma outra que conheci. Desde garota tem o cenho marcado e a voz inflamada, pronta para discursos eloquentes. As veias do pescoço saltam cada vez que ela fala. Passou a vida em assembleias, manifestações, vigílias. Baseia sua existência em conceitos políticos prontos.

Nós a chamamos "a Missionária" porque ela sempre precisa de uma missão pra se sentir viva. Qualquer missão, qualquer causa. Uma ativista de tudo.

Por temperamento, Letícia não gosta muito de nós, mas tem uma implicância particular comigo, me acha colonizada e sem raízes. Acredita que, como jornalista, ela poderia fazer grandes reportagens de denúncia que mudariam o curso da história, mas vive desempregada porque briga com todos os chefes de redação.

Qualquer divergência quase estoura as tais veias do pescoço e, se Letícia discorda de alguém, bate a porta com violência e dá o fora.

Seu grande conflito interno é a sexualidade. Desde criança Letícia gosta de meninas. No colégio foi pega em flagrante com uma garota no banheiro. Sabemos que vive há anos com uma moça, mas ela evita o assunto. Mesmo assim, minha mãe tornou a perguntar:

"Letícia, meu bem, quando é que você vai arranjar um namorado? Precisa casar pra deixar de ser tão nervosa."

Tipo da coisa que a enlouquece.

"Que inferno, porra! Não me enche o saco, mãe!"

"Que jeito horrível de falar! E endireita as costas, presta atenção na sua postura. Você é muito nova para andar tão corcunda."

"Puta que pariu, que merda!"

Júlia voltou e implorou que Letícia se acalmasse.

"Mamãe não tem dormido", sussurrou com sua voz sem metal.

"E não pretendo dormir mesmo", rebateu minha mãe. "Não gosto de dormir. Quem se entrega ao sono na minha idade se entrega à morte. Prefiro morrer de pé como todas as mulheres da nossa família."

"Mamãe, para com isso."

"Deixa a mamãe em paz."

Logo começamos uma discussão acalorada. Sempre fomos todas muito ansiosas e nos sufocamos ao falar. A mais prejudicada é Júlia, que se encolhe e mimetiza com as paredes.

"Júlia não bebe e só por isso já é uma pessoa limitada", disse minha mãe e começou a cantar um trecho da *Traviata*. Tinha tomado meia garrafa de gim.

"Não posso perder tempo dormindo, estou preparando uma *rentrée*, um grande retorno. Tenho uma proposta de um agente maravilhoso. Farei um concerto de solista e piano, vamos escolher juntos o programa: talvez algumas árias de

Violeta, Desdêmona. Talvez a *Tosca*. Mimi é infalível. Ou a Tatiana de Tchaikovsky. Preciso decidir com meu manager o doutor Goodman. Vocês precisam conhecer meu novo agente."

"Ué, ele não era um corretor?", perguntou Júlia incrédula.

"Ele é um homem que sabe valorizar o talento e está preparando minha apresentação. Se vocês vissem como ele me olha. Acho que seu interesse não é só profissional. Não sei se devo misturar as coisas logo no primeiro trabalho. É claro que vou precisar de um grande pianista. Ah, pianistas sabem ser irresistíveis!... Difícil uma mulher não se apaixonar por um pianista!"

"É melhor parar de beber, mamãe."

"Ora, não me amolem. Ainda não estou louca. Ainda não canto dormindo", disse e se deixou cair pesada na poltrona.

"Estraguei minha carreira por causa daquele imbecil do seu pai. Aventureiro, bonito, um sedutor e eu sua vítima. Ah, eu preciso de um amante! Deus sabe o quanto eu preciso de um amante!"

* * *

Minha mãe está cada vez mais parecida com minha avó Raquel. Passamos longos períodos na casa da vovó e sua maneira de educar crianças era bastante incomum.

"A única coisa que prende um homem é sexo. Os homens têm o cérebro no meio das pernas", ensinava às netas pequenas.

"Minha filha, não adianta se encher de creme, o que te falta é esfregar barba de homem na cara", dizia para minha mãe.

"Quem não tem um homem na cama, não tem nada."

Permitia que brincássemos com seus chapéus e sapatos, mas em sua aristocracia de devaneios esquecia, por exemplo, de nos alimentar. Quando alguma de nós tinha fome, ela simplesmente flutuava como uma bailarina velha até a geladeira e tirava de lá uma coisa amarelada e endurecida, uma salada de batata e salsão.

As três torciam o nariz e ninguém comia. Então vovó, num passe de mágica, abria armários e mais armários e de todos saíam biscoitos, chocolates, enormes pacotes de balas. Vivíamos de bombons e mais bombons.

Certa tarde minha avó chamou os bombeiros. Não havia nenhum incêndio, mas ela falava excitada. "Meninas, se preparem, fiquem bem bonitinhas que hoje vocês vão ver bombeiros de verdade!"

Flertava com todos os homens, fazia olhares doces e balançava a cabeça. Quando ria, tapava a boca com a mão manchada, porque lhe faltava um dente.

Tinha cabelos lindos, naturalmente ondulados e, quando eu disse isso a ela, ficou tão satisfeita que tirou seu anel de brilhantes e o colocou no meu dedo.

"Agora é seu. Quero que o use."

Era grande demais para uma menina de nove anos, acabou caindo em algum lugar e o perdi.

Quando adoeceu, jogava todos os remédios no chão e gritava:

"Não vou tomar essas químicas venenosas, eu sei como eles fabricam essas porcarias!"

Mamãe contratou uma enfermeira, Rosalina, uma portuguesa de bigodes, que tínhamos o prazer de infernizar colocando insetos na roupa, sapos na cama e outras brincadeiras.

"Vocês são horrorosas!", gritava Rosalina histérica. "Vão acabar loucas como sua avó!"

Foi a primeira a enunciar a maldição: louca. Minha avó era louca. Sua sentença me pareceu uma condenação. Mesmo assim, respondi:

"Melhor ser louca do que ter bigode."

Nos seus últimos meses de vida, minha avó Raquel rondava pela casa e repetia:

"Não quero morrer sem ter um homem. Pelo menos mais uma vez na vida. Antes de morrer eu quero um homem."

Estranha família.

* * *

A ausência é um lugar invisível na mesa, um vazio na sala, na alma. O avesso de uma presença. Nessa família, as mulheres conversam, discutem, brigam, riem, vivem no meio de uma ausência.

Às vezes entendo meu pai não conseguir conviver com os delírios da minha mãe e com essas três meninas carentes, largadas à própria sorte. Viver era sempre um desconforto, uma inadequação. Nenhuma de nós sentia que pertencia, nada tinha solidez. Não fazíamos parte de coisa nenhuma.

O destino de cada uma de nós é repetir esse padrão de carência e abandono. Talvez todas as escolhas que faço sejam para atenuar essa dor.

* * *

"Meninos, cuidado com as glicínias!" Minha mãe ergueu as flores da mesa a tempo. Os gêmeos, aos berros, metralhavam os arranjos de Natal. A tentativa de sofisticar a mesa naquele ambiente era uma discrepância.

Eu não nutria a menor simpatia pelos gêmeos, eram indomáveis e hiperativos. Uma vez os levei ao McDonald's e quase os deixei lá.

"Esses meninos precisam ter aulas de piano. Vou comprar um piano para vocês amanhã mesmo", disse minha mãe encantada com a descoberta.

Júlia veio da cozinha carregando uma travessa com o peru.

"Júlia, meu bem, use a faca elétrica. Onde está a faca elétrica que eu te dei?"

"Não precisa, mamãe."

"Faca elétrica é mais uma invenção inútil da ideologia do consumo." Letícia queria discussão.

"Só porque eu comprei. Tudo o que compro vocês acham inútil."

"Pode ser um bom brinquedo pros gêmeos", disse Letícia irritada.

"Como você pode ser tão demolidora?"

"Eu? Você cria explosivos dentro de casa e eu é que sou demolidora?"

"Será que minhas filhas não podem ficar sem discutir?"

Mesmo juntas naquela mesa cada uma de nós permanecia um universo fechado. Sistema de vasos não comunicantes. Compartimentos intransponíveis.

"Feliz Natal!", dissemos ruidosamente, brindando com as taças de champanhe.

"Que a vida nos mantenha sempre unidas e felizes!"

Entre milhares de edifícios acesos numa noite de Natal, uma pequena janela iluminada entre tantas. Pequenos destinos solitários dessa família sem homens.

***

Voltei pra casa à uma da manhã e estava naquele eterno ritual de procurar a chave, carregando presentes de Natal, segurando a porta do elevador com o pé porque a luz do corredor continuava queimada, quando uma voz me chamou da escada.

Um cachorrinho pulou ganindo em cima da minha perna.

"Sai daí, Pluto!", ouvi a voz dizer.

Da escuridão, surgiu Cacau.

"Ai, que susto! O que você tá fazendo aqui a essa hora?"

Ela puxou pela mão um menino sonolento e pegou o beagle no colo.

"Lembra do João?"

O filho tinha uns cinco anos e mal abriu os olhos. Pluto saltou do colo dela e disparou para dentro do apartamento.

"Posso deixar o João com você uma semana?"

"O quê? Tá louca?"

"Preciso ir pra Porto Alegre, vou trabalhar num filme. Uma semana só."

"Não, claro que não!"

"Por favor, o diretor me ligou ontem à noite, a menina que ia ser dublê desistiu na última hora e ele lembrou de mim. Eu preciso desse trabalho. Eu volto domingo, você fica livre no réveillon."

"Não, Cacau, de jeito nenhum!"

"Preciso mesmo, de verdade."

João deitou no sofá, bocejando.

"O João não dá trabalho, o Pedro eu consegui deixar na vizinha."

"Deixa o João lá também."

"Não dá, coitada, ela já tem quatro."

"Não, Cacau, não mesmo, não posso."

"O João passa a tarde no curso de férias da escola."

"O pai não pode cuidar dele?"

"Se eu soubesse onde ele anda. Tem mais de dois anos que não aparece. Ele tem quatro filhos, cada um com uma mulher, se ficar dando assistência pra todos não faz outra coisa na vida."

"E o pai do Pedro?"

"É um argentino. Pegaram ele com um pacote de cocaína e foi repatriado. Tenho que me virar sozinha. Puxa, essas coisas só acontecem comigo."

Pluto cheirava os tapetes, João dormia.

"E esse cachorro?"

"O Pluto? O João não fica sem ele."

Sem cerimônia, Pluto levantou a pata e fez xixi na pilha de discos.

"Deixa que eu limpo", Cacau se adiantou e usou o jornal que eu ainda não tinha lido.

"Não esquenta não", ela disse sorrindo.

Ouvi um miado lancinante e Marguerite cortou o ar como um raio.

"Essa é sua gata, não é? Mas não tem problema. O Pluto tá acostumado, tem sete gatos na vizinha."

De pelo eriçado, Marguerite afiou as unhas no sofá olhando desafiadora. Pluto indiferente foi até a cozinha. João abriu os olhos por um instante e os fechou de novo, tombando a cabeça para o lado.

"Marguerite odeia criança", tentei argumentar.

"Já já acostuma", disse Cacau.

Afundei na poltrona me perguntando o que fiz para merecer isso.

João ressonava levemente. Pluto tinha deitado num canto e Marguerite se acomodou, atenta.

"Uma semana passa rápido. Por favor. Não vai te dar trabalho. Você é a única amiga que eu tenho. Eu trouxe a sacola com as roupas dele. Ele entra na escola meio-dia e meia e sai às cinco. Preciso desse trampo. Não pagam muito, mas tô superendividada."

Antes de sair, Cacau comeu o que eu tinha trazido da ceia de Natal e me pediu uma mala emprestada pra viagem e o dinheiro da passagem de ônibus para Porto Alegre.

"Obrigada", disse, me abraçou e saiu às três da manhã.

Numa madrugada de vinte e tantos graus, os edifícios espremiam o verão entre o concreto. Como para a minha avó Raquel, o calor me subia pelas pernas.

Essas histórias da cidade me serviam pra eu esquecer a minha.

* * *

"Cadê minha mãe?"

"Ô João, vai dormir, não são nem seis e meia da manhã." Meu olho mal distinguia o relógio.

"Ela já foi? Minha mãe?"

"Dorme, depois a gente fala."

"Onde é o banheiro?"

"Procura."

"Tô com fome."

"Se vira."

"Se um foguete chegar perto do sol, ele derrete?"

"Humm?"

"Como um foguete consegue aterrissar se a terra fica mexendo o tempo todo? Hein? Como?"

Minha cabeça latejava. Que tipo de coisa é essa, meu Deus? Metáforas? Metáforas às seis e meia da manhã?

* * *

Dei um pulo da cama assim que aquele beagle me lambeu a boca e tive uma das manhãs mais difíceis da minha vida.

"Não fui eu, não fui eu, foi ele", gritava João. "Os ovos caíram no chão quando eu fui pegar o leite, mas essa garrafa quebrou porque ele tava correndo atrás do gato."

Era uma manhã comum, não tinha havido nenhum terremoto. As coisas nunca acontecem quando a gente precisa delas. Só um terremoto colocaria tudo de volta no lugar.

"O que você come de manhã?"

"Café com leite, pão e manteiga."

"Escovou os dentes? Lavou a cara? As mãos? Ei, garotinho, tô falando com você! Perguntei se lavou as mãos?"

"Já, eu já disse mil vezes que já."

"Mentiroso. Tá todo sujo, vai se lavar imediatamente!"

"Tá, tá, mas com sabão não."

Eu tinha um menino, um cachorro, uma gata e um sono tremendo. Eu não tinha pão nem manteiga em casa.

"Não tem pão nem manteiga", gritei do corredor. "Tem granola, quer?"

"O que é isso?"

"Experimenta."

"Argh, que gosto horrível!"

"Granola com mel, uma delícia."

"Não quero."

"Vai te fazer bem."

"Não quero."

"Pois é o que tem, trata de comer."

"Não quero, quero pão com manteiga."

"Não tem."

"Vai comprar, ora."

"Vai você."

Bombardeios matinais, estampidos, gritos. João se joga no chão, corre atrás do Pluto, que corre atrás da Marguerite, que corre atrás de mim. João liga a TV no máximo.

"Desliga já essa merda!"

"Quero ver desenho, sempre vejo desenho."

"Dane-se e para quieto senão eu te amarro na cadeira."

"Não gosto de leite quente, não gosto de nata."

"Tira esse Pluto daí."

"Não vou tomar."

"Come a pera, descasquei pra você."

"Não como!"

Sentei na frente dele e o encarei.

"Olha aqui, João, esses são os primeiros minutos que a gente passa junto e ainda vamos ser obrigados a passar mais milhares. Então vamos melhorar esse relacionamento, tá legal?"

"Você é pior que dez tiranossauros e brontossauros juntos."

"E você é um superpentelho."

"Não gosto de você."

"Nem eu de você. Detesto meninos de cinco anos. Eu vou te emprestar uma grana, você pega um táxi e se manda, vai à luta e leva esse cachorro com você, OK? Agora, se quiser ficar, é bom colaborar, porque eu tô cheia de problemas. Você fica se quiser, se não quiser, pega o Pluto e se manda."

Ele baixou os olhos.

"Você sabe que nos Estados Unidos muitos pais abandonam os filhos? Largam eles nas escolas, nas freeways, nos supermercados e pronto. Ficam livres."

Era um tratamento de choque, mas pela primeira vez João me olhava na cara mais calmo.

"Você não gosta de mim, nem eu de você. Pra mim tanto faz se você não come, não toma banho, não vai pra escola. Que se dane. O problema é seu."

Foram minhas últimas palavras sensatas.

***

Dali em diante foi um contínuo malabarismo entre horários, corridas de táxi, uniforme limpo, compras, leite, banana e aveia no liquidificador, sanduíche de pasta de amendoim com geleia de uva, sorvete e vitamina de abacate, canetas sem tampa, desenhos pela casa, passeios na rua com Pluto, banho no Pluto com shampoo antipulgas, atrasos na Interstar, meias sujas espalhadas, as eternas frases:

"Amarra o tênis. Desliga a TV. Vai tomar sopa, sim senhor. Assoa o nariz que tá escorrendo. Tem que lavar as duas mãos, as duas, ouviu? E com sabão! Para de pular em cima da minha cama. Quem foi que grudou essa meleca na parede?"

Ameaças, pactos, tratos, piadas.

"Sabe o que o pires disse pra xícara? Bundinha quente, hein!"

"Ah, ah, anda logo sua lesma lerda."

Promessas, histórias, jogos, gibis, mímicas, vídeos do Walt Disney, *A guerra dos dálmatas* e *Cruela Cruel*, índios, tiros, lutas, música, *Os saltimbancos*. Minha coleção de clássicos.

"João, tua mãe vem te buscar amanhã. Vai pra cama que é supertarde."

"Então lê o *Mandrake e Fantasma*."

"Não, é muito tarde."

Cócegas, beijos, abraços e confesso, muitas vezes à noite vendo João dormir, uma pequena lágrima furtiva.

Passamos o dia no Planetário e agora João, pela janela, olhava o céu com encantamento.

"Qual é o Cruzeiro do Sul?"

"Tá vendo aquela estrela, aquela outra e mais aquela, o desenho que formam é a constelação do Cruzeiro do Sul, aponta pro sul. Aqui é o hemisfério sul."

"O que é hemisfério?"

"Esse pedaço aqui do planeta."

"Você sente quando a terra mexe?"

"Às vezes."

Naquela noite contei pro João a história de Galileu Galilei.

"Os padres proibiram que ele dissesse que sentia a terra mexer?", ele perguntou.

"E, se dissesse, queimavam ele na fogueira. Aí, teve um julgamento, ele negou perante a corte que a terra se movia, só que em seguida falou pra si mesmo baixinho: 'E pur si muove', quer dizer: 'Mas que mexe, mexe.'"

"Então ele sentia a terra mexer?"

"Devia sentir."

"Você sabe o nome de todas as estrelas?"

"De todas não. Só de umas cinco."

"Só cinco? Por que você não aprende o resto?"

"Vou aprender aos poucos."

"Cada dia uma?"

"É, cada dia uma."

"Qual você aprendeu hoje?"

"Hoje?... Hum... Antares."

"E qual você vai aprender amanhã?"

"Amanhã? Sirius. Agora dorme, que tem uma estrela no céu cuidando de você." Passei a mão de leve e afastei a franja. Dei um beijo na sua testa.

"... dorme com os anjinhos...", sussurrei, sentindo uma onda de amor me atravessar.

Eu não sabia muitos nomes de estrelas, não sabia nada. Ainda tinha muita coisa para aprender.

Fui recolhendo tênis, carrinhos, cuecas, iogurtes, Pluto me seguia em silêncio. Depois entrou no quarto e deitou no tapete. Marguerite pulou na cama e se aninhou aos pés de João. Eu tinha colocado um monte de starfix no céu do quarto. Falsas estrelas plastificadas brilhavam reluzindo no escuro. Escolhi uma e pedi sorte pro João.

A gente pode acreditar em tanta coisa, por que não numa estrela de mentira?

OH, JOY, A VIDA É FEMININA

Hoje de manhã Joy me ligou e disse que estava grávida.

"Grávida? Uau. E o que eu faço com a notícia? Me emociono? Te dou parabéns?"

"Me dá uma força porque eu vou tirar."

"Tem certeza?"

"Absoluta. E você precisa me emprestar algum."

A relação de Joy com dinheiro é infantil, vai da mais clara avidez à total inconsequência. Em seu rosto redondo, os olhos se abrem levemente para a borda externa, o que lhe dá um ar malicioso. Deve ser descendente direta das mulheres que mordiam moedas na Idade Média.

"Na Idade Média você seria queimada viva."

"Grande diferença. Se você não me emprestar, vou cair num carniceiro infecto de fundo de quintal, que é a mesma coisa."

"Por que eu tenho que pagar? Por que não o Nando?"

"O perdulário comprou um superequipamento, várias lentes 300, dois oito e sei lá o quê. E esse filho é um pouco seu também. Nós somos uma família."

"Você perdeu o senso, Joy. Eu não moro com vocês há mais de dois anos."

"Mas nossa amizade é estranha e maravilhosa. Você estranha e eu maravilhosa!" Ela riu.

"Não é hora pra gracinhas."

"É que eu tô morrendo de medo. Você vem comigo?"

"Onde é?"

"Perdizes. O nome do cara é Amâncio Nazaré. Não tinha mais horário de tão lotado, mas eu disse que ia pagar taxa extra. Se atrasar perde a vez. E não pode ficar descansando no consultório, acabou tem que ir embora."

* * *

"Calma, Joy, o pior já passou. Agora fica deitada e não mexe. Tá sangrando e pode dar hemorragia. Descansa. Quer um chá?"

"Vê se tem saquê."

Abri a geladeira e resolvi preparar a famosa sopa de restos Lavoisier: nada se perde, tudo se transforma. Joy começava a voltar à sua cor normal.

"Cadê o Nando? Vê se ele tá no estúdio."

Desci. Nando tinha acabado uma sessão de fotos e a modelo se preparava pra ir embora. Era bonita, esquelética, muito branca, cabelos curtos cor de cenoura. Quando eu disse "Oi, tudo bem?", ela respondeu "Chocante", e saiu. Nando guardava o material.

"Como ela tá?"

"Melhor. Tomou uma sopa e agora tá dormindo um pouco."

Ele enrolou a grande-angular meticulosamente na flanela. O cabelo caído no rosto.

Sentei no chão.

"Uau, que dia!"

"Você tá bem?"

"Nando, tô me sentindo péssima."

"Esses lugares deprimem paca."

"Tô com pena de todas as mulheres, da Joy, de mim."

Então ele me abraçou. O contato me fez bem, me abandonei, com vontade de chorar. Ele estremeceu e me apertou mais.

"Ninguém tem um cheiro igual ao teu", sussurrou quase inaudível.

Um raio de tesão me percorreu a espinha. No meu estado de carência, reencontrar a confiança de um corpo familiar é um perigo. Nos beijamos.

"Por que você não volta a morar aqui?"

"Não."

"Eu moraria com você o resto da minha vida, sinto muita saudade, você não quer voltar?"

"Não, voltar pra trás é como voltar pro colégio."

"Eu continuo amarrado em você. Você não quer?"

Quase transamos ali mesmo, mas pensei na Joy deitada lá em cima e achei melhor evitar. Dei um beijo fraternal nele.

"Fiz uma sopa lá em cima, quer um pouco?", foi tudo o que consegui dizer.

* * *

Agora estávamos os três na cama, tomando sopa e vendo TV. Um replay dos velhos tempos. Era o noticiário noturno.

Assistíamos impassíveis à banalização do terror. Bombas no Oriente e pilhas de mortos, estudantes negros espancados até a morte, imagens transmitidas com a mesma naturalidade de um anúncio de pudim.

"Que baixo-astral", disse Joy mudando canais com o controle. Passamos por um programa de prêmios em que um moreno franzino comia gilete, por uma cantora popular dizendo que aids é falta de higiene íntima, porque as pessoas não se lavam direito, e por uma garota com uma bunda enorme rebolando em cima da mesa num auditório.

"Que merda", Joy desligou irritada. Sua pouca suportabilidade se deve à crise pós-aborto, uma espécie de puerpério do avesso. "Tô enjoada desse país."

"Os adolescentes americanos estão se suicidando trancados na garagem, respirando o gás carbônico de seus próprios carros", disse Nando. "Vocês se lembram daquele ministro japonês que se matou com um tiro na frente das câmeras? Esse é o ícone supremo do nosso tempo."

"Nando, esse papo não faz bem pra Joy", falei, mas ele não ouvia.

"A televisão precisa da hiperestesia senão vira anestésica. Quem sabe inventam um programa que transmita suicídios ao vivo. A era do simultâneo, tudo pelo sensacionalismo. O vídeo distancia o horror. O choque perde sua qualidade intrínseca, deflagradora, e sofre o desgaste da repetição, se massifica, se medianiza até perder o interesse."

Por sorte tocaram a campainha e Nando parou suas elucubrações. Era o Dega.

Dega trabalha com Nando na produção de moda das fotos. É uma figura insólita, gordo e adorável, sempre travestido em personagens, fantasiado. Usa um esparadrapo escondido debaixo do cabelo para esticar as rugas do rosto.

"Minha vida é uma performance", ele costuma dizer. "Odeio a vida real."

Os personagens vividos por Dega possuem humor refinado e inesperados arranjos. Algumas de suas criações são inesquecíveis: Medusa Moderna, com um ninho de serpentes na cabeça.

"Minhas ideias são tão venenosas quanto elas", disse na ocasião.

Fez um fantástico Mozart, uma Anita Ekberg em *La dolce vita*, *O último imperador* da China e outras superproduções. Raramente víamos Dega ao natural.

Dessa vez entrou com bobes na cabeça, um avental manchado, saia de pregas, blusa de bolinha e uma cesta de arame em forma de galinha.

"Hoje estou de 'Mirtes vai à feira'. Que tal?"

Junto com ele entrou um sujeito magro, esverdeado, de cabelos ralos e o pomo-de-adão pronunciado, o que lhe dava um ar de pernalta. Os braços eram finos demais e em cima da camiseta laranja tinha uma correntinha, com uma tampinha de coca-cola pendurada. Quando chegou mais perto vi que havia restos de purpurina em volta de seus olhos.

"Esse é o Evaldo."

Ele nos cumprimentou mexendo a cabeça, exatamente como faria um avestruz.

"Joy, querida, o que foi? Você está morrendo?", perguntou Dega, fazendo voz de Mirtes.

"Ela fez um aborto hoje e não tá muito legal."

"Coitadinha, que cara de cera... nem parece a mesma garota esperta e traiçoeira. Evaldo, aplica um johrei nela. O Evaldo é ótimo pra reenergizar pessoas."

Fui até o banheiro procurar gotas porque minha rinite tinha piorado. Quando voltei, Evaldo estava de olhos fechados com a mão perto da testa de Joy.

"Você nem imagina como ele é bom nisso", disse Dega. "Evaldo é primeiro-ministro da Irmandade Verdade Eterna, é da Igreja Messiânica. Já fez tudo que é curso, Seicho No Ie e até curso de Ufologia."

Evaldo ia concordando mexendo a cabeça como uma ave.

"E sabe que ele também é bailarino? Só que não dá pra viver de arte no Brasil, coitado. Agora ele está trabalhando na linha de show da Record. Ele precisa sobreviver, como todos nós."

Era mais uma daquelas noites quentes, abafadas. Fazia um calor sem a mínima brisa.

"Shhhhh", fez Evaldo. O suor escorria de sua testa.

"Ele precisa se concentrar", explicou Dega baixinho.

Joy olhava os dois visivelmente contrariada.

Num movimento súbito, Evaldo levantou e começou a se sacudir. Pediu licença e foi ao banheiro.

"De que planeta ele é?", perguntou Nando.

"Conheci o Evaldo no centro esotérico que fica em cima da padaria. Minha terapeuta disse que eu preciso elevar o meu lado espiritual e lá é ótimo porque não tem livro nem nada, já fala logo com Deus, sem intermediário, e não perde tempo com babaquices. O diretor de lá frequenta a mesma sauna que eu e também é diretor da Censura Federal."

Evaldo voltou do banheiro. Tinha molhado o rosto e tirado a camiseta. Agora sim parecia um avestruz seriamente doente.

"Como é isso de ser primeiro-ministro?", perguntei a ele.

"Faço a energética da contabilidade. A Igreja vive de doações, mas todo dinheiro possui uma carga maléfica. Quem faz doação se livra da carga negativa do dinheiro e nós limpamos."

"Literalmente uma lavagem de dinheiro", disse Nando.

Ele falava como se tivesse decorado uma oração. Tinha péssima dicção, puxava o R e fazia erros de concordância. Tinha a calma histérica dos que precisam sempre pertencer a alguma entidade.

"Tá vendo essa tampinha?", ele mostrou pra Joy seu talismã. "Nunca tiro, é meu guia. Essa tampinha de coca-cola energizada pelo guru Don Moore, é fonte de fluidos positivos. Ele faz isso em qualquer metal. Já se apresentou no estádio do Pacaembu."

"Esses pastores proliferam porque interessam ao sistema. Na América todo canal de TV tem um pastor ou todo pastor tem um canal de TV." Evaldo ignorou o aparte de Nando e continuou:

"Como primeiro-ministro, me chamam Astro Rei. Nós, primeiros-ministros, temos autorização para falar em nome de Jesus."

"Por procuração?" Com superioridade, Evaldo evitou outra vez a provocação de Nando e se dirigiu a Joy.

"Você pode receber uma energização mesmo através da TV, é só deixar sua mão na tela, assim. Agora fecha os olhos que eu vou te restituir a saúde."

Evaldo não era um bom exemplo para o que pregava. Sua aparência lembrava cama de hospital e soro na veia. Achei que era hora de ir pra casa.

"Bom, vou nessa. Boa década pra todos."

Na saída, Evaldo fez questão de dar seu telefone e disse que eu estava muito carregada.

"Essa chave no seu pescoço é energizada?"

"Não exatamente."

"Que droga de chave é essa que você pendurou aí?", perguntou Joy.

"... é a chave do meu freezer."

"Freezer? Mas você não tem freezer! E freezer não tem chave!"

"Você deveria aproveitar o réveillon pra se purificar", prosseguiu Evaldo.

"Que *cazzo* de freezer é esse?" Joy parecia indignada.

"Tchau, gente, até o ano que vem."

"Você bem que podia me arrumar uns frila lá na Interstar", disse Dega, esquecendo a voz de Mirtes.

"Pode deixar. Um beijo pra todos e uma bela década!"

Nando quis me levar.

No carro, me deu um beijo leve, lento, típico de uma noite de verão como aquela.

Voltar seria simples, mas eu agora tinha outros sonhos, outros fantasmas. Eu ainda esperava mensagens que não chegavam, um homem que não vinha para me arrancar dessa irrealidade e me botar em outra.

"E se a gente se encontrasse em algumas tardes?" Nando e a intimidade de um corpo conhecido. "A gente vivia tão bem os três juntos."

"Nando, esquece..."

Marguerite me recebeu miando e se enroscando nas minhas pernas.

Me senti jogando meu tempo fora.

Nada justifica meu mau humor, exceto a vida em suspenso que levo e a sua inutilidade.

Deitei exausta. Antes de apagar a luz abri ao acaso um livro. A primeira palavra que li foi fragmentos.

FIM DE DÉCADA

O mordomo acendeu as velas e discretamente deslizou pelos mármores e tapetes persas como se tivesse rodas.

"'O que importa não é a vida eterna, é a eterna vivacidade', não lembro quem falou isso", disse Giordano me dando uma taça de champanhe.

Esvaziei a taça imediatamente.

"É uma alegria ter você aqui comigo."

Nos conhecíamos há anos e ele sempre tão formal, tão chato.

Comecei a rir.

"Por que você está rindo? Eu disse alguma coisa engraçada?"

"Desculpa, Giordano."

"Será que falei alguma coisa que provocou seu riso e não percebi?"

"Não, não... nada. E cadê os outros?"

"Não há outros."

"... não era uma tremenda festa de réveillon?"

"É é."

"Que raio de festa é essa sem ninguém?"

"Pensei que minha companhia fosse suficiente."

"Você tá brincando! Você me torra o saco pra vir na tua festa e não tem festa nenhuma?! É um truque?! Você enlouqueceu, Giordano? Que coisa mais idiota é essa?!"

Sem querer, fiz um gesto brusco, a taça escorregou da minha mão, fez um voo e se estilhaçou no mármore.

"Adoro seu temperamento", disse Giordano embevecido.

"Foi uma cilada muito imbecil."

"Eu sei, eu sei, errei tudo, devia ter te contado. Mas, se eu dissesse, você viria?"

"Não, claro que não!"

"Viu?"

Giordano me deu outra taça gelada e fez um olhar suplicante.

"Por favor, me perdoa. Vejo você tão pouco. Tentei preparar uma noite especial."

Bebi depressa demais e o gelo me fez sentir uma pontada de sinusite.

"Por que você cismou comigo?", perguntei com a voz anasalada e uma certa dificuldade de respirar.

"Eu te faria tão feliz."

"Eu não quero ser feliz."

"Todo mundo quer ser feliz."

"Mas eu não."

"Então você quer o quê?"

"Quero ter uma vida interessante."

"Eu posso proporcionar..."

"Quero aventuras", falei já me sentindo tristíssima. Pensei em voltar pra casa.

"Eu posso..."

"Giordano, não existe possibilidade. Comigo é chance zero, OK?"

"OK", ele repetiu baixo e resignado.

"De onde é essa chave horrível no seu pescoço?"

"Giordano, você conhece a Trust?"

"Trust?"

"Chama Trust Vertrauen, uma corretora que tem sede em Berlim e negócios em Tóquio. Parece que está envolvida numa transa entre um instituto farmacêutico japonês e o governo."

"Desde quando você se interessa por business?"

"Você conhece ou não?", perguntei irritada.

"Posso me informar."

Ele tornou a encher nossas taças. Levantei e fui até a janela tentar respirar e Giordano veio atrás, solícito.

Era uma casa anos 50, com salões imensos, pé-direito alto e uma escadaria cinematográfica. Tudo era exuberante, dos móveis aos arranjos de flores, um excesso para alguém solitário como ele.

O mordomo entrou servindo caviar, tornou a encher nossas taças e nem por um momento levantou os olhos. Limpou os cacos do chão e sumiu.

Tentei agir de uma forma razoável.

"O problema é que você não me vê como eu realmente sou. Eu seria muito infeliz e entediada do seu lado. Eu não sirvo pra você."

"Sob nenhuma hipótese você casaria comigo?

"Giordano, você é uma boa pessoa, um amigo da família, mas não sinto o menor tesão por você."

"E um casamento sem sexo?"

"Que coisa estranha, Giordano, pra que isso?... e só de pensar em cuidar de uma casa desse tamanho já me dá cistite."

Ele suspirou fundo.

"Muito bem, não vou mais insistir."

O resto da noite transcorreu num clima completamente diferente. Giordano parecia mais à vontade, liberado de seu papel de sedutor.

"Essa é a temperatura exata da slivovitz."

"Chega, já bebi demais, vou passar o primeiro dia do ano caída na sarjeta."

"Um brinde ao nosso lado sarjeta!"

Rimos o riso frouxo dos alcoolizados.

Giordano encheu os copos de novo.

"Eu sei que sou um merda." Ele tomou mais um copo. Deitou a cabeça na toalha e resmungou: "Um merda, um merda." Nosso estado etílico empurrava as palavras pra fora da boca.

"Você é bom, minha mãe te adora."

"Não, não, não", Giordano esfregou o guardanapo na cara. "Nunca fiz nada da minha vida."

"Bom, nesse caso somos dois."

Rimos.

"Hora das confissões?"

"OK."

"Você primeiro."

"Não. Você que teve a ideia primeiro."

Ele parou como que considerando e de repente disse de uma vez, fazendo uma careta.

"Eu não gosto de sexo. Sinto até um certo... nojinho...", fez careta com as bochechas cada vez mais vermelhas.

"Uau. E por que então você quer casar?!"

"Na minha posição social preciso de uma esposa."

Ele engoliu a bebida rapidamente.

"Você gosta de homens?"

"Tenho horror."

"Deve ter muita mulher que adoraria casar com você."

"Elas me entediam."

"Agora você me entende..."

"Eu entendo você?"

"Isso tudo, essa vida de aparências e formalidades ia me deixar louca."

"Você já é louca e é isso que eu gosto em você."

"Não tão louca pra casar com você."

Fui me deixando dominar pelo sono, fazendo força pra manter os olhos abertos.

"Feliz Ano Novo", Giordano brindou de repente.

Mesmo de olhos fechados tive a nítida impressão de que as luzes baixaram como numa súbita queda de voltagem, minha náusea crescendo.

"Sua vez... você vai confessar o quê?", a voz dele parecia se animar.

Mal consegui dizer "... acho que vou vomitar..." sentindo o cheiro de amoníaco da embriaguez.

C'EST LA VIE, LA DÉCADENCE

"Corta!", gritou Ivan do topo da pirambeira no momento exato em que parte da equipe quase desaba ladeira abaixo.

"Assim não dá, cacete! Você pensa que é fácil segurar essa cambada? Esses putos não param quietos."

Robis se referia aos dois goldens, dois poodles, dois pastores, dois dobermanns e dois huskies, além dos três chihuahuas histéricos que tentávamos desesperadamente manter nas coleiras, em cima do pico do Jaraguá.

"É a última vez que aceito um anúncio de ração", gritou Misty esquecendo sua voz em falsete. "Não aguento mais escovar cachorro, lustrar cachorro, limpar baba de cachorro. Vou me queixar ao sindicato."

"Alguém acode, que a Tereza tá passando mal."

Corri.

"Não suporto o cheiro da carne crua misturada com ração", disse pálida, virando os olhos.

"Deixa que eu faço. Com essa barriga é melhor você ficar sentada."

Separei pedacinhos mínimos de carne moída e comecei a esconder nas tigelas debaixo da ração.

"Precisamos de identificação, entende?", repetia o cliente, o dono da tal ração, tropeçando nas pedras atrás de Ivan. "Precisamos obrigar a dona de casa a querer o melhor para o seu cachorro."

Conheço o mau humor do Ivan a qualquer distância. Cléa também. Por isso, com rápida eficiência, ela colocou um copo de whisky matinal na mão do cliente e o levou para um canto.

"Porra, cadê a modelo??", vociferou Ivan.

"O Rubão foi buscar, já deve estar chegando."

"Manda esses cachorros calarem a boca!"

Dez minutos depois, Rubão, quase sem fôlego, subia a escarpa para anunciar que a modelo tinha adoecido.

"Caralho!! Agora vocês me dizem isso! Vocês querem que eu morra, vocês querem me matar?!" O ataque de Ivan fez os cachorros latirem mais ainda e, para agravar a tensão, começarem a brigar entre si.

De repente Ivan me olhou e veio para cima de mim com a determinação de um torpedo. Seu pedido era absurdo.

"Não, não, você enlouqueceu, minha resposta é não."

"Você tem que fazer isso por mim!" Ivan me sacudia pelos ombros.

"Nunca! Você tá maluco!"

"Por que não, me diz, por que não?"

"Porque não quero, não quero!"

"Uma vez na vida. Me faz um favor uma vez na vida." Seu tom se tornara fraternal "Por mim... por favor..."

"Não posso, Ivan..."

"Você substitui a modelo agora e em seguida nós dois vamos fazer juntos nosso filme. Eu prometo. Eu preciso de você e precisamos dessa grana pro filme, certo?"

"Errado. Não quero, não quero e pronto. Chama outra."

"Querida...", o tom agora era uma ameaça, "estamos nesse fim de mundo da porra, com essa caralhada de cachorros neuróticos, esperando há quase três horas prontos pra rodar e você me diz... 'chama outra'?!!"

Mordi os lábios e não respondi. Ele considerou minha pausa um flanco aberto.

"O que custa ajudar essa equipe que te adora?" O braço sobre meus ombros, a voz velada de um padre.

"Você só precisa segurar essa tigelinha, fazer de conta que experimenta um pedacinho de ração e pronto."

"Não, Ivan, por favor, não."

"Qual o problema? Você só tem que fingir que mastiga essa merda e dizer: 'Humm, mas é boa mesmo!' Só isso."

Eu ainda disse uns dois ou três inúteis não, mas acabei em frente à câmera, dividindo uma tigela de ração com um dobermann.

Cena um. Take um. Câmera. Ação. Sentada no chão, um poodle no meu colo e um monte de cachorro em volta, mastiguei o pedaço de biscoito que Misty misturou com aquela porcaria e repeti com a pior inflexão:

"Hummm, mas é boa mesmo."

"Mais convicção!", gritou Ivan.

"Sorria!", sugeriu o cliente.

No milionésimo take Ivan ordenou:

"Corta."

Eu estava arrasada. Com raiva de ter feito o que não queria, um gosto nojento na boca e um autoconceito péssimo.

"Pareço muito ridícula?", perguntei ao dobermann. Ele olhou com sua cara de idiota e me lambeu a orelha.

A PASSAGEM ESTREITA PELO ISTMO DA DOR

Soube da morte do Caio, um amigo, no meio da noite num telefonema. Abri minha agenda e li seu nome. Não risquei. Não podia. Aquele sorriso específico, as festas, macarrão com molho de marijuana, vinho azedo e gargalhadas naquele apartamento onde nunca mais encontrei meus sapatos.

Flashes. O amarelo da minha roupa, a escada em caracol, a cor ocre dos muros, seu dente da frente quebrado, seus olhos úmidos lendo Sylvia Plath em voz alta.

Ainda assim, não é tudo. Não é nada, poucas lembranças confusas e um nome escrito na caderneta.

Mesmo depois da notícia e da ideia da morte, o nome de um amigo não se pode riscar.

Sua morte só se tornou concreta para mim dentro do cinema. Só protegida pelo escuro consegui chorar essa perda distante que me diminuía.

Então se morre. De repente se morre dessa doença maldita. Que desgaste, que desimportância tudo. Então é isso, que merda, Caio.

Era como se ele me olhasse e desse risada, enxugando minhas lágrimas com a manga do casaco.

Por que você morreu assim tão cedo? Tão antes de viver tudo?

Semana após semana, uma sucessão de dias em que é preciso preencher as ausências para não capitular. É preciso disfarçar, se distrair.

Tempo de entretenimento, filmes, sanduíches de atum, telefonemas, livros de espionagem, hena no cabelo, planos de turismo, *we go up and we go down*, o som a todo volume e você dança sozinha até a exaustão, porque os amigos estão morrendo jovens, os sonhos estão se desfazendo e tem esse cara... Você se esgota por tudo e porque ele não dá notícias, não telefona mais há muito tempo, nem de Tóquio nem de Berlim nem do orelhão da esquina da sua casa e você se atola no trabalho, cada vez mais desorganizada, despejando de qualquer jeito os arquivos nas gavetas, comendo ração em frente à câmera e voltando pra casa tão sem forças que acaba dormindo vestida com a TV ligada.

Decididamente não é assim que se esquece. Deve haver métodos menos doloridos.

Há.

Uma roupa preta, indefectíveis meias azuis, cabelos rebeldes, batom marrom-escuro, duas gotas de veneno e essas olheiras. Assustaria crianças.

Escolhi uma das minhas múltiplas faces, a que ressaltasse melhor minha natureza ambígua. Me certifiquei da fase lunar e troquei a freira carmelita dos últimos meses por um animal inconsequente, de formas carnudas e curvilíneas. Um anjo. O anjo do sexo flutua no seu desprendimento.

Quando nasci, a fada que esqueceram de convidar pro batizado lançou seu augúrio:

"Há perigo para cada mulher que não sabe se proteger da doçura, nem da brutalidade do amor. Tsk tsk tsk... Essa menina vai se dar mal..."

Deu sua risada maligna e sumiu envolta em chamas.

No armário do banheiro passei os dedos nervosos por todos os rótulos. Preciso de uma mistura de cafeína e anfetamina e qualquer coisa que me tire desse estado.

"Ah, eu deveria viver com um médico", disse a mim mesma no espelho, esfregando o pincel de blush em cima das minhas más intenções.

"Nosso lado Maquiavel é sempre maquiável", considerei e ri já toda rosa.

Antes de sair pinguei centenas de gotas de nazifrin em cada narina.

***

Desci as escadas do Drástico Tiroc como se passasse pelas antecâmaras do inferno e me senti sedutora.

Lindas pernas, meias azuis e os caninos crescendo.

Aeronave de voo noturno debaixo da influência de Saturno busca nos bares todos os olhares.

Alô, rapazes.

Por favor, uma aquavit ou um punhal, depressa. Alguma coisa que me atinja. Que me torne diabólica. Os anjos não frequentam esse lugar.

"This is from the heart" a voz rouca de Tom Waits me transpassa o coração. Acelerar, acelerar, mesclar isordil e quinicardine. Deixar o coração inchar, acelerar.

O bar está cheio e eu vou me atropelando entre as mesas, ultrapassando essa fauna, um drink pra solidão, um pro coração. Por causa do som é que reparo no primeiro cara que ralenta assim que me vê. Alto, castanho, de quem eu gostaria mais se usasse óculos.

Mulheres durante a lua crescente acham que à noite todos são gatos. Cuidado. Você está entrando no Jardim das Delícias. Preste atenção.

"Sua vodca."

"Obrigada." Por que não flertar com o garçom *baby face* de dezessete anos? A ordem é tirar Berlim da cabeça, transmutar essa estupidez romântica no Anjo do Mal que alicia homens com sua doçura vibratória.

A ordem é negar que os amigos morrem de aids, que os poetas se fodem, que gente delicada não tem lugar nesse mundo.

"O mundo é dos bunkers. Baratas, jacarés, lagartos, lampreias são as espécies mais antigas. Os sensíveis não sobrevivem...", falei, mas o garçom não prestou atenção, distraído com o troco.

Para fugir da obsessão interna, uma mulher se enfia na fumaça de um bar, com um vestido colado e olhos fáceis. Alguns amigos morreram, ela se deixou seduzir por um idiota que sussurra coisas bonitas durante o sexo e agora ela enfurna sua dor no inferno do esquecimento.

A loucura é bela demais para ser desperdiçada assim. Não se joga fora um bem tão precioso.

"Quietos, ímpios, silenciem! Eis aqui uma mulher sozinha com seu desatino. Ultraje. Afronta!"

No som ensurdecedor do rock ninguém me ouve nem repara em mim e continuo esbarrando nas pessoas sem ser notada. Se alguém chegar bem perto vai reparar. Uma das caras mais bonitas que o desespero pode ter é essa.

* * *

Sou uma Alice da cidade enclausurada num antro, misturando químicas e fabricando falsos desejos.

Personagens provisórios, embalagens descartáveis.

Sondar novas frequências na onda rádio, faixa cidadão, sinais do céu, mas aqui não existe céu, as paredes enfumaçadas se fecham em cima de nós. Nas colunas várias telas mostram clips: uma imensa onda de óleo no Oceano Índico, um grupo de rock andrógino.

Qual é a escala que mede a realidade? E o que é exatamente a realidade?

Faço um mapeamento do lugar e dou início a um longo travelling. Um desejo de vingança nos ajuda a ter resistência.

Minha mãe costuma dizer: "Aprenda a ser solista." Mas num lugar como esse você usa seu esforço pra não ser pisoteada, já que ninguém te vê. E você circula esbarrando e escutando fragmentos de conversa.

"... oi, tudo bem?"

"... tô saindo da maior crise, quase me suicidei."

"... que horror, mas e o resto, tudo bem?"

"... ah, não vale a pena investir, o pau dele é minúsculo."

"... e eu que gasto uma nota em calcinhas, cremes, perfumes, ando com camisinha dentro da bolsa e não consigo trepar desde abril."

"... trepar passou de moda. Chique agora é não trepar."

"... agora? Eu já sou precursora desse movimento há muito tempo."

"... tem um papel aí?"

"... tem dois tipos de mulher: as que fingem na cama e as que fingem que não fingem."

" ... orgasmo não tem nada a ver com o amor."

"... ei, tem um papel aí?"

" ... desde que ela mudou de terapeuta, não acredita mais em heterossexuais."

"... todo mundo que eu conheço é homossexual."

"... você tem chiclete?"

"... a Paula é do tipo sangue O, doadora universal. Dá pra qualquer um."

"... minha pressão vai a seis por oito."

"... toma duas e espera o efeito."

* * *

Eu estava morrendo de calor e entrando em processo de pasteurização quando dei de cara com Beni.

"Ahhhh, você sempre aparece na hora certa."

"Que cara mais sinistra, princesa."

"Tô mals... e você, tá bem?"

"Tô ótimo se não precisar fazer nenhum exame antidoping."

Beni estava numa mesa com um cara bonitinho e uma perua oxigenada, espremida numa lycra de oncinha e com brilhantes nos dedos.

"Acabei de formar um trio", cochichou Beni. "Meu gato e eu fomos adotados por uma socialite, mulher de político usineiro. Achei a fórmula perfeita da felicidade."

Radiografei a mulher e diagnostiquei: rica, solitária, entediada, maluca. Ela falava alto, era arrogante e ninguém prestava atenção.

"Aprendi esse mantra na India", ela disse batendo os pesados cílios postiços. "Todos os dias em casa faço meus funcionários entoarem o mantra... e eles me agradecem."

"Quem é essa doida?"

"Minha nova sócia. Vai dar uma grana pra produzir minha peça. Vou montar a peça do Tato, uma alegoria sobre a grande peste da aids. Vai chamar o *O beijo da morte da modernidade*."

"Eu adoro carnaval", ela continuou. "Nunca perdi um desfile no Rio, há treze anos sou destaque no carro alegórico da Portela."

Fomos interrompidos quando as luzes mudaram e entrou o que parecia um grupo performático.

Com cara pintada de branco e roupas coloridas, se movimentaram entre as mesas, fazendo números mambembes de mímica, passos de dança e percussão, numa animação patética. Um deles passava o chapéu, mas ninguém deu uma moeda. Circulei.

Pedi gim, genebra, noilly prat, duas gotas de angostura, gengibre e tabasco. O som da minha gargalhada foi espalhafatoso e eu gostaria de detectar em que circunstâncias uma mulher tímida como eu se torna tão histriônica.

"Me beija", disse ao garçom, que mais uma vez não me escutou. Me beija e eu te conto histórias hilárias de cronópios e de famas, essa noite especialmente essa noite me sinto tão perdida, tão especialmente perdida, me beija.

Gastei tempo demais pensando num cara. Agora chega. Ele que fique com suas noites pesadas de Berlim, no bar Einstein, com alguma loura de Kreuzberg chamada Helga, atriz do Partido Verde, bebendo Steinhaeger.

"Você é contra a matança das baleias?", ouço alguém dizer.

"Tá falando comigo?"

"Você conhece o SAM?"

"Quem?"

"SAM, Salve a Mata, um grupo ecológico."

Um carinha de boca carnuda chega perto de mim. As pessoas passam e nos espremem.

"Você quer assinar um manifesto pra salvar os oceanos?"

"Você faz o quê?", pergunto a milímetros de distância. Para olhar pra ele fico vesga.

"Sou campeão de regatas."

"Regatas?" Encarar alguém tão de perto me deixa tonta. O que são mesmo regatas?

"Adoro velejar. Você curte veleiros?"

"Eu vomito em veleiros", respondi.

Não é um bom começo. Minha cabeça gira só em pensar naquelas ondas todas. Lá vou eu com Boca Carnuda para o alto-mar enquanto você frequenta a exposição de Francis Bacon na Documenta de Kassel, com Pink Ly, uma garota que você conheceu em Tóquio, artista plástica que embrulha árvores em celofane e diz que toda linguagem é lixo.

"Você gosta de mergulhar?" Boca Carnuda gruda em mim. Evidentemente, não escutou uma palavra.

Toda essa saúde me agride.

"Tem muito lugar chocante. Fernando de Noronha, Abrolhos."

Vou adorar viver nas marolas, afundar minha existência no oceano. Máscara, snorkel, pé de pato, Boca Carnuda e o melhor dos esquecimentos.

"Ilha do Pontão, Ilha do Mel, Ilha da Trindade."

Moro num país com oito mil quilômetros de costa marítima e tento resolver meus problemas enfurnada nessa merda desse bar, pedindo outra vodca, por favor.

Vou te esquecer em algum paraíso com Lindos Lábios Carnudos, entre corpos atléticos bronzeados, arrepiada de calor e de tesão. Vou me transformar numa garota de surfista e deixar você pálido, numa manhã gelada, se refugiando num café, pedindo bratwurst e cerveja morna, sozinho, lendo *Fausto*.

Bem-feito.

Ao som do Simply Red, giro em torno de mim mesma dançando grudada com Boca Carnuda.

* * *

Dançar, dançar, posso dançar a noite toda e me deixar levar por ele num veleiro de trinta pés para as Ilhas Virgens. Vou viver de ostras, ouriços e mariscos com esse meu bom selvagem.

Preciso pertencer a alguma coisa, fazer parte de alguma tribo, me identificar com alguém.

"Ando desgarrada demais", falei pro Boca.

"Deixa que eu te agarro."

No meu eixo, faço uma lenta pan e tiro o som. Em volta, um monte de gente de roupa escura e cabelos espetados. Todos se mexem muito, gesticulam demais. Olhares ávidos, dentes, cigarros, fumaça, copos. Corpos exibicionistas.

Onde é mesmo a porta da saída?

Quando Lindos Lábios Carnudos praticamente definia nosso roteiro e me convencia a comprar uma *morey boogie*, Shana me puxou pelo braço.

"Vem cá, quero que você conheça meu terapeuta."

"Ei, espera um pouco... eu tô aqui com o..."

Tínhamos sido amigas de infância e Shana se aproveitava disso.

"Esse é o Teodoro", disse exultante e um tanto submissa diante de um sujeito de barba, gorducho, baixo, braços curtos, bêbado, encostado no balcão comendo amendoins compulsivamente.

"Oi."

"A Shana fala sempre em você", ele diz cuspindo amendoim no meu olho.

Socorro, estou cega, depressa, um colírio, lacrimejo. Shana me passa seu copo de vodca e um guardanapo.

"O que um cara desses pode fazer por você?", perguntei em tom confidencial. "Um terapeuta bêbado num bar às três da manhã?"

Contei a ela um conto do Cortázar de *Histórias de cronópios e de famas*. "O sujeito pensa que vai morrer, mas o médico diz que ele tá fora de perigo e pode ficar tranquilo. Ele fica aliviado porque confia no médico e acredita que vai viver. Até que de repente ele se abaixa e, sem querer, descobre por baixo da mesa que o médico usa meias de nylon pretas, ligas de renda e sapatos de salto alto. Não é de arrepiar?"

"O que é que tem a ver essa idiotice?"

"Esse conto é o máximo."

"Pois achei uma bosta."

"Eu contei mal no meio dessa zona. O conto é a síntese do medo e da dependência."

"Uma bosta."

"Não contei direito, Shana, a transferência com o médico, o cara acima de qualquer suspeita."

"Um conto que precisa ficar explicando é uma bosta."

"Toda espécie de amor é uma transferência." Teodoro intempestivamente entrou na conversa. Tinha uma baba seca nos cantos da boca.

Simpatizei com ele. Com seu ar de "toda grande inteligência fracassa", bem curioso.

"O mundo está em frangalhos", sentenciou Teodoro satisfeito em se ouvir. "A ausência da repressão sexual tornou tudo desinteressante para os estudiosos da psicanálise."

O pratinho de amendoins estava vazio.

"Já não há grandes casos de histeria, neurastenias agudas, apenas casinhos comuns. Eu gostaria de examinar uma histérica autêntica como as santas que se flagelavam com cilícios. Hoje somos todos esquizofrênicos, com pequenas diferenças.

A licenciosidade modificou tudo. Meu consultório é povoado de probleminhas medíocres."

"De que tipo?", perguntei.

"Os de sempre. Depressão, apatia, ansiedade, pânico, fobias, manias, dependência de drogas, só isso. Nada parecido com o que Freud pegava."

Teodoro tinha o erre preso e restos de amendoim nos dentes.

"E você, já fez análise?", me perguntou.

"Acho que não sou capaz de contar tudo pra alguém."

"Sabe o que Teodoro disse?", Shana nos interrompeu olhando para ele com orgulho. "Ele descobriu que, de tanto eu conviver comigo mesma, eu já não conseguia mais me suportar, entende?"

Fiz que sim com a cabeça, sem conseguir acompanhar seu raciocínio.

"Quando a gente convive demais consigo mesma, fica farta da própria companhia. Tem lógica. Então ele percebeu que eu precisava me separar de mim, entende?"

Tornei a fazer sim.

"Nas minhas primeiras sessões com Teodoro, ele disse coisas horríveis, me agrediu. Aí eu mordi o braço dele. Lembra Teodoro? Mordi com toda força e ele me deu um tapa. Depois me explicou que, para sair do estado anestésico, eu precisava de algum choque."

Eu tinha perdido o Boca Carnuda de vista. Olhei em volta, nem sinal. Shana tornou a me puxar.

"Só gosto de homem com pênis pequeno", falou com uma atitude pedagógica. "Gosto de homem muito inteligente e de pênis pequeno. Teodoro acha que é retração e que para mim o estímulo intelectual é tão importante quanto o estímulo do clitóris..."

"E você, nunca se apaixona por suas pacientes?", perguntei a ele.

"Me apaixonei muito, mas sempre me contive. No momento estou apaixonado por um paciente, e isso me fundiu a cabeça porque não sou homossexual."

"Entendo."

"Inclusive, estou escrevendo sobre a sexualidade dos caramujos. Entre caramujos não existe macho e fêmea, na hora da cópula, eles decidem quem vai ser o quê."

"Você é demais, Teodoro!", exclamei sincera.

O elogio foi suficiente para ele escorregar em cima de mim com a libido à flor da pele.

"Você não quer ser minha paciente?"

"Obrigada, Teodoro, mas eu não tenho uma personalidade muito forte."

"Melhor. Os homens têm medo de perder a ereção diante de uma mulher forte."

Fui saindo devagar.

"Aonde você vai?", perguntou Shana.

"Fazer xixi. Se você não aguenta conviver com você, Shana, imagina eu", respondi e me afundei entre as pessoas em direção ao banheiro.

"Sua lorpa", ainda ouvi Shana atrás de mim.

* * *

O espelho do banheiro parece uma grande-angular. Olhos injetados, batom borrado, suor. Jogo água no rosto, no pescoço, nos braços, enfio a cabeça debaixo da torneira, molho a roupa, preciso de água, água.

Bela imagem de uma garota encharcada, caprichando pra retocar o batom tiger's eye, sem conseguir acertar o desenho da boca.

No reflexo do espelho, atrás de mim, uma menina me encara com o olhar vazio. Pequena, magra, de cabeça raspada, só um cacho azul cobre seu olho esquerdo. Vestida de preto, com uma tatuagem no ombro (uma mosca? uma abelha? um escaravelho?).

"Esse batom tem cor de boceta."

"Hein?"

"... essa cor... de boceta."

Certas visões se distorcem através de espelhos.

"Tem uma graminha?"

"Ahn?"

Ela estava trincada, não abria os dentes para falar, não mexia um músculo. Tirou um vidrinho do bolso e derramou um líquido na barra da saia.

"Tá a fim?", abaixou e cheirou fundo. "Benzina. Looping nas nuvens."

Encostou na parede, olhou inexpressiva para o teto e começou a balançar lentamente.

"Você vem comigo?", disse com um fio de voz infantil.

Hum?

"Sou a Tati. Você vem?"

Com olhos vidrados, Tati abaixou a alça de seu vestido, deixando um seio miúdo pra fora.

"Você não gosta de carinho?"

Tem gente capaz de jogar um pardal de asa quebrada numa frigideira e comer.

"Você não gosta de carinho...", repetiu sem inflexão.

De repente ela caiu em cima de mim, grudou a boca no meu pescoço e começou a chorar.

"Pronto, pronto, não foi nada." Uns leves tapinhas nas suas costas. "Pronto, Tati, tá tudo bem."

SLOW MOTION

Como uma projeção ruim que distorce a banda sonora, meu pensamento enrola palavras que sei que amanhã nem vou lembrar.

"Que música é essa?"

Pessoas decentes não se amontoam nessa atmosfera. Pessoas decentes ficam em casa trepando, vendo filmes.

"Até que enfim! Onde você se enfiou?"

Já vi esse cara em algum lugar.

"E aí, vamos velejar?" É o Boca. Alô, Lindos Lábios Carnudos.

Sorrindo feliz, queimado de sol. A saúde é ostensiva. Faz mal.

"Boca, você caiu do céu!"

Vou me deixar levar pelos braços desse marinheiro. Oh, Boca, beije-me. Vamos dançar, velejar, pedir dois dry martinis.

Singrar, Boca, vamos singrar, abre a porta dos teus mares. Vamos içar velas e voar.

"Garçom, esse drink é meu."

Oh, garçom, beije-me, please, beije-me. Preciso de uma overdose de glicose. Oh, garçom, mas que belo pescoço você tem. Nosferatu não resistiria a essa sua jugular tão bonita.

"Que música é essa, mesmo?"

Afastem-se plebeus, corre um resto de sangue azul nas minhas veias. As linhas do meu nariz são aristocráticas, Beni me chama de princesa. Tenho séculos de classe. Os avós dos meus avós construíram catedrais. A dignidade não se conquista em uma geração, por mais que se enriqueça subitamente.

Nesse instante rodopiei no ar, uma espécie de virada desequilibrada, mas a gravidade venceu.

"Caralho!", exclama a princesa bêbada, enquanto cai e se espatifa pesada no chão.

Não foi nada, rapazes. Uma princesa pode tropeçar em seu protocolo, graças naturalmente ao bom teor alcoólico e anfetamínico de seu sangue azul. Espero que esses pequenos escândalos não constem da minha biografia.

Uma câmera subjetiva mostraria do meu ponto de vista esse monte de rostos esquisitos curvados em cima de mim, deformados por uma lente olho de peixe. Agora sim tenho todos os olhares em mim.

Alguém me ajuda e levanto com dificuldade.

Mas que falta de compostura, hein, rapazes? A dor tem seus requintes. Façam suas apostas e confiram no olho mecânico, em matéria de sofrimento estou uma cabeça na frente.

Meus dois heróis, Lindos Lábios e o pequeno garçom, me erguem. Tomem-me nos braços e beijem-me, rapazes. Tudo vai acabar bem como nos velhos filmes da Atlântida. Vamos rir disso tudo na cena final, enquanto a Orquestra Tabajara toca "Tico-tico no fubá".

KAMPAI

O mito da espera é feminino. Perco meu tempo esperando por ele, uma Penélope obstinada tecendo e destecendo o frágil fio da vida, enquanto em sua odisseia contemporânea ele, o sedutor, o grande impostor, ouve sereias em outros mares.

Finalmente consigo me desvencilhar dos braços de Boca Carnuda. Não tolero olhares complacentes. Ó Deus, o que me faz parecer assim tão disponível?

Fui andando decidida para o fundo fosso do Drástico Tiroc.

De repente tudo para. A música, as pessoas, tudo.

No meio da multidão diviso um sorriso levemente irônico e um olhar amendoado.

Adoro olhos japoneses, olhos nissei, afiados. Um japonês sozinho num canto está me olhando como quem sabe de tudo. Parece o único capaz de me entender.

"Alô, torre de controle, detectei o primeiro sinal de vida inteligente."

Ele é atraente e estou fascinada. Ele sorri. Tudo o que preciso é de um bom SOS: Sexo, Orgasmo e Sono.

Hipnotizada pelo fascínio desses olhos oblíquos, caminho na direção desse japonês vestido de preto e lilás, que vai me dar um desses beijos que não resta a menor dúvida de que o próximo passo é a cama.

AI

A simetria de um jardim zen. A paz de uma nuvem. *Ai*, essa palavra "ai", *amor* em japonês.

Estamos deitados na cama ouvindo Takemitsu. Um raio laser projeta no teto pontos luminosos que oscilam ao som do sintetizador. O estímulo tecnológico da emoção.

Deitei a cabeça no peito dele. Vou viver uma cena de *Hiroshima, mon amour* com o primeiro oriental da minha vida.

Desde Berlim não transo ninguém e ele é calmo, tem a pele macia, diz coisas interessantes. Devem ser coisas interessantes, porque no estado em que me encontro fica difícil acompanhar seu texto. Tudo bem, vou pelo menos acompanhar seu corpo.

Estou nos braços de um japonês sensual, borrado de batom e não consigo me concentrar.

Estou transando e pensando em outra coisa.

Passeio no bosque do alheamento. Preciso me ligar nos preâmbulos dos jogos do sexo. Ele encaixa o corpo no meu e não consigo me concentrar.

Depois de trepar, encosto a cabeça nele e ele começa a teorizar sobre algum assunto, que eu não consigo acompanhar.

"... somos céticos buscando uma crença qualquer..."

São as últimas palavras que me esforço para ouvir antes de adormecer nos braços dele.

* * *

"Alô, meu bem, como vai? Posso saber por onde você andou? Telefono, telefono e ninguém atende."

"Por aí. Ahhhhhh..."

"O que foi?"

"Tô morta. Passei o dia imprestável."

"Ah, eu também estou tão cansada, tive um dia cheio, mas fechei o contrato para o Goodman me representar. O Saul foi contra, mas não importa. Pode ser um grande passo para minha carreira.

"Mamãe, minha cabeça tá estourando."

"Você leva uma vida tão desregrada, meu bem. Mas se o negócio nas montanhas der certo, você vai trabalhar comigo num espaço cultural de intercâmbio com outros países. Tive muitos contatos em Viena anos atrás. Mandei algumas cartas e estou esperando resposta. Passaram quase trinta anos, é certo, mas na Europa as coisas não mudam tão depressa como aqui. Quero que o Goodman administre tudo.

"Mamãe."

"Acho que vou precisar contratar pessoas que sabem usar computadores. O Goodman deve saber. Ah, querida, liguei porque preciso de um favor."

"Ahn."

"Será que o Nando faria umas fotos minhas para o programa do concerto? Já não sou tão fotogênica, mas ele pode reproduzir minhas fotos antigas, não é? Ah, os jovens não sabem nada da velhice. Os dedos entortam e não se dobram mais. Mas não importa. Ainda me vejo como fui. Porque eu não sou como você me vê agora, não sou assim, oh, Deus, isso é uma traição! O tempo me traiu!"

"Mamãe, acho que vou desmaiar..."

"Onde estão minhas fotografias de Belgrado? Saíram belíssimas. Ali sim sou eu. Posso usar aquelas. Basta recortar o Norman, aquele pretensioso. Ah, minha filha, nunca se apaixone por um tenor, eles são egocêntricos demais."

Deixei cair o telefone.

"Você está precisando de alguma coisa, minha querida?"

"Dormir..."

* * *

Fui acordada por um bate-estaca no prédio ao lado.

Para variar, minha rinite me fazia respirar com dificuldade. O ar do quarto parecia pesado, denso. Me senti desconfortável dentro do corpo, como se o oxigênio precisasse ser comprimido para caber nos meus pulmões e eles estivessem cheios de um gás em expansão que me sufocava.

Você só pode entender uma obsessão quando respirar dói. Você precisa estar contaminado para compreender.

Estava ouvindo os recados, um deles do doce japonês do Drástico Tiroc, quando o telefone tocou. Era Giordano.

"Que tal esse fim de semana na Ilha Bela?"

"Não dá, Giordano, tô cheia de coisa pra fazer."

"Que pena. Escuta, aquela corretora que você me perguntou, a Trust..."

"Que é que tem?"

"Parece que estava ligada ao escândalo Recruit. Lembra quando estourou no Japão? Você deve ter lido nos jornais."

"Não."

"Um escândalo financeiro que derrubou o primeiro-ministro."

"E a Trust estava envolvida?"

"Não se sabe, a coisa foi encoberta, não conseguiram provar nada. Por que esse seu interesse de repente? Tá querendo investir fora do país?"

"Investir o quê, Giordano? Só se eu escutasse minha mãe e casasse com você."

"Tá sempre em tempo. Então, não quer ir pra Ilha?"

"Não dá, vou trabalhar esse fim de semana. Mas valeu a informação. Um beijo."

Tomei um banho demorado. A imagem que se tem de uma pessoa é sempre fragmentada como um quebra-cabeça. Como montar a imagem de alguém quando as peças não encaixam?

Nada é pior do que não entender. Se eu fosse uma pessoa razoável, arrancava essa chave do pescoço e parava de esperar secretamente um telefonema.

Esquecia de uma vez esse cara. Apagava essa chama.

Não sobrou nada a favor dele. Ele fechou a porta em Berlim. Ele disse "eu te amo" e nunca mais deu notícias.

* * *

"Quais os últimos lançamentos da química moderna?", perguntei ao farmacêutico, enquanto comprava dezenas de inaladores. Doutor Schilling morreria de orgulho se me visse tão autossuficiente.

São onze e meia da manhã e no espelho da farmácia minha cara está amarela como a cadeira elétrica.

Essa balança deve estar pesando minha alma junto, eu não estava assim da última vez. Ser uma mulher de peso não significa exatamente ter uns centímetros a mais nos quadris.

Procurei um caixa eletrônico. Tive que passar por três até achar um que funcionasse. Essas malditas máquinas vivem enguiçadas.

A essa hora os cinemas ainda estão fechados. Resolvo me enfiar numa livraria. Recorro às prateleiras empoeiradas de poetas, numa estante do fundo que ninguém limpa. Poetas têm vida difícil até mesmo nas prateleiras.

"Está procurando alguma coisa especial?" O vendedor tem o layout imitando os japoneses modernos que imitam os americanos.

"Nada, só dando uma olhada."

Com um sábado de céu escuro pela frente e um chapéu masculino na cabeça, pego um livro do Pavese e leio: "Um dia a morte virá e terá teus olhos." De novo a compressão, o atordoamento.

O vendedor continua parado me olhando. Na FM toca "Nature boy", com o Caetano.

"Posso ajudar em alguma coisa?"

"Preciso me livrar de um cara. Que que eu faço?"

"Manda ele pra mim. É bonito?"

"É complicado."

"Ah, minha especialidade!", ele riu. Esbocei um falso sorriso que não consegui sustentar.

O que está acontecendo comigo? Confissões a um vendedor que não conheço?

Senti urgência em sair dali. Pedi que embrulhasse *À sombra do vulcão* e enviasse para o endereço de RW.

Ameaçava chuva. Comprei o jornal e fui tomar um café. Com sorte eu acharia uma boa sessão da tarde, um clássico em alguma cinemateca.

Acabei em casa, vi metade de um filme chato na TV e tomei um tensil. Quando fechei os olhos ainda ouvi sirenes na rua. Motores de carro, música, risadas. Os primeiros trovões. A repentina pancada de uma chuva de verão contra a vidraça. Sábado à noite numa cidade de treze milhões de habitantes.

Deus proteja garotas fechadas em quartos, garotas que dormem sem companhia, garotas que comem em pé na cozinha, garotas pra quem ninguém telefona.

ANA, A JANELA AO LADO

Domingo de manhã. Café, jornal, calor. Se eu tivesse olhado pela janela, saberia. Se o som não estivesse tão alto, teria ouvido. Na certa, teria ouvido. Um baque seco, talvez um grito. Talvez eu estivesse debaixo do chuveiro, com a cabeça cheia de shampoo. Lavo o cabelo com sofreguidão, como se pudesse lavar certas ideias.

A que horas terá sido? Qual o momento exato se continuei fazendo as coisas de sempre sem nenhum pressentimento. Lá embaixo, depois disseram que foi por volta das onze, sem que eu tivesse perguntado, porque tive pudor de perguntar. Isso mais tarde, quando já tinham lavado a calçada com creolina e eu fiquei sentada na mureta olhando pequenas manchas que sobraram nas pedras, respingos de sangue coagulado.

Ana, minha vizinha, se jogou pela janela.

Pensei na queda. O corpo caindo, os ossos se partindo, quebrando contra o chão, se arrebentando, os órgãos estourando. Ana, em que você pensou no seu último voo solitário?

Uma garota atravessa a noite de sábado fechada num apê, precisando desesperadamente dizer alguma coisa pra alguém, ouvir alguma coisa de alguém. Até que não aguenta mais. Trinta e um anos, essa garota. Por que estamos nos matando, por quê?

Deus permita que eu enlouqueça devagar a cada dia até compreender. Enlouquecer até me tornar sábia. Por favor, me permita falhar, cometer erros, fracassar.

O parapeito da janela. A cortina leve esvoaçando para o lado de fora. O vidro aberto. A cama. A mesa de trabalho, os livros. O telefone estava fora do gancho? Havia algum bilhete? Uma frase riscada num diário? Alguém se mata e deixa um diário? Um surto de dor.

A porta estava aberta por causa daquele entra-e-sai e a polícia técnica tinha estendido uma corda de isolamento.

"Não pode entrar aqui", um dos caras me disse "É parente?"

"Vizinha", respondi.

Foi então que vi pela porta. Era a coisa mais impressionante que eu já tinha visto e fiquei ali parada um tempo enorme enquanto as pessoas se mexiam por todos os lados.

O apartamento inteiro estava coberto por uma interminável escrita em tinta preta. Palavras, frases por toda parte, nas paredes, no sofá, no espelho, na geladeira. A tela da TV, as portas, os móveis, tudo estava escrito, milhares de palavras espalhadas e marcas de mãos.

O que era aquilo? Uma carta? Uma imensa carta sem fim e sem destinatário? O comunicado da incomunicabilidade. Um pedido silencioso de socorro.

"Conhecia a moça?"

"Só de vista. Cruzei com ela algumas vezes no elevador e só."

Agora me culpo por isso, Ana.

"Eita, diazinho abafado", disse o polícia.

"Parece que vai chover."

Antes de voltar para casa, fiz uma coisa que não devia. Roubei da caixa de correio uma carta endereçada a Ana, sem remetente. Violação de correspondência: pena de dois a seis anos, *sursis*, réu primário.

Sentei em frente à janela e deixei o envelope fechado no batente. Fiquei olhando a chuva começar. Certamente lavaria todos os resíduos daquela morte na calçada.

Não tive coragem de abrir a carta. Pensei em atirar pela janela debaixo da chuva, mas acabei jogando no lixo.

Perdas. O que vamos fazer com nossas perdas? Obedecer ao impulso irrefreável que divisa a fronteira da morte e a quer ultrapassar? Ouvir um demônio que nos atrai e escancara a janela numa anunciação da alegria?

Ninguém leu sua imensa carta, nem você recebeu sua última missiva. Palavras, Ana, não adiantam nada.

* * *

Para RW, cada ação de um indivíduo é uma fuga da ideia da morte. Cada movimento do ser humano tem como último objetivo se afastar dessa ideia ou encobrir esse medo.

Você quer evitar a coisa, mas a vida se encarrega de desabar a coisa em cima de você.

"Alô, princesa, você já tava dormindo?"

"Hum... não... eu... andei tendo uns dias pesados. Que horas são?"

Beni ficou em silêncio.

"Alô, Beni? E aí, fala."

"Não, tudo bem, é supertarde, te ligo outra hora."

"Nada, tô ótima, tomei um antidistônico pra dormir, só isso. Como é que você tá?"

Beni não respondeu.

"Alô? Alô, Beni, que aconteceu?"

"Bom sono, princesa."

"Peraí, fala comigo, o que houve?"

"..."

"Alô, alô, Beni?!"

Ele suspirou.

"O bailarino francês morreu. Maldita doença."

Novo silêncio. Dava para ouvir tudo. A dor, o medo.

"Você acha que...", vacilei.

"Acho que sou jovem demais pra morrer, sem falar na perda irreparável para o teatro brasileiro." Nenhum humor apesar da tentativa.

"Beni, você já fez o teste?"

"Não."

"Então vai fazer."

"Não sei."

"Tem que fazer, Beni."

"Não sei se eu quero saber."

"Quer que eu vá com você?"

"Não."

"Beni, pelo amor de Deus!" Comecei a soluçar. Decididamente, eu não era a melhor pessoa a quem recorrer.

"Desculpa..."

"Calma, princesa, você chora à toa. O mundo não vai acabar por isso."

Sua voz falhou.

"Por favor, Beni, por favor..."

"OK, OK, que saco, tá bom, vou fazer o teste amanhã", disse e desligou.

Deu um tempo e tornou a ligar. Tinha outra voz. Percorreu sozinho os degraus da expectativa da morte. O pânico. A indignação, a raiva.

"Meu Deus, eu não quero morrer. Eu seria capaz de matar um desconhecido na rua pra roubar sangue se isso pudesse me salvar."

"Beni, eu vou até aí."

"Não."

"Escuta..."

"Eu já decidi, amanhã faço o teste e depois vou ver minha mãe lá em Pedra do Lagarto. Na volta pego o resultado."

"Quer que eu vá com você?"

"Não."

Ficamos no telefone até amanhecer. Tínhamos atravessado a mais dura das noites. A ideia da morte não se espanta como uma mosca.

OS TERMINAIS NERVOSOS DO CAOS

Deliberadamente escolhi o exílio. Um exílio voluntário, fechada dentro de casa, ignorando o lado de fora e arranjando um jeito estúpido de matar o tempo.

Beni viajou sem saber do resultado do exame.

Ivan me forçou a uns dias de licença, depois que tive um ataque histérico no corredor e joguei no chão todas as pastas dos arquivos e uma dúzia de disquetes no lixo. Estava tentando arrancar os fios do telefone quando a Tereza me segurou, gritando pro Robis chamar o Ivan.

Eu acabava de perder uma guerra tecnológica contra as máquinas. O acúmulo de problemas gradativamente minava minha reduzida paciência e meu pobre sistema nervoso.

Uma somatória de coisas foi se tornando insuportável. Um eterno falso contato na luz em cima da mesa, um gravador que mastiga a fita, um dos milhares de bugs semanais na impressora que tinha vida própria e desafiava meu equilíbrio emocional e nenhuma notícia de Beni desencadearam um processo furioso de descontrole.

A crise culminou com meu computador, que parou de obedecer a meus comandos e, movido a não sei que vírus, transtorno ou síndrome, apagou a memória do disco, mais de um mês de trabalho perdido, enquanto a impressora, tão enlouquecida como eu, disparava centenas de páginas repetidas com o mesmo parágrafo.

Corri pra ligar pro técnico, mas todos os troncos de telefone deram sinal de ocupado.

Minha explosão conseguiu fazer um bom estrago até eu perceber o grito da Cléa, que me sacudia pelos ombros.

"Para!!! Para com isso, sua louca!!"

"O que é que deu nela??"

"Não aguento mais essas merdas quebradas, esses comerciais de comer ração! A gente ia fazer um filme, Ivan!!! Que porra levou nosso filme??"

Ivan me deu quinze dias. Me enfiou no carro e me levou pra casa. Durante o percurso repetiu várias vezes estresse, calmante, dr. Schilling, férias, enquanto eu não parava de chorar.

Mesmo assim, só me dei conta do tamanho da minha histeria em casa, à noite, quando abri a porta para o novo zelador e a síndica do primeiro andar.

"Da próxima vez, eu chamo a polícia", ela disse ríspida.

Não falei uma palavra. Fiquei parada no vazio do apartamento olhando a janela aberta, tentando lembrar o que joguei primeiro.

Os sapatos? Não, os sapatos foram depois de tudo.

Percebi que a torneira do banheiro pingava e que vinha água fervendo na descarga. Daí, descobri um sinistro vazamento que deixou uma enorme mancha de umidade no fundo do meu armário, roupas mofadas e sapatos embolorados. Então joguei as roupas pela janela. Mas antes tenho certeza de que foram as flores. Isso. Primeiro foram as rosas do Giordano e seu cartão: "Vamos jantar no sábado?" Em seguida joguei as roupas e os sapatos. Todas aquelas porcarias estragadas tinham atingido o limite da minha suportabilidade.

Jogar coisas pela janela de um edifício não é de fato civilizado. Você acaba de ser derrotada na batalha contra o caos. Na luta cotidiana contra a desordem natural das coisas.

Marguerite percebeu no ato e me olhava com estupor. Mas eu só constatei meu desatino depois que a síndica e o zelador saíram.

* * *

Então escolhi o exílio. Largada em casa, me atolando de comida. Quilos de sorvete, sopas prontas, waffles, pizzas, miojo, pipocas, sanduíches. Eu estava enjoada de mim.

Devoro frangos, mordo nervosa os ossinhos e espalho pela casa pratinhos empilhados, que fazem a felicidade de Marguerite. Restos de tortas de chocolate, colheres sujas, saquinhos de batata frita, embalagens, cascas, latinhas. Encho a boca de qualquer coisa e mastigo sem parar, comodamente instalada nos braços da bagunça.

Nada de horários, compromissos ou toalhas limpas. Não acredito em mais nada. Não atendo telefone, não abro a porta, não quero ver ninguém.

Uma expedição ao raso da vida sem nenhuma finalidade a não ser saber quanto tempo se pode usar pra nada.

Assisto a todos os filmes da madrugada, tomando vinho e comendo o conteúdo de qualquer pacote. Lambuzo as páginas do *Bufo & Spallanzani* deixando marcas de gordura em cima da engenhosa trama.

Perambulo pela casa metida no meu velho robe chinês de seda rasgada e meias, sou a imagem do desleixo.

Não sei como cheguei a esse ponto afundada nesse oceano de indiferença. Tanto faz.

Onde foi parar aquela naturalista radical que só comia biscoitos macrobióticos que Nando chamava de comida pra papagaio?

Desisti. Cedi à pressão massificadora dos anunciantes e dos grandes supermercados, que percorro teleguiada, enchendo o carrinho com qualquer porcaria desde que tenha uma embalagem atraente. Compro uma porção de embalagens de vários tipos e cores e pronto.

Não ligo se os hambúrgueres amarelados não desgrudam do papel. Frito com o papel. Escolho a comida congelada pela foto da capa. Pouco importa se o que vem dentro é uma gororoba de gosto horrível. Nem sinto direito porque tenho preguiça de esquentar e acabo comendo aquela droga semicongelada mesmo, de pé, em frente à geladeira.

Estou dopada. Intoxicada de acidulantes, corantes, conservantes, aromas artificiais, estabilizantes, preservantes.

Passo noites insone, durmo demais, acordo a qualquer hora. Nada me arranca desse torpor. Nada.

Na TV só me interessam os anúncios, geralmente melhores que os programas. Tem um que mostra a cena de *A dama e o vagabundo* comendo spaghetti e me deixa supercomovida. Choro cada vez que passa. E, como passa toda hora, vivo aos prantos, inconsolável.

Mas o que realmente me deprimiu foi assistir ao meu anúncio de ração de cachorro. Aquele dobermann idiota e eu. Me senti devassada e invadindo a casa dos outros. Impressionante a rapidez com que a imagem de uma pessoa pode fugir dela.

Uma garota chora em cima de uma cama desarrumada vendo sua própria imagem repetida na TV.

Nessa fase não se rege mais a própria vida. Você se deixa bombardear por avalanches de informações desnecessárias, massacrar pelo excesso, pela quantidade, é entupida de notícias, fotos, fofocas, tragédias, de todo sensacionalismo e lixo acumulativo da mídia de massa sem ter onde cuspir.

Eu não aguentava mais o mundo do lado de fora.

Deixo os jornais se amontoarem na porta e o telefone tocar sem atender.

A realidade não me interessa.

* * *

Numa das raras vezes em que atendi, ouvi Beni do outro lado:

"Saúde de ferro, princesa!"

"Hein?"

"Acabei de pegar o resultado. Nada. Não tenho nada. Passei meu pior período, mas tô vivo."

"Deus, obrigada...", murmurei.

"Tá proibida de chorar. Vamos comemorar isso todos os dias. Hoje é o primeiro dia do resto da minha vida."

Agradeci ao Universo. O céu estava escuro, chovia. Depois de desligar fui até a janela, enchi um copo com a água da chuva e o tomei. Um brinde aos anjos que nos tocam a testa.

Obrigada.

Um anjo soprou meu coração e pela primeira vez naqueles tempos senti que ele palpitava. Pega leve, garota, sai dessa. Beni está vivo, você está viva e o desconhecido continua sendo a mais bela aventura humana.

Rapidamente recolhi todo aquele lixo em sacos plásticos, coloquei tudo pra fora e fui tomar um bom banho purificador.

Yes, banho, baby, blues e um belo batom.

Vesti minha identidade perigosa, yes, good vibes, sacudi a poeira fina da morte.

Yes, chaves, chicletes, aditivos e saí em busca da surpresa.

Você tem carisma, garota, e a cidade está cheia de gente interessante que vai ficar fascinada por você. Eles estão lá em algum lugar, esperando apenas o momento de ficarem loucos por você.

Eu disse oh, yes, e me empurrei porta afora seguindo o brilho das luzes da cidade.

ARE YOU LOOKING FOR TROUBLE?

Buscar algum tipo de pertencimento no meio de uma multidão num show de rock é evidentemente um erro. Mas Beni ia encontrar o Tato e me deu seu ingresso e ali estava eu, prensada, sem conseguir me mexer no meio da massa. Depois de me empurrarem, pisarem no meu pé, acabei espremida como uma laranja grudada num cara. Meu suco era de suor.

"Oi, desculpa."

"Você tá bem?"

"Em que sentido?"

Era o show dos Titãs, que do meu ângulo não dava pra ver muita coisa. Nem enxergava direito o cara perto de mim. Alto, todo de preto, parecia no mínimo uns dez anos mais novo que eu. Beni teria dito: "Se você quer problemas, garota, essa é uma boa chance."

No aperto da massa compacta começou um empurra-empurra.

Alguém me empurrou de lado e meti o nariz na axila dele, impedida de respirar. Ele quis me proteger e colocou seu braço comprido em volta da minha cintura. Senti aquilo meio familiar, me deu uma espécie de confiança. O cuidado dele comigo bastou para que eu o olhasse como uma vira-lata carente que foi salva.

Cheia de gratidão e más intenções, eu disse um "obrigada" escorregadio. Ele tremia levemente, seu corpo espremido contra o meu.

Antes de sair de casa sempre existe uma expectativa, um fogoso excitamento, mas depois dá uma tremenda vontade de voltar pra nossa cama.

Decidi ir embora.

"Eu vou beber água", falei como desculpa.

"Você não vai conseguir passar nesse tumulto."

"Eu preciso beber água."

"Você é diabética?" Achei aquela pergunta descabida.

"Eu vou com você."

"Não precisa."

"Vou com você."

Nessa altura da vida eu já devia ter aprendido certas coisas mas não aprendi. Uma delas é não me envolver logo de cara e, é claro, não me enfiar em multidões.

Eles cantavam "violência e paixão..." quando começou um outro tumulto em algum lugar. A segurança tentava controlar a multidão, que rapidamente entrou em pânico e começou a tentar sair.

O show parou.

Uivos, berros, barulho. Garrafas voavam. Tinham acendido as luzes de emergência. Eu me segurei nele, que me puxou, me levantou do chão e fomos tentando chegar na saída. Alguém deu uma tremenda cotovelada na cara dele e mesmo assim ele não me largou.

***

Quando falou que se chamava Arnold Júnior, pedi que soletrasse. Na verdade eu saberia quem era, se não andasse tão enfurnada, porque Arnold Júnior e seu grupo de rock, o Esterco, começavam a despontar num pequeno panorama alternativo noturno da cidade. Sua música "Nojo nuclear" fazia um relativo microssucesso no circuito dos antenados, mas já era alguma coisa. Algumas pessoas consideradas modernas falavam nele. O Esterco estava quase a ponto de virar moda em alguns círculos.

"Você toca o quê?"

"Guitarra. E você não é aquela que come comida de cachorro na televisão?"

Não era exatamente como eu queria ser conhecida.

"Você é bem melhor pessoalmente", disse semicerrando seus olhos amarelos.

Quando Arnold entrou na minha casa, finalmente o vi direito. Era quase ruivo, parecia muito novo, bonito, tinha o lábio superior inchado, a gengiva sangrava e o nariz escorria.

Meu herói.

***

"Quer um suco de maracujá?", perguntei tentando respirar com as duas narinas.

Deitamos exaustos no tapete e tomamos maracujá com vodca pra relaxar. Ele acendeu um charo. Ficamos um bom tempo em silêncio olhando a madrugada na janela. Acho até que dormimos um pouco, porque, de repente, quase amanheceu.

"Bom, vou nessa." Arnold se espreguiçou.

Tinha sido tão gentil comigo que achei justo perguntar:

"Se quiser pode continuar dormindo por aqui sem problema..."

"Não posso, gatinha, uso lente gelatinosa."

"Ãhn?"

"Uso lente e quando tiro preciso deixar de molho dentro
do soro."

"Ah."

"Posso voltar hoje à noite?..."

* * *

Às dez da manhã eu estava dentro da banheira com sais,
espuma, gel perfumado e óleo de amêndoas, quando a campainha tocou.

"Deixa tocar, não vou atender", falei para Marguerite e
afundei na água quente. Estava morta de sono. A campainha
continuava azucrinante. Resmunguei qualquer coisa, me
enrolei numa toalha e fui abrir.

Era o Nando.

"Você me deixa superpreocupado, some, não atende o
telefone, liguei a semana toda!"

"Andei... ocupada."

Click. Nando bate uma foto minha.

"Para com isso!"

"Essa belíssima máquina é uma Leica legítima que faz
trinta anos."

"Ai, meu saco, e daí? Parabéns, máquina."

"Que mau humor é esse?"

"Por que você vem aqui sem avisar?"

"Mas eu liguei mil vezes."

Click. Click. Click.

"Para, Nando!"

"Tô registrando teu mau humor, quero provas de como você me trata."

Click. Click. Click. Click. Click.

"Se você não parar, eu jogo essa droga dessa Leica pela janela."

"Assim, chega mais perto por causa da luz."

"Para, porra!"

"Poxa, por que você tá tão brava?"

"Não dá pra perceber que eu tava no banho?"

"Fica bom assim de toalha... assim, bota mais cabelo na frente da cara..."

"Meu banho deve ter esfriado."

"Vamos tomar café juntos num lugar legal?"

"Não tô a fim de tomar café, eu ainda nem dormi."

"Que aconteceu? Ando preocupado com você."

"Eu tô ótima. Morta de sono, mas ótima. Agora, por favor, me deixa dormir, OK?"

"OK, OK." Click. Click.

"E para com isso senão arranco esse filme fora."

Fui empurrando Nando e bati a porta. Tarde demais. A água da banheira estava gelada.

"Merda."

O interfone tocou. Jurei que dessa vez não iria atender. Mas fui.

Era o Nando de novo.

"Que foi agora?"

"Você nunca me tratou desse jeito."

"Ah, dá um tempo."

"Fui aí porque fiquei preocupado de verdade. Na Interstar me disseram que você tava com estresse."

"Já passou."

"Acho que você não tá bem, nunca te vi assim. O que você tem?"

"Passei a noite em claro, Nando."

"Poxa, eu me preocupo com você, ligo mil vezes, venho aqui e você me recebe assim?"

"Tá, desculpa."

Ficamos quietos. Só se ouviam as interferências do interfone.

"Nando, você ainda tá aí?"

Escutei o barulho da bombinha de asma.

"Tá bom, vai. Sobe."

Tornei a abrir a porta e nos abraçamos. Eu tinha sido estúpida com ele por nada. Meu comportamento não fazia sentido. Ele tava preocupado com a minha saúde.

"Desculpa, Nando, as coisas andaram muito pesadas nos últimos tempos."

"Gosto muito de você", ele disse.

"Eu também."

"Você não tá bem."

"Eu sei."

"Por que não me procurou?"

"Ai, Nando..."

Desabei. Deixei aflorar nossa intimidade e caí nos braços dele e chorei um pouco. Depois nos beijamos. Quando percebi, já estávamos na cama. Transando.

Ficamos juntos o resto da tarde. Nando preparou torradas com geleia, chá e me fez rir contando coisas engraçadas. Dois grandes amigos e um pouco de sexo.

"Eu tava precisando ser mimada."

"É só me chamar."

"E a Joy?"

"Tá ótima."

"Vocês estão bem?"

"Superbem. Mas é difícil viver só com ela e sem você. Como era difícil viver só com você e sem ela."

"Sei."

"O ideal seria viver com as duas."

"Não adianta porque eu não vou voltar."

"E quando precisar de colo?"

"Desiste, Nando."

"Você vive procurando um pai."

"Você é melhor como mãe do que como pai."

"Mas foi bom, não foi?"

"Hum hum..."

"... não foi?!"

"Ahn ahn..."

"Posso voltar amanhã?"

"... pode."

"Tchau."

"Cuidado pra não chegar em casa com o cabelo molhado."

Nando riu, me deu um beijo e saiu.

* * *

Eram mais de seis da tarde e de repente lembrei que o Arnold ia voltar à noite e eu não dormia desde anteontem. Mas tudo bem, já tinha dormido demais nos últimos tempos e agora precisava de dois turnos.

Tomei um chuveiro gelado, me senti cheia de tônus, dei uns pulos, umas cambalhotas e piruetas, fiz um café bem forte e estava pronta quando Arnold chegou.

"Vamos até a fábrica?"

"Você trabalha numa fábrica?"

"Eu chamo de fábrica o lugar onde eu moro, porque é uma fábrica desativada. Meus pais tinham essa fábrica de tecelagem no alto da Lapa que tava fechada. Tem o maior espaço pra gente ensaiar."

Entramos pela garagem e atravessamos um pátio interno de tijolos antigos, onde a hera crescia. No centro havia uma bela paineira. O chão era de pedra e por uma escada lateral se atingia um saguão cheio de tambores de óleo e caixas de madeira. Em seguida, num outro maior havia um jipe e uma velha camionete.

"Como você sobe a escada com esses carros?"

"Ali tem uma rampa que dá na rua."

"Arquitetura estranha."

"Somos quatro no grupo, o Jorge é o baixista, o Duto, batera, e o Charlie Chan, teclados. E tem o Meia-Trava, que é o técnico de som. Amanhã você vai conhecer todo mundo. A gente vai fazer um show à meia noite num espaço alternativo. Um lugar incrível. Foi uma oficina mecânica e agora chama Fundo Oco, é uma espécie de teatro."

"Legal."

"Quer ouvir a primeira fita independente gravada pelo Esterco?"

Pedi a Deus que acabasse logo.

"Gosta?"

"Hum hum."

Animado, me deu uma dúzia de fitas de presente para distribuir aos amigos. Depois, disse encabulado:

"Fiz uma música pra você, quer ouvir um pedacinho?"

Mexeu em alguns botões, testou os teclados e cantou:

"Corpos, destroços, resíduos e ossos...
detritos, dejetos funestos, o lixo dos restos...

tudo apodrece, só o amor se conserva...
nosso amor é a última reserva..."

"Ainda não acabei. Fiz hoje saindo da tua casa. Olha só..."
Mostrou um papel amassado onde tinha anotado a letra.
A caligrafia era trêmula. Tinha escrito destroços com dois
esses e reserva com Z. De qualquer forma me senti feliz. Não
sei exatamente o que fiz para inspirar versos como aqueles,
mas Arnold era adorável e não me importava superar uns
errinhos de ortografia.

Para um garoto de vinte e um anos ele tinha carisma,
sem dúvida. Não teve boa relação com a escola, mas tinha
seu estilo.

"O que você acha?"

Como resposta o abracei e demos nosso primeiro beijo.

Ele suspirou tímido.

"Você é uma deusa do Nilo."

Eu me sentia exaurida. Uma deusa? Só se for daquelas soter-
radas há três mil anos pelos antigos egípcios e retirada de uma
escavação por peritos arqueólogos. Nem tive força pra sorrir.

Eu tinha encontrado um menino sensível que beijava
bem. Resolvi não ficar corrigindo cada erro gramatical que
fizesse. Quero que me identifique como sua gata, não como
sua professora de português.

Enquanto Arnold passava a língua devagar na minha boca,
pensei em comprar vários dicionários para ele de presente.
Há beijos que valem qualquer investimento.

* * *

Entramos no seu quarto. Com o dimmer, ele abaixou a luz.
Eu me sentia em devaneio, uma moleza de quem não dorme
há muito tempo. A TV estava ligada sem som, por todo lado

havia discos, milhares de discos e CDs, e muitas coleções de gibis. *Spirit, Diabolic, Surfista Prateado, Chiclete com Banana*, os *Skrotinhos, Watchmen*.

"Também adoro gibis", eu disse já quase sem forças.

Caí na cama, me enrolei feito um gato e dormi imediatamente.

Quando acordei, Arnold estava massageando meus pés. Tinha tirado a camisa, seu corpo era bem definido. Subiu a massagem pelas pernas como se estudasse meus músculos.

"Você tá cansada? Vou te fazer uma massagem especial nas costas e na nuca", disse.

Abriu um vidro e derramou um líquido branco nas mãos.

"O que é isso?", perguntei bocejando.

"Um lubrificante sensual."

A massagem tinha movimentos fortes e um ritmo compassado. Sua respiração foi ficando ofegante, excitada. Talvez aquele creme fosse um néctar exótico de efeitos insuspeitados, uma essência asiática a serviço do prazer. Mas o cheiro era cada vez mais enjoativo.

"Lubrificante do quê?"

Arnold leu o rótulo.

"Coconut – Oil of Baleares. Nunca usei, mas dizem que é altamente sensual."

"Óleo de bronzear de coco? Isso não é altamente sensual, Arnold, você tá louco?"

"Bom eu pensei que..."

"Argh para de me lambuzar com essa porcaria com esse cheiro falso!"

"Desculpa, puxa, desculpa."

"Como alguém pode usar essa meleca artificial?"

Depois do banho, o clima de tesão tinha se dissipado e havia um certo constrangimento. Eu tinha dormido umas duas horas e continuava morta de sono. Todas as tentativas de Arnold foram inúteis.

"É melhor eu ir embora."

Descemos por um velho elevador de porta pantográfica. Arnold pegou um spray e escreveu na parede "Turbulênsia", assim com S. Fiz de conta que não reparei.

"Escreve uma coisa", pediu.

Tentei lembrar um haikai pra impressionar Arnold, queria que ele me admirasse. Nada.

"Não sei. Não consigo pensar."

"Também não consegui transar com você", disse envergonhado.

"A culpa foi minha, tô supercansada."

"Eu usei aquele troço pensando que ia ser legal."

"Tudo bem... esquece, isso não é importante."

"Mas acho que estraguei tudo."

"Arnold, não é grave, vem, me abraça. Me dá um abraço."

No meio da noite, sentada num caixote e quase dormindo nos braços de um garoto, percebi que a juventude dele era inalcançável e aquilo acabou de me derrubar.

"Posso te fazer uma pergunta?"

"Hum hum."

"Que chave é essa pendurada no seu pescoço?"

"Uma outra história."

"É do teu namorado?"

"Mais ou menos."

"Você quer continuar usando?"

"Não."

"Não precisa me contar nada", disse e abriu uma caixinha. Tinha uma correntinha dourada com uma ferradura e o número treze.

"Eu quero namorar com você", disse.

Olhei aturdida.

"Isso é pra dar sorte."

Não era exatamente bonita, mas resolvi usar. E tirar a chave.

"Eu também quero namorar com você...", respondi e abracei Arnold com uma inocência inusitada.

* * *

Uma, duas, três, quatro colheres de café, guaraná em pó, levedo de cerveja, reativam, adnax, duas gotas em cada narina, targifor, defatig, energivit. Deixa ver o que falta. Não li direito a bula, posologia: uma drágea. Deixei mais duas bolas vermelhas escorregarem para dentro, boiarem no suco gástrico, se desfazerem com grandes goles desse coquetel.

Preciso de energia essa manhã depois de dormir tão pouco.

Meu namorado vai dar um show à meia-noite e hoje é a última sexta-feira da minha licença. Chega de estresse, Ivan, segunda recomeço.

Quando eu chegar na Interstar, ele vai dizer:

"E aí, sua doida, passou a loucura?"

E eu, sempre de bom humor, vou responder: "Não, my little big boss, a loucura está apenas começando, acaba de chegar e deixar suas malas no meu quarto. Vai ficar comigo uns tempos. Minha hóspede, Ivan."

A loucura usa minhas roupas, meu travesseiro, se arrasta até a cozinha, abre a geladeira e prepara um sanduíche com o resto da pasta de amendoim que o João deixou, um gosto enjoativo, essa pasta melequenta.

Preciso me alimentar melhor e fazer ginástica.

Não se preocupe, Ivan, segunda-feira volto ao trabalho renovada e cheia de planos. Vou me dedicar inteiramente às nossas pequenas produções, sim, mesmo que todas as máquinas quebrem, as paredes rachem e todos os fios, aquela fiação emaranhada no meio de canos e conduítes, caiam na minha cabeça e se interliguem aos meus filamentos nervosos, prometo ficar tranquila, Ivan. Vou organizar aquele arquivo e fazer tudo funcionar com a precisão de um assalto a banco na Suíça. OK, Ivan?

Mudei. Saí do buraco e sobrevivi. E meus amigos também vão sobreviver. O Beni está salvo.

Coloquei um som alto e me empenhei numa ginástica aeróbica que abrisse meus pulmões e fizesse meu sangue correr mais veloz.

Preciso desmarcar a aula da Nina, alô Nina, nada de aula, vou passar a noite numa garagem chamada Fundo Oco e assistir a uma apresentação do Esterco.

Por favor, mande pro inferno todos esses alemães depressivos e suas ideias atormentadas. Chega de mortes. Rock, Nina, rock!

Continuei pulando.

É um incêndio essa euforia, Nina! Chega de discursos filosóficos, quero a coisa sem princípio, a coisa imediata.

Dei mais meia dúzia de saltos e sentei no chão exausta, pingando de suor, o coração na garganta. Segunda-feira, pensei.

Agora tenho um namorado, uma vida estável e um estoque de cremes Lisonge. Vou cuidar de mim.

Bati na centrífuga uma vitamina de agrião, beterraba e cenoura e peguei na gaveta um dos cremes de beleza.

Li: "Máscara de abacate. Aplique, espere endurecer e deixe agir durante quarenta minutos."

Quando acabei de botar aquela massa verde na cara, a campainha tocou. Pelo olho mágico vi Nando. Tinha esquecido completamente que tinha marcado com ele.

"Porra, tá querendo me assustar?! Que é isso, pintura de guerra?!"

"O que você quer a essa hora da tarde?"

"Pensei que você tava louca pra me ver depois de ontem."

"Ih, Nando, aconteceu tanta coisa depois de ontem."

Contei tudo sobre o Arnold, o Esterco e a fábrica com a consciente intenção de ferir Nando. Usei a palavra namorado com insolência proposital, como um escudo contra ele e sua eterna invasão de intimidade. Aproveitei e dei a ele a fita do Esterco.

Machucar Nando me dava uma ponta de satisfação. Eu falava com certa arrogância, típica na disputa de relações familiares. Se ele reagisse, eu seria implacável e o botaria pra fora.

Mas Nando se encolheu. O cabelo caído, aquela cara de cortar o coração.

"Desculpa", fui obrigada a dizer. "Sempre te trato como se você fosse minha mãe. Te agrido sem motivo nenhum e depois me arrependo, exatamente como faço com ela."

"Desmarquei uma foto hoje à tarde só pra te ver."

"São duas noites que não durmo, vou entrar em curto-circuito."

"Você parece uma maluca com essa geleca verde na cara."

"Ih, esqueci da máscara."

Tomei um chuveiro, enfiei um pijama e fui me metendo debaixo da coberta. Nando sentou na beira da cama.

"No meu mapa astral todos os planetas estão pra baixo. Sei que sou um cara desinteressante."

"Não é não, Nando, você é ótimo."

"Mas você não quer mais transar comigo."

"Só porque eu quis ontem, não tenho obrigação de querer hoje."

"Ontem você também não queria, só quis depois."

"Mas hoje eu não quero mesmo."

"Você disse a mesma coisa ontem."

Me aninhei e fechei os olhos. Nando deitou ao meu lado e me abraçou.

"Nem meia hora? Nem dez minutos?", perguntou baixinho.

"Boa noite, mamãe...", foram minhas últimas palavras antes de pegar no sono.

* * *

Nando não estava mais quando a Joy me acordou com seus característicos três toques de campainha. Ainda não tinha dormido o suficiente e odeio ser acordada por campainhas. Não briguei com ela por causa do lance do Nando e porque não aguentava articular palavras.

"Por que você não me liga? Deixei mil recados na sua secretina eletrônica. Preciso de um favor seu."

"Volta amanhã que a gente conversa."

"É urgente. Preciso da chave do teu apartamento."

"Pra quê?"

"Você é a única pessoa em quem eu confio, só tenho esse lugar."

"Eu quero dormir."

"Preciso de um lugar pra ficar com o Ricardo."

"Ricardo? Que Ricardo?"

"Ricardo, Ricardo, Ricardo."

Joy repetiu o nome me olhando com seus olhos díspares. Parecia feliz. Eu queria desmoronar, cair no tapete e dormir.

"Joy, vai embora, hoje à meia-noite eu..."

"Que é isso? Essa coisa horrorosa no seu pescoço?"

Era a correntinha do Arnold.

"É pra dar sorte."

"Você usa essa coisa pavorosa pra dar sorte?! E aquela chave que era do freezer que você não tem?"

"Joguei fora."

"Você é tão esquisita..."

Tentei contar sobre Arnold, mas Joy não me ouviu. Mostrei a fita do Esterco, ela deu uma olhada rápida e enfiou na bolsa com indiferença.

"Preciso dar uma arrumada por aqui", disse, "criar um ambiente clean e ao mesmo tempo sensual." E foi mudando tudo de lugar, enfiando roupas amarrotadas nas gavetas, escondendo papéis, retratos.

"Você tá louca, Joy?! Para de mexer nas minhas coisas!"

"O Ricardo não pode saber de quem é o apê. Quero um clima de mistério. Você tem uma mala? Podia guardar esses trecos numa mala e socar no quarto da empregada que você não tem."

"Não, não e não!", gritei.

"Por que você tá usando um pijama tão feio?"

"Não vou emprestar o apê porra nenhuma!"

"Só vou usar durante a tarde, enquanto você tá trabalhando."

"Por que esse tal de Ricardo não descola um lugar?"

"Ele não sabe que vai se encontrar comigo."

"Não sabe?"

"Ele é casado, ainda não sabe que vai ter uma aventura comigo."

"E você pretende avisar o coitado quando?"

"Na hora em que ele estiver deitado nesse sofá, tomando um drink."

"Joy, cai fora. O Esterco toca hoje à meia-noite e preciso dormir um pouco."

Mas Joy, quando cisma com uma coisa, é irremovível.

"Deixa levar a chave hoje? Por favor... Se eu trouxer ele aqui na segunda-feira, você promete que só volta depois das dez?"

Resolvi prometer qualquer coisa, desde que ela fosse embora. Com um abastecimento tão irregular de sono, eu não tinha forças pra lutar. Ela me beijou efusiva. Na porta disse:

"Você tá medonha com esse pijama."

"O Nando veio aqui", confessei.

"O Nando? Quando?"

"Hoje. E ontem."

"Fazer o quê?"

"As coisas não andam bem entre vocês?"

"Andam ótimas."

"Ele sabe desse Ricardo?"

"Não tive coragem de contar. Detesto machucar o Nando."

"Eu também. A gente transou ontem."

Joy me olhou estupefata.

"Vocês transaram?!?"

"Por acaso você pretende me empurrar o Nando de volta?"

"Claro que não! Ele é o melhor cara do mundo."

"De repente você se apaixona por esse outro."

"Imagina, o Ricardo é um boboca, só sexo. Eu amo o Nando."

"Então pra que você quer o cara?"

"Porque o fato de adorar morango não impede uma pessoa de querer comer um pedaço de abacaxi. Só porque morango é minha fruta preferida, nunca mais vou poder provar uma pera, uma maçã, uma manga?"

Prática, pragmática, insuportável. Na porta do elevador, ela me abraça.

"É até bom você transar um pouco com o Nando e o manter ocupado."

"Você é uma canalha absoluta."

"Mas te adoro e vou te dar um lindo pijama novo."

Olhos castanhos, cabelos encaracolados, pernas grossas. Mulheres, terríveis criaturas.

"No fundo, não existe ninguém mais honesto do que nós", ela disse sorrindo enquanto fechava a porta do elevador.

* * *

Era demais para um dia só. Olhei o relógio: oito horas. Eu ainda tinha três para descansar um pouco antes que o Arnold chegasse. Remexi o fundo da gaveta. Antidistônico, anti-qualquer coisa, qual foi mesmo que tomei essa manhã? Essa vermelha redonda ou a comprida rosa e branca? Ou as duas?

Fui buscar um copo d'água, quando a campainha tocou.

Nina.

Caralho.

"Desculpa, Nina, desculpa, esqueci completamente de desmarcar. Eu ia te ligar, mas tive um dia de cão, você nem imagina."

Era a primeira vez que ela não olhava para os lados. Tinha um olhar meio maroto. Alguma coisa ria dentro dela.

"Caí numa armadilha...", falou.

A maneira como sentou na poltrona me fez desistir dos meus planos de sono. Ela queria conversar.

"Você se importa de me oferecer alguma coisa para beber?"

Usava um batom mais forte que o de costume. Pink. Eu estava debilitada. Cacei no fundo da geladeira azeitonas, um queijo e umas torradas.

"Quer gelo no whisky?"

"Cheguei à conclusão de que já estou muito velha para me economizar. Conheci um rapaz. Tem vinte e oito anos. Chama

Otávio, é escritor. Quero dizer... é alguém tão solitário quanto eu. É claro que tenho medo da juventude dele, medo de tudo. Mas como posso ter medo de sofrer, se eu já vivo sofrendo? Não é ridículo?"

Me estendi no sofá. Nina começou a comer com avidez.

"Não é o homem certo pra mim, é claro, mas faço o quê? Assumo que minha vida não serve mais para nada e peço a conta? Nos conhecemos no MASP. Sei que posso me dar mal com um garoto desses. Mas me dar mal... que bobagem... não posso ficar pior do que já estou!"

Ela deu um gole imenso.

"Não vou ficar lambendo minha ferida de Filoctetes que não tem cura. Não aguento mais ser esmagada pelo meu passado. Ele acionou meu instinto de sobrevivência, entende? Tem vinte e oito anos e daí? Todo mundo vai morrer um dia."

Pude ver em Nina uma certa animalidade que ela jamais deixou escapar antes, mas que agora parecia exibir com orgulho.

"Meus sonhos foram estraçalhados, mas eu ainda quero ser feliz. Quero ser uma epicurista, me alimentar da juventude dele."

Essa Nina traía a outra.

"É isso aí, Nina, sempre dá pra ver a mesma coisa de outra maneira."

"Não me importa se não durar. O que é que dura? Hein? Nada dura."

Nina falava com a boca cheia, nunca a tinha visto comer daquele jeito.

"Olha, Nina, eu saquei que essas leituras podem fazer mal. Ter consciência da condição humana joga a gente no fundo do poço e não adianta nada. O conhecimento desespera, Nina. Olha esses caras: Cioran, Nietzsche, Schopenhauer, olha só o pessimismo deles. O saber tiraniza, gera angústia. A gente precisa se livrar desse peso. Chega dessa deprê abissal!"

Nina fez um esgar. Marguerite subiu na mesa farejando.

"Sai, Marguerite! Ninguém pode ser feliz lendo o *Breviário de decomposição*. O niilismo dói. Sei lá, o que eu quero dizer é que, a gente pode ser feliz dançando rock com alguém que não sabe escrever direito, saca? Será que a gente precisa de tantas regras gramaticais? Você pode ler todos os livros do mundo e de repente ser feliz com um roqueiro que escreve 'colosso' com cedilha."

"O quê? Colosso o quê?"

O telefone tocava. Fui atender, era minha mãe.

"Liga depois, tô no meio da aula."

Nina continuava comendo. Comecei a contar sobre Arnold e a banda. Ela não parecia muito interessada. Mesmo assim insisti que ficasse com a fita.

"Ouça 'Nojo nuclear', é o carro-chefe."

"Você se importa em me pagar agora?"

"Não, claro."

"Daria para adiantar o pagamento do mês que vem? Preciso comprar umas roupas novas. Um homem leva a gente à estupidez." Sorriu.

"Vou ver se ainda consigo dormir um pouco antes do show", falei bocejando.

"É por isso que você está de pijama? Ai, tenho dormido tão mal, aos sobressaltos", disse.

"E eu que nem sequer tenho dormido."

Ela riu. Ri também do meu estado deplorável. Me senti patética e com tanta vontade de acertar. Rimos e continuamos rindo como duas bobas, porque, afinal, nem tudo estava perdido, Senhor.

* * *

"Mamãe, não posso falar nem um minuto com você."

"Você não pode perder um minuto com a sua mãe? Dediquei anos de minha vida a você e você não me dá nem um minuto?"

"Tô morta de pressa agora, amanhã a gente fala."

"Vi você na televisão junto com aquele cachorro! O que você estava fazendo lá?"

"Nada, foi um equívoco."

"Aquela coisa que você come é gostosa mesmo? Logo você que não quer nem caldo knorr come comida de cachorro! A manicure achou você uma belezinha e todos no salão vieram me cumprimentar. Fiquei orgulhosa de você."

"Mamãe, por favor."

"A manicure me perguntou se eu sou cantora, por que nunca gravei um disco? Ela tem razão. Eu vou me apresentar no Municipal e não tenho um disco? O Goodman vai cuidar disso. Ah, meu bem, você nem imagina... Goodman e eu estamos... ele é o homem que eu sonhava. O que você diria se sua mãe casasse novamente? Hein? Alô, alô?"

"Ahn."

"Você nem está me ouvindo, o que você está fazendo?"

"Trocando de roupa."

"... encontrei o amor e vou voltar ao palco! Preciso escolher um repertório importante. E um grande maestro... ah, é impossível uma mulher não se apaixonar por um maestro."

"Mamãe, tô atrasada saindo pra um show."

"Larararariririralarari... Você precisa ouvir boa música, meu bem. Mozart, Dvorak, Rimsky-Korsakov. Nós temos a arte no sangue. A mãe de minha mãe já era uma artista, declamava poemas. E minha mãe foi uma grande pianista, tocava nos cinemas. A arte nos acompanha há gerações. O que você vai ver?"

"O Arnold vai tocar."

"Quem? Arnold? Quem é Arnold?"

"Meu namorado."

"Ah, pobrezinha, eu posso imaginar... que adianta ser a melhor das três, se você não consegue administrar a própria vida?"

"Ah, saco."

"Você é uma idiota... casada com o Giordano você viveria no jet set internacional, mas você não quer."

"Tchau."

"Não entendo por que você e a Letícia não querem casar."

"Por diferentes razões. Tchaaaau."

* * *

Mal tive tempo de me livrar daquele maldito pijama quando Arnold despontou na minha porta todo de preto.

Minha mãe e seus intermináveis monólogos tinham me atrasado. Meu banho foi a jato, colírio no olho, gotas no nariz.

"Que tanto você pinga coisas?"

"Preciso de gotas. Não respiro sem gotas."

Arnold mexia o corpo depressa, ensaiava movimentos.

"Bora!"

Dei uma checada no espelho.

Meu Deus, que aparência... eternas olheiras roxas, palidez com nuances verdes, olhar caído, cabelo elétrico. Reflexo de duas noites sem dormir. Se pelo menos fosse uma festa de Halloween... calma, calma, não vamos chorar agora. Temos um show à meia-noite e o astro tá aqui esperando você.

"Bora que eu vou atrasar!", disse Arnold impaciente.

Está tudo bem, você tem sorte, garota. A moda te ajuda, a moda está do seu lado. Todas as pessoas elegantes que você conhece são pálidas, macilentas, com olheiras, roupas pretas e cabelos espetados. Os melhores lugares que você frequenta parecem escavações do buraco do metrô.

* * *

Entro pela mão de Arnold num mundo onde a luz não penetra.

Duzentas batidas por minuto, viver a duzentas batidas por minuto dentro da garagem de uma ex-oficina mecânica no coração da maior cidade da América do Sul é um soco de impacto no meu encéfalo, me acorda desse estado de quase narcolepsia em que me encontro. Profundas alterações no curso natural do meu organismo. Tudo reverbera.

O Esterco tem uma massa de som e Arnold estraçalha na guitarra. Pena que plugaram o amplificador diretamente no meu cérebro.

Estou sentada num dos bancos de madeira numa plateia improvisada e com certeza eu adormeceria, se o som não fosse tão forte e algumas meninas não gritassem tanto o nome dele.

Sem dúvida, Arnold Júnior vai acabar sendo uma estrela com esse movimento de quadris de tirar o fôlego.

"Are you looking for trouble?", grita sua voz solo.

* * *

Enquanto Arnold passava os dias ensaiando e Joy usava meu apartamento com o tal Ricardo, eu me desdobrava num esforço superlativo entre shows à meia-noite e manhãs de trabalho na Interstar.

Assim que voltei a trabalhar, fui surpreendida pela grande novidade: nosso filme ia sair. Ivan estava em transe. Tínhamos conseguido um pequeno financiamento com o marketing de uma empresa pra fazer um curta de vinte minutos sobre a Amazônia.

"Basta falar em Amazônia e ficam interessados."

"Mas a gente não sabe nada da Amazônia!"

"E daí? Você acha que eles sabem?"

"Mas, Ivan, nosso roteiro é um filme urbano de pessoas solitárias e..."

"A gente muda. O lance agora é mostrar selva. Brasil. Ecologia. A gente faz o que eles querem. É a nossa última cartada. Esse filme sai de qualquer jeito!"

"Mas e o roteiro?"

"Tá feito. Toma aqui pra ler e trabalha em cima." Ivan parecia tomado por um frenesi e me deu um disquete.

"Índio. Pesquisa tudo sobre índio! Quero entupir essa porra desses computadores de índio!", repetia.

Assim que se soube que a Interstar tinha um filme sobre a selva, apareceu um monte de maluco querendo alguma coisa. A sala de espera da Interstar virou uma galeria de psicóticos com pastas debaixo do braço.

Um deles, com botas de cowboy e chapéu, pôs a mão no ombro do Ivan.

"Tenho um negócio grande para propor. Coisa certa. Corumbá, ouro. O que você acha?"

"O que eu acho do quê?", perguntou Ivan.

"Ser meu sócio. Corumbá. Coisa certa."

"Olha aqui, meu senhor..."

"Eu deixo vocês rodarem o filme com a minha história."

"Que história?"

"Garimpeiros, brigas pelo ouro. Cowboy brasileiro. Vocês filmam no Rio Paru do Oeste, no Tumucumaque. Eu vendo os direitos para vocês. Uso a grana pro garimpo e te dou um terço do ouro."

"Dá licença que eu tô ocupado."

Ivan plugado deixava todos tensos, mas eu tinha criado uma espécie de amortecedor dos sentidos, bons ou ruins, tanto faz, eu precisava absorver a coisa devagar.

"Como vamos fazer esse filme se a gente não sabe nada da Amazônia?"

Eu queria desistir.

"Ninguém sabe porra nenhuma de nada. Vamos fazer como todo mundo faz!" Ele saiu irritado e fechou a porta com essa frase enigmática no ar.

Eu detesto a superficialidade das pessoas, incluindo a minha.

Mas tudo o que existe de profundo em mim está tomado por outro assunto mais vital do que a Amazônia. Sem ela, o planeta não respira. Mas eu já não respiro faz tempo. Meu sistema está inundado por minhas dores.

Eu só consigo existir numa camada externa superficial, onde o álcool me embala e eu danço até essa tristeza escorrer no suor, onde o esquecimento dança comigo descompassado de qualquer ritmo, e o ar dos lugares que frequento é tão poluído que faria mal até mesmo para os pulmões da Amazônia.

Essa sou eu. A fachada de mim mesma, que se lança como um míssil em toda a aventura que aparece, pra se desfazer em seguida.

Essa é a minha camada exterior que se enfeita, dança nos shows, beija um garoto e vai pra Amazônia. O resto é uma longa espera.

O resto dói.

***

A TV era uma espécie de velha babá pro Arnold. Ficava ligada sem som fazendo companhia.

Eram quase duas da manhã e ele continuava me mostrando fotos.

"Tá vendo esse bando com spray na mão? Era a turma das guerrilhas ecológicas quando fiz intercâmbio em Londres."

"O que é isso?"

"A gente ia pra rua e jogava spray em todas as madames que passavam com seus casacos de pele. Spray nelas. Contra a matança dos animais. Nosso movimento era fera", ele riu.

"E essa japonesa?"

"Minha namorada."

"Superlinda."

"Ela tocava oboé. Na época, dediquei a ela uma música chamada "Sashimínica", porque ela me ensinou a comer sashimi. Quando eu tava com ela me sentia o próprio Lennon. Hoje não tenho mais ídolos, mas, quando eu era criança, meus pais me ensinaram a amar John Lennon e Jesus Cristo, só que não como cantor, é claro."

"Teus pais fazem o quê?"

"Bom, foram hippies no eixo Londres-Woodstock-Sausalito."

"E viviam de quê? Quem pagava tua escola?"

"Meus avós. Eu sou um herdeiro de herdeiros. Meu avô é americano e fez fortuna no Brasil com tecelagem."

"Você usava aparelho nos dentes!"

"Eu odiava. Não gostava de mim, me achava feio, os caras implicavam comigo. Sofri muito. Mas eu me escondia nos concertos de rock e sabia que ia chegar lá. E vou chegar, você vai ver."

Meu novo super-homem ainda não controlava direito sua egotrip. Clark Kent com suas lentes gelatinosas tinha certas contradições. Era um roqueiro rebelde que vivia de mesada, mandava a roupa suja pra casa da mãe e almoçava diariamente na vovó.

"Você gosta de mim?", ele perguntou.

"Gosto muito, mas agora preciso dormir."

"Por que você não dorme aqui?"

"Não, melhor cada um dormir na sua casa."

"Mas hoje é sábado. Tá bom, tá bom. Vem, eu te levo."

São Paulo estava envolta numa neblina em cima do asfalto molhado. O ar frio que entrava pela janela do carro era extremamente agradável.

Paramos num sinal. Do meio das sombras, um moleque se aproximou para pedir esmola. Debruçou na janela e numa fração de segundo arrancou minha correntinha do pescoço e saiu correndo. O sinal abriu.

"Que se dane. Te dou outra", disse Arnold.

"Uau, que susto!"

"Não foi nada, já passou. Mas você não vai usar aquela chave de novo, vai?"

"Claro que não."

"Você ainda pensa naquele cara?"

"Não."

"Tô com fome. Você não tá?"

Arnold começou a desmontar a cozinha.

"É rapidinho. Em cinco minutos faço umas panquecas incríveis."

Foi abrindo armários, tirando pratos, panelas, espalhando farinha, ovos, manteiga, liquidificador cheio de leite. Deixou a manteiga derretendo em duas frigideiras e abriu um pote de geleia.

"Que tal calda de chocolate quente?"

"Não tenho chocolate em casa."

Arnold revistou tudo minuciosamente até encontrar um ovo de páscoa esquecido no congelador.

"Vou derreter."

"É um exagero!"

Marguerite lambia o leite derramado e se enroscava nas pernas dele.

"Panquecas, calda de chocolate e geleia de amora."

Sua fome de teenager conseguiu preparar uma massa pra mais de oitenta panquecas e comeu cinco.

Arnold enchia demais a boca, segurava mal os talheres, desajeitado. Era fácil enxergar nele um resto de adolescência. Era perceptível que até bem pouco tempo tivesse espinhas, unha suja e preguiça de tomar banho.

"Vou fazer uma música pra você chamada 'Olhos nevados'", disse mastigando. Um fio de manteiga derretida escorreu no seu queixo. "O líquido insano da íris dos teus olhos..."

"O único líquido insano é o dessas panquecas, Arnold, o que eu vou fazer com tudo isso?"

Ele arrotou e riu.

"Vamos comer panqueca pro resto das nossas vidas!"

Quando foi embora o efeito era desolador. Nem um abalo sísmico seria capaz de tanto. Um espalhafato de panelas sujas, pratos, xícaras, panos. Tinha marcas de chocolate até no interruptor da luz.

Na madrugada de sábado, tomada pelo espírito da faxina, resolvi antes de ir dormir dar um jeito naquilo.

Amanhecia. Bolhas de detergente se espalhavam pelo ar, panos molhados, vassoura, balde, escovão. Mickey Mouse em *Fantasia*.

Marguerite, mais vesga que nunca, procurava refúgios. Eu deslizava, numa valsa de limpeza, descobrindo quanta coisa inútil se esconde numa cozinha.

Estava tentando limpar a torradeira, quando Arnold voltou.

"Não tem mais sentido a gente dormir separado."

"Eu ainda nem dormi..."

"Você ainda não foi deitar? O que você tá fazendo?"

"Usando minhas últimas gotas de energia e de detergente."

"Ainda bem que eu voltei pra te colocar na cama. Vem, agora você vai dormir bastante. Puxa, você não sabe se cuidar, o que seria de você sem mim?"

IT'S ONLY ROCK N' ROLL, BUT I LIKE IT

Eu estava vivendo uma vida dupla.

De dia na Interstar, transitava entre orçamentos de produção e organizava com Ivan nossa viagem à Amazônia para escolher locações.

À noite, eu me transformava numa autêntica garota de roqueiro. Tinha inventado um personagem com roupas pretas, chapéu e eternos óculos escuros.

Naquele mês, o Esterco passou a ser festejado e eu acompanhava Arnold nas apresentações. Minha fama oscilava muito. Tanto podiam me pedir autógrafo, como me barrar na porta se eu esquecia de colocar o crachá.

No *backstage*, eu tinha uma posição social definida: mulher de músico. Num universo masculino, uma situação provisória pouco levada em consideração. Podia ouvir atrás de mim:

"De quem é aquela garota?"

"Aquela é a garota do Arnold."

Eu não existia, eu pertencia a alguém.

O Esterco passava os dias ensaiando na fábrica. Geralmente eu saía da Interstar e passava lá. Os meninos do grupo – Jorge, Duto e Charlie Chan – me olhavam com uma indiferença inescrutável. Mulheres não são da mesma turma. Não dá para conversar com mulheres.

Jorginho me parecia o melhor dos três. Era quieto e delicado. No começo pensei que transasse com homens.

"Todos pensam, até o pai dele. Mas ele só curte mulher", esclareceu Arnold.

Duto Batera tinha um certo ar troglodita e mudava de gata toda semana. Charlie Chan tinha voz forte e grave e também gostava de variar de mulher. Os dois viviam chapados.

Um dia cheguei na fábrica e Arnold me recebeu cantando: "O cinturão de lixo na estratosfera. / O anel de Saturno é lixo nuclear! / Resinas sintéticas, plásticos, a invasão. / A superabundância de dióxido de carbono. / A termoinversão. / Gostou?"

"Que é isso, Arnold!?!"

"Ainda não acabei. É uma nova letra. Falta alguma coisa, deixa ver... Falei do nitrogênio?"

"Não reparei."

"Narcose no ar. Chama 'Narcose no ar'. Que tal?"

"Ahn?"

Achei que alguns livros poderiam ajudar. Resolvi comprar alguns. Ele lia umas vinte páginas e largava.

Para Arnold ler um livro não era a melhor coisa que se podia fazer deitado. Cedi. Era mais fácil beijá-lo do que discutir com ele. Eu não me importava de resumir a vida a um rock juvenil com erros de português.

* * *

Por outro lado eu queria ajudar o Esterco e tentei convencer Ivan a fazer um vídeo com eles.

"Esterco? Que porra é essa? Nunca ouvi falar."

"Mas vai ouvir. Você vive trancado aqui dentro. Esterco é o grupo da moda, tem muita gente cantando 'Nojo nuclear'."

"Você tá louca!"

"Ivan, o Esterco é o máximo."

"Como alguma coisa que preste pode se chamar Esterco?"

"Não é uma grande ideia? Tudo brota do esterco, as flores, as plantas. Do nosso lado torpe nasce a criação."

"Só tem doido em volta de mim."

Exceto Ivan e Cléa, que vivia submersa nas altas esferas do business, toda a Interstar bailava ao som do Esterco. Eu tinha distribuído fitas para todos. Robis fazia dancinhas, Tereza queria fofocas e Adélia, a nova telefonista, juntava as fotos que saíam.

Às vezes eu aparecia em alguma. "A garota do Arnold", escreviam. Eu queria morrer quando faziam alusão ao maldito anúncio e publicavam uma foto minha com aquele dobermann babaca.

"Namorada de Arnold Júnior come ração de cachorro."

"É o sucesso", dizia Misty orgulhosa.

* * *

Passávamos muitas noites na fábrica, todos juntos. A TV ligada, pedidos de hambúrguer pelo telefone, coleções de gibis. Com o tempo, os meninos foram se acostumando comigo. Entre junk food e quadrinhos, acabamos ficando amigos. Especialmente o Jorge e eu.

Sempre fui parcial com as pessoas e Jorginho era claramente meu protegido. Ia pra ele o melhor pedaço de pizza, o fone de ouvido, o gibi novo. E minhas gracinhas, meus olhares intencionais, meus melhores sorrisos.

Falávamos do Homem-Aranha, de Gotham City, kriptonita e Rorschach, mas era nele que eu prestava atenção.

Arnold notou. Uma noite, foi me buscar na Interstar e parou o carro bruscamente numa esquina.

"Você tá a fim do Jorge?"

Somos ou não somos os escolhidos dos deuses? Estamos ou não acima desses pequenos sentimentos mesquinhos que acinzentam a população que povoa as ruas do planeta? Então somos jovens, inteligentes e não vamos mudar nada? Nada?

"Bom, ele é meigo, interessante..."

"Você transaria com ele?"

" Sei lá. Talvez..."

"Pois então fica com ele!! E desce desse carro que eu não quero te ver nunca mais!"

Não. Não viemos para mudar nada. Nada. Absolutamente nada.

Fiquei horas conversando com Arnold no carro, debaixo de um poste numa esquina. A garoa molhando o vidro numa noite mal-iluminada. Não foi fácil. Por uma bobagem daquelas ele ameaçava romper com o grupo.

Tentei contar minha vida, minhas relações, todas as tentativas de uma possível liberdade. Quis explicar o significado daquilo em que minha geração acreditou. Mudar o mundo, mudar a escala de valores. Mas Arnold não se convenceu, não ouviu a maior parte do que eu disse, me chamou de galinha e era visível que sofria de verdade.

O que prova que a história é cíclica e eu estava diante do novo retorno da velha moral.

* * *

Dias depois, tudo foi superado com uma grande notícia. O Esterco tinha conseguido um contrato com uma gravadora e Arnold irrompeu na minha casa como um míssil.

"Em dez dias entramos no estúdio pra gravar! Em quinze, fazemos nosso primeiro grande show! Chegou nossa hora!"

Convenci Arnold a chamar Beni pra dirigir o show. Beni precisava disso. A estreia dele tinha sido um fracasso. A peça ficou menos de uma semana em cartaz, com mais gente no palco do que na plateia.

No último dia da peça, depois que todos saíram, ficamos sozinhos, Beni e eu sentados na escuridão do palco.

"A peça é linda, Beni."

"Eu sei."

"Teatro é duro, você sempre diz isso."

"É."

"Então não fica assim..."

"Não tô triste com o fracasso, tô triste com o país. Com essa idiotização acachapante e o péssimo gosto que invadiu o Brasil. Você olha em volta e vê tudo contaminado. Eu sei que tudo é impuro, mas sou daqueles que acreditam que a arte cria anticorpos contra o vírus da mediocridade."

"Você não tá sozinho, Beni."

"Eu me nego a fazer sucesso baixando o nível pra essa merda que tá aí! A vida é curta demais pra se exigir tão pouco."

"Quem veio adorou seu trabalho."

"Me acham elitista. Eu venho do cu do mundo, tenho pele escura e não posso aspirar a uma elevação do espírito que viro elitista?"

"Olha, Beni, mesmo se a gente for considerado perdedor, o mundo tá cheio de perdedores que eu admiro."

"Perdedor? Nada disso, princesa! Eu sou um vencedor! Você foi comigo pra Pedra do Lagarto, você viu o buraco de onde eu saí... Só de estar nesse palco e ter uma amiga princesa como você, só por chegar até aqui, eu já sou um vencedor."

Beni ficou em silêncio. Respirou como se lembrasse de alguma coisa que quisesse afastar do pensamento.

"Sou brasileiro, gay, pardo, pobre, cidadão de terceira classe, eterno residente em alguma periferia do mundo, mas dentro da minha cabeça eu sonho. Eu sonho grande. E parece que eu não tenho direito a isso, como se esses sonhos fossem só dos outros... Parece que o que eu sou não combina com o que eu sinto..."

"Você é lindo, sabia?"

"Uma princesa gosta de mim, que mais eu posso querer?", ele sorriu e continuou: "Van Gogh nunca vendeu um quadro na vida. E Picasso dizia: 'Vendo o que faço mas não faço o que vende.' Eu acredito num golpe de sorte, mesmo com dados viciados."

* * *

Beni e o Esterco se deram bem. Ele embarcou na de Arnold e espalhou ruínas pelo palco, com um pedaço de muro arrebentado e no meio dos escombros o resto de uma velha carroceria comprada num cemitério de automóveis.

Um ambiente pós-guerra futurista onde, da destruição, surgiam os quatro com fumaça e ventania. Em "Narcose no ar" eles usavam máscara contra gás e gritavam:

"Quero ver a cara do Apocalipse!"

Canhões de luz, ciclorama de chamas, sirenes. Estava tudo pronto. Do fundo da garagem para o mundo. Da fábrica para o bombardeio de hits que nos atacam.

* * *

Arnold vestiu a camiseta emborrachada e o jeans rasgado. Tinha feito quarenta flexões e estava pronto. Nervoso. "Me deseja boa sorte", me disse às pressas na coxia. "Quer colírio? Rinosoro?", perguntei. Eu tremia. Arnold fez um sinal e o Esterco entrou no palco para seu primeiro show com público pagante.

A plateia grita, pula. Arnold usa a guitarra como uma metralhadora e se joga no chão como se tivesse sido atingido por uma rajada. Um animal de voz rebelde e rouca e um movimento de quadris de levar a galera à ebulição.

"É a pélvis mais rápida do oeste", diz Beni apertando meu braço. "A pélvis dele simplesmente lê o inconsciente coletivo e o manipula."

O foco de luz fica em Arnold, que rebola dentro do jeans apertado, tira a camisa e esfrega o microfone por todo o corpo. Insinua coisas que fazem a moçada delirar. Simula um ato sexual com a guitarra e leva a plateia à histeria.

Arnold no palco é pura sedução. Seu erotismo alimenta a fantasia de todos, inclusive a minha. Me enche de esperança. Uma coisa promissora.

Aquele cara no palco, aquele gato metendo o microfone no meio das pernas provocando a libido das meninas, não parece o mesmo Arnold que vive comigo.

Porque Arnold é sexualmente tímido e fica tão maravilhado cada vez que transamos que é impossível conter sua ansiedade, sua pressa adolescente, desajeitada. Normalmente passamos por quase todos os problemas que enchem páginas de revistas femininas sobre o assunto.

"Desculpa, eu fico excitado demais e não consigo me controlar", diz envergonhado.

"Tudo bem, calma."

"Foi rápido demais, não foi?... acho que fico com medo de falhar."

"Arnold, você não precisa..."

"Eu nunca sei o que vai acontecer, não sei se vou conseguir."

"... se preocupar."

"Eu fico pensando no que você vai pensar de mim."

"Eu não tô julgando você."

"Mas eu fico com medo de que..."

"Relax."

"... você não me ache..."

"Você é uma delícia."

"... legal e desista."

"Como você é bobo."

"Fico com tanto tesão que perco completamente o controle."

"Isso não tem importância, Arnold, não tem a mínima importância."

Ele então me abraça com força e seu olhar é cheio de amor e gratidão. Homens.

* * *

Eu pegava uma carona nos famosos quinze minutos de sucesso de Arnold. Passei o mês de abril metida em festas chatas e coquetéis, numa turnê que nos obrigou a passar os fins de semana fechados em suítes de hotéis do interior. Era quase a consagração.

O mundo em volta é feito de extras que sonham estar lá. E nós estávamos lá.

Quanto mais Arnold enlouquecia as mulheres, mais tinha medo delas. Transformado do dia pra noite num sex symbol, tinha ficado fóbico.

Vivia recolhido no quarto da fábrica com aquela parafernália toda ligada. Eu saía tarde da Interstar e geralmente ia dormir lá.

Uma noite Arnold fazia suas habituais flexões quando cheguei com a notícia:

"Arnold, vou pra Amazônia."

"Quando?"

"Dentro de uma semana, no máximo. O Ivan quer fazer um vídeo das locações para os produtores. Vamos ficar lá uns vinte dias."

"Eu vou com você."

"Você tá louco? Não pode. Você tem que continuar com a turnê mais um mês."

"Chega. Vou parar com tudo isso. Não quero mais esse som."

"Arnold, você fechou um contrato pra fazer quinze shows!"

Ele andava de um lado pro outro como um bicho trancafiado na jaula.

"O sucesso serve pra quê? Grana? Só isso? Porra, a fama isola, é um saco, não dá mais pra sair na rua. E o sucesso te obriga a imitar você mesmo. Daqui a pouco, vou virar um clone de mim, tá louco! Chega! Não tô a fim de me imitar, nem de refazer sempre o mesmo som. Detesto repetir o que eu sei que vai funcionar!"

Sua voz era segura. Tinha deixado definitivamente a infância.

"Vou acabar virando tudo aquilo que eu rejeito. Eu faço um som agora, o som faz sucesso, aí o público fica esperando a mesma coisa amanhã. E eu fico prisioneiro dessa expectativa. E fico me repetindo pra eles não ficarem decepcionados. Aí, tô fodido. Vou usar as mesmas fórmulas pra fazer sucesso e pronto. Isso é a morte. Nunca mais descubro o novo."

"Mas Arnold..."

"Não é isso que eu quero. Tô fora!"

"... as coisas tão indo tão bem pra você."

"A música tem que ser uma descoberta! Vou mudar tudo. Quero um show limpo, claro. Quero tudo extremamente simples. Uma síntese. Quero ser sincero. Quero ser estupidamente sincero. Quero a verdade."

Fiquei parada um tempo olhando pra ele. Vendo como crescia depressa esse menino e como eu o admirava.

Então eu disse "Arnold, eu amo você" pela primeira vez.

* * *

Atravessaríamos juntos aquele sucesso efervescente como uma pílula, instantâneo feito uma polaroid. Não duraria. Mas Nina tem razão. Afinal o que é que dura?

Mesmo minha obsessão por Berlim tinha desvanecido. Era uma história remota que já não me interessava.

Dela restava uma memória confusa e a caixa de correio vazia.

Não, não me interessa.

Houve noites demais em que o telefone não tocou e muitos dias em que eu mal me segurava num fio de esperança. Não lembro mais. Passou.

Berlim já não cintila. É apenas uma cidade cortada ao meio por uma cicatriz.

A NEBULOSA

A VOLTA

Esfrego os dedos nos olhos e vejo traços verticais e horizontais. Um prisma de cores forma desenhos geométricos, caleidoscópicos, que se mexem tão nervosamente quanto eu. Não sei por que ficar perturbada desse jeito. Uma bobagem. Uma respiração, só isso. Alguém respirando do outro lado da linha, e daí?

Desliguei o telefone e joguei a cabeça no travesseiro. Não posso perder mais tempo, embarco para Manaus às seis da tarde e ainda nem comecei a arrumar a mala.

Peguei minha lista:

1) Ligar pra Joy para ficar com Marguerite – OK, já liguei.
2) Ver roteiro de gravação da Amazônia – meu Deus, cadê o roteiro? Onde eu botei a porra do disquete?

De novo o telefone.

"Alô... alô? Alô..."

Era a terceira vez essa manhã. O terceiro telefonema. Meu interlocutor respirava em silêncio. Alguma coisa não ia bem.

Há um tipo de silêncio aterrador. Silêncios pesados antecedem tiroteios, catástrofes, invasões, assassinatos. Há sempre um silêncio grave antes de um crime numa boa cena de cinema. Há silêncios antes de explosões e há pessoas que não suportam o silêncio. Uma coisa eu sentia: aquele era um silêncio perturbador.

Bati o telefone e fui instintivamente fechar a janela. Uma reação idiota, já que é pouco provável alguém entrar pela janela do décimo terceiro, depois de telefonar.

Onde eu enfiei esse disquete, meu Deus? Vivo perdendo tudo, preciso ser mais concentrada. Deixa ver: o Ivan me entregou, eu trouxe pra casa e deve estar por aí nessa confusão, debaixo da bunda quente da Marguerite.

Sai daí, Marguerite! Cadê? Não, não tá aqui. Por que sempre deixo tudo pra última hora? Daqui a pouco o voo sai e eu ainda tenho que fazer milhares de coisas.

Cadê esse disquete? Nada no banheiro, nem debaixo da cama, nem na geladeira. Onde eu posso ter enfiado?

Esqueci na fábrica. Claro, deve estar lá. O roteiro do projeto fundamental da Interstar jogado no chão, junto ao tênis do Arnold.

Senhor, fazei de mim uma pessoa ordeira e equilibrada, por favor. Dai-me algumas qualidades para compensar meus defeitos de fabricação.

O problema é que não posso mais continuar me dividindo entre a Interstar, minha casa e a fábrica, dormindo aqui e lá, carregando bolsas cheias, trocando de roupa no carro, preciso me organizar, me objetivar, ando muito dispersiva. Ajudai-me, Senhor.

Eu tô perdida. O Arnold foi viajar com o Esterco e eu tenho que ir correndo até a fábrica pegar essa porcaria de roteiro. Não vai dar tempo, não vai dar. Tem que dar.

A culpa é desses malditos telefonemas que transtornaram minha manhã.

Tomo um banho correndo, me visto e quando vou saindo ouço de novo o telefone. Uma fração de medo. Não vou atender, dessa vez não vou atender.

"Alô?..."

"Alô."

"Pô, mãe, que susto."

"Ove per poco il cor non si spaura. Ai, meu coração. Você não pode imaginar o que aconteceu."

A grandiloquência da tragédia sempre paira sobre minha mãe. Está implícita na sua voz, no enfoque de seus temas e na escolha das palavras. A ópera rege sua personalidade e pelo seu tom já sei que vai me estragar o dia.

"Ai, outra pontada, meu coração está batendo irregular."

"Sempre está."

"Mas dessa vez pula as batidas. Uma sim, duas não, agora sim, agora não, agora não de novo. Falhou! Você viu, falhou de novo. Ai..."

"Quer que eu chame o médico?"

"Não. Não... Quero cantar. Quero vencer a morte cantando."

"Mamãe!"

"Vou cantar aqui mesmo no meio da sala, para os móveis, as paredes, não importa. O verdadeiro artista se basta a si mesmo."

"Eu vou desligar, que tocaram a campainha."

"Mentirosa. Se tivessem tocado eu teria ouvido. Você é uma insensível como seu pai, aquele cretino. Ai, meu coração está falhando, mas, mesmo assim, amo você, minha querida. Vou amar até o fim. Quero morrer de pé como as árvores. Quero que a morte me encontre cantando."

"... pelo amor de Deus..."

"Falo o que eu quiser, não me amola. Depois de uma certa idade se adquire o direito de falar absolutamente tudo."

"Tô atrasada, vou pegar o avião, ainda nem arrumei a mala."

"Aliás, quando uma mulher atinge certa idade, não lhe resta outra coisa senão enlouquecer. Fui enganada, mortalmente enganada, o Goodman me enganou."

"Te ligo de Manaus. Vou perder o avião."

"... um canalha que me traiu para ganhar uns tostões. Pegou meu dinheiro e me propôs cantar na Liga das Senhoras Católicas."

Minha mãe soluça. Chora.

"Fala com a Júlia."

"Meu coração está falhando, um homem me enganou. Não vai haver nem disco, nem grande retorno, nem nada. Não vai acontecer mais nada na minha vida... estou cansada, minha filha, cansada..."

"Não posso de verdade."

"Se eu morrer, porque com o coração falhando, estou preparada para tudo, você precisa saber que a chave do cofre está no armário, na terceira gaveta no fundo, debaixo dos sutiãs, na caixinha de música. E todo o resto com o Saul e o Sepúlveda, na Barão de Itapetininga."

"Quer parar de ser tão louca!"

Ela começou a cantar.

"Un bel dì vedremo levarsi un fil di fumo, sull' estremo confin del mare... e poi la nave appare."

Desliguei.

Fiquei um minuto imóvel olhando o quarto fechado com a luz acesa em plena manhã. Aquele trecho da *Butterfly* se repetiu na minha cabeça, mas eu nem desconfiava que fosse um prenúncio.

* * *

Desci até a rua e o vi na outra calçada, me olhando. Ele. O da carta perdida de Madame Agda, o que queima tudo o que toca, aquele filho da puta que me abandonou em Berlim.

Passei meses e meses imaginando essa volta e agora acontecia assim, sem nenhuma preparação.

Eu estava parada segurando as chaves, casaco e bolsa. O impacto me fez virar para o lado oposto e apressar o passo. Fugi. Esbarrei em várias pessoas e procurei aflita um táxi. Queria ir pra fábrica, achar o disquete e fugir pra Amazônia. Não havia táxis.

Comecei a correr. Não ousei olhar para trás nem uma vez. Precisava pensar depressa e não podia, estava assustada. Com certeza, ele viria atrás de mim. Corri a esmo, para lugar nenhum.

Virei a primeira à direita. Era absurdo correr assim, dei a volta no quarteirão e dobrei a esquina. Instintivamente, entrei de novo no meu prédio, passei pelo zelador e subi correndo as escadas. Só fui apanhar o elevador no sétimo.

O apê estava escuro por causa das janelas fechadas e eu me deixei cair no chão, com a respiração ofegante. Marguerite pulou no meu colo.

De repente compreendi os telefonemas daquela manhã. Nesse mesmo instante a campainha tocou e eu sabia. Era tarde demais para qualquer coisa.

* * *

Tomei coragem e abri a porta.

"O que você tá fazendo aqui?", perguntei, sem olhar pra ele.

"Você deixou cair isso." Meu casaco.

"Obrigada."

"Espera, você não vai fechar a porta na minha cara, vai?"

"A gente não tem mais nada pra falar."

Ele segurou a porta.

"Espera um pouco..."

"Sai daqui e me deixa em paz."

Ele entrou, eu recuei. Não vou permitir que ele me toque, que encoste em mim.

"Se você entrar, eu saio", ameacei. "Dessa vez quem vai embora sou eu."

Passei por ele e desci correndo as escadas. Desci o mais depressa que pude. Eu mal respirava, tremia. Mas tinha conseguido.

Quando alcancei a rua, fui tomada por um jato de euforia. Numa euforizante manhã de maio eu estava livre, finalmente livre. Livre daquele cara e louca.

* * *

De repente, o vejo atrás de mim.

Ele está chegando perto e não passa nenhum táxi. Tento me misturar às pessoas na calçada. Ninguém tem consciência do risco que eu corro.

Preciso de socorro, por favor, alguém precisa me salvar. Depressa.

Me meto no meio do trânsito e ouço as buzinas.

Mas uma garota que atravessa a rua desse jeito não parece muito interessada em se salvar.

A freada do carro é brusca e escuto a batida. Rodopio em volta de mim mesma e vejo o motorista descendo do carro gesticulando, falando qualquer coisa, mas não ouço nada.

De repente o tempo ralenta, fica fracionado.

Na calçada todos param, estão me olhando. Estão vindo devagar na minha direção.

Meus movimentos parecem pesados, as pernas são pedras. Preciso de uma força descomunal para dar dois passos e ainda mais um, antes de perceber que meus joelhos se dobram e meu rosto e minhas mãos estão indo de encontro à calçada.

* * *

Depois escureceu e não lembro mais nada. A última imagem foi a cor do cimento.

Um carro me pegou, uma droga de um carro bateu em mim.

Quando abri os olhos, minutos depois, ele estava me segurando e senti tontura. Ninguém em volta fez nada. Deixaram que ele me erguesse. Essa gente ingênua confiava nele. Acreditava que ele ia me socorrer. Como num filme de terror, os idiotas estavam me entregando para o meu carrasco. Ele sorriu para mim. O leopardo mostra os dentes com sinceridade.

* * *

"Você tá bem?", perguntou passando a mão de leve no meu rosto. A delicadeza do monstro.

Preciso me livrar dele o mais depressa possível. Tento me desvencilhar e sair andando. Não consigo, a perna dói demais.

"Cuidado! O que você tá fazendo? Você não pode andar!"

"Tira a mão de mim! Eu disse pra tirar a mão de mim!", falei quase sem voz.

Foi então que ele me deu o golpe. Um abraço. Fui brutalmente atingida por um abraço e não reagi. Me deixei abraçar sentindo uma dor terrível na anca esquerda.

Gemi e curvei o corpo. Preciso empurrar esse cara, mandar ele embora sem nenhum sentimentalismo.

Eu continuava com a cabeça abaixada.

Não podia mostrar fraqueza, mas a coisa doía demais. Estava difícil me manter em pé. Encostei no muro, passei a mão no rosto e vi que meu nariz sangrava.

"Teu nariz sangrou no dia que te conheci."

Cometi meu primeiro erro e o olhei diretamente nos olhos. As mulheres, assim como os felinos, sucumbem à própria curiosidade e erram.

Ele estava mais magro, mais frágil, abatido. Sorriu. Meu segundo erro foi constatar que ninguém tinha um sorriso igual àquele.

Já passa do meio-dia. Estou cometendo meu terceiro e definitivo erro. Deixei ele abrir a porta de casa e me deitar na cama.

"Acho melhor chamar um médico."

"Não, não precisa, já tô melhor." Eu não conseguia parar de tremer.

"Você tá com febre", disse pondo a mão na minha testa. "Deve ser reação do choque. Tá doendo a pancada?"

Escutei Marguerite choramingar mas não consegui abrir os olhos.

"Você não tem um termômetro? Tem um médico? Vou chamar um médico."

A voz dele está alterada. Continuo imóvel, gostaria de dizer alguma coisa, mas agora me sinto mal de verdade. Minha cabeça lateja e minha mente está se desgarrando de mim, indo embora para uma dimensão imprecisa. Lembro vagamente a sensação do delírio.

* * *

Sua mão na minha testa.

O olhar percorre a cidade. De noite. Carros passam depressa. Trens, túneis, vagões. Salas vazias dos aeroportos, ruas vazias, bancos de praça vazios, banheiros públicos, desolação. A estação mal-iluminada do último metrô. Estou com sede. A mão me acaricia. Pessoas solitárias nos balcões dos bares, enfiando moedas nos fliperamas, fichas nos telefones. De madrugada. Pessoas andando na rua para lugar nenhum. Pessoas comendo nos carrinhos de cachorro-quente nas esquinas. Mulheres descendo as avenidas. O som seco dos saltos no asfalto. Cenas noturnas de espera.

A espera é amarela, mas a degradação é azulada, escura. Há uma desesperança nas pessoas. Alguém sozinho na janela de um apartamento no centro de São Paulo. Alguém sozinho num quarto de hotel numa cidade estrangeira. Os rostos nas filas, os rostos nas janelas de ônibus. Os rostos anônimos das cidades.

Você precisa amar uma cidade para entender isso. Qualquer cidade.

A mão dele na minha testa, a sua presença. Meu corpo arde e se arrepia, o frio da febre. Sinto sede, muita sede.

Mulheres sozinhas dentro dos cinemas. Mulheres na frente da TV. Mulheres que se jogam de edifícios. Minha mãe cantando para ninguém no meio da sala. O brilho da loucura nos olhos da minha avó.

Histórias que se perderam. Cartas perdidas, parentes perdidos. Abandonos. Um homem de costas fecha a porta e vai embora. Meu pai. As coisas não duram, se desfazem. O rosto do meu pai amassado numa fotografia.

Sua mão na minha testa.

Talvez as minhas referências não sejam as suas referências e você não veja como eu essa cidade.

***

Mais tarde o médico chegou. Fui levada às pressas para um hospital e permaneci vinte e quatro horas em observação. Durante todo o tempo ele ficou ao meu lado, segurando minha mão.

A COLISÃO

Se aquele automóvel tivesse acabado comigo, eu estaria salva. Haveria ferros retorcidos, rodas viradas, fumaça, sangue, gente em volta, mas eu não correria mais perigo. Alguém me cobriria com um jornal, enrolariam meu corpo num plástico, em vez de me deixarem entregue a esse cara, debilitada, precisando me apoiar nele para descer as escadarias do hospital.

Na saída, ventava um pouco e ele me enrolou no casaco.

"Espera aqui encostada que eu vou apanhar o carro."

Bocejei várias vezes até os olhos lacrimejarem. Meu ouvido esquerdo zunia. Minha rinite. Sentia muito sono, provavelmente por causa dos remédios. Médicos acabam com a gente.

Fiz as contas: um dia e meio fora de sintonia. Perdi o avião pra Manaus e não dei notícias. Dessa vez, o Ivan me trucida.

Subi no carro com dificuldade sentindo uma dor generalizada e alívio em poder deitar o corpo no banco reclinado. Minha ficha não era grande coisa: garota manca, com um belo hematoma na coxa esquerda e sinusite crônica.

"Tá se sentindo melhor? Relaxa e fecha os olhos."

"Quero ir pra casa."

"O sono te fez bem."

Qualquer movimento exigia esforço, me contentei em respirar. Quando olhei de novo pela janela, estávamos atravessando um viaduto no meio de edifícios com roupas penduradas. Parecia a Radial Leste.

"Pra onde você tá indo?"

"Vou raptar você. Isso é um sequestro."

Pensei vagamente em me atirar do carro. Meu ouvido continuava zumbindo.

"Não brinca. Me leva pra casa."

"A gente precisa conversar primeiro. Você tem de parar de fugir de mim."

"Não tenho mais nada pra falar."

"Você parecia uma doida atravessando aquela rua. Que foi que eu te fiz?"

"Não quero mais nada com você", falei com dificuldade. "Me deixa em casa."

Ele parou o carro numa rua transversal.

"Desculpa, eu sei que não fiz a coisa certa em Berlim, mas naquelas circunstâncias fiz o melhor que pude."

"Não quero mais falar nisso."

"Você é a mulher que eu amo. Fiquei fora todo esse tempo porque não tinha outro jeito. As coisas estavam acontecendo. Eu estava louco pra te ver. E não entrei em contato pra te proteger. Pedi pra você me esperar. Disse que ia voltar, não disse?"

"Para com essa náusea romântica senão eu vomito. Meu Deus, eu devia estar na Interstar." Eu não conseguia respirar, precisava das minhas gotas.

"Eu preciso muito de você. Vamos ficar um pouco fora de circulação pra eu te contar tudo, tô me sentindo culpado. Eu sei que não fui justo. Me dá uma chance. Tem o estúdio de um amigo meu, um pintor, que tá viajando. Vem comigo, por favor. Você vem?"

Era ainda o mesmo cara. Doce. Sincero.

Quando alguém consegue fingir sinceridade, consegue tudo.

Respirei fundo. Encruzilhadas.

E a mesma pergunta: por que não fazer a escolha errada? Senti vontade de me submeter mais uma vez. Desobedecer a mim mesma e avançar num território minado.

Mais uma vez escolher o que me faz mal, me manipula, me intoxica. De novo ultrapassar onde é proibido. Um novo surto daquela doença específica. Fechei os olhos e me deixei levar.

* * *

O espaço é amplo e claro, com uma porta de vidro e um terraço com vista para os telhados. Fica na cobertura de um pequeno prédio e tem uma claraboia no teto. O lugar cheira a tinta. O chão é de tábuas largas respingadas.

Entrei mancando de dor na perna esquerda. Parece mesmo o estúdio de um pintor. Em cima da mesa, latas e potes cheios de pincéis.

Pouca coisa: uma estante repleta de livros, algumas caixas de papelão fechadas e uma poltrona coberta com um lençol. Um quarto e uma cama. No banheiro, uma pequena banheira antiga.

Muitas telas no chão e nas paredes.

Senti uma forte tontura. Abaixei a cabeça e encolhi o corpo.

"Ai, tá doendo muito."

"É da batida. O médico disse que ia doer. Você tá medicada, precisa relaxar e descansar."

Ele me deitou na cama e adormeci com o efeito de tanto analgésico.

Sonhei com imagens na meia sombra do quarto. Uma cabana no meio de bambus centenários. O barulho das cigarras, a brisa leve. Ao longe, a enorme boca do vulcão envolta em nuvens baixas, pesadas de umidade, e o cheiro adocicado do jasmim selvagem.

Acordei sobressaltada com uma forte carga de raios cortando o horizonte. A janela bateu. Foi como se me sentisse carregada daquela eletricidade.

Queria sair dali.

O AVESSO DA VIDA

"Uma laranja solitária era a única luz", li no livro de Schiele, deitada na cama. Eu tinha vestido uma camisa dele e as mangas eram muito compridas pra mim. Uma menina com a camisa do pai, se eu tivesse um pai.

"A chuva parou. Vou pedir comida. O que você quer?"

Levantei devagar, esperando pela dor, mas só senti um formigamento na perna. Do terraço, se viam os telhados molhados. A paisagem cinzenta da cidade.

"Eu preciso ir embora. Não vou ficar aqui com você."

"A gente ainda nem conversou. Você ainda tá zangada por causa de Berlim?"

"Eu ia pra Amazônia, preciso avisar o Ivan. Meu Deus, que loucura... eu não posso fazer isso com o Arnold." Minha rinite me atacando feroz, uma espécie de punição.

"Arnold? Quem é Arnold?"

Fui pro banheiro e tranquei a porta. Eu não sabia o que fazer.

Voltei decidida.

"Escuta, eu tô vivendo um grande momento. Finalmente, vou fazer um filme e tenho um namorado que me adora. E não vou permitir que você estrague isso. Você não vai virar minha vida do avesso de novo."

"Eu só quero explicar..."

"Tô namorando Arnold, o vocalista do Esterco, uma banda de rock."

"É uma boa imagem: tirei você do esterco pra ficar comigo."

"Eu não vou ficar."

"Eu sabotei a nossa relação porque a pressão foi gigante. Foi um negócio envolvendo muita grana. A coisa tá feita. Por falar nisso, você tá com a chave do armário de Berlim?"

"Eu engoli. O que a Trust teve a ver com o caso Recruit?"

"Nada diretamente. Quem te falou sobre isso?"

"Não você, é claro, já que você não me conta nada."

"O que você quer saber?"

"Por que você voltou?"

"Por tua causa."

"Não é verdade."

"Tem duas verdades, a principal é você. A outra é o trabalho. Com essa crise no Brasil, tem muito dinheiro deixando o país. Tenho algumas reuniões com investidores que querem ter dinheiro seguro lá fora. Que mais você quer saber?"

"Com quem você transou?"

"Passei um tempo em Paris com a Martine."

"Você ainda ama essa mulher?"

"Não, teu ciúme tá no lugar errado."

"Por quê? Tem outra?"

"Algumas, que importância isso tem agora?"

"Quem são?"

"Você quer nomes? Flávia, Karen, Sílvia, sei lá, nomes de mulher, qualquer um, tanto faz, nem lembro."

"Que ótimo, um amante convencional, carreirista, casado, egoísta, estimulado por pequenas aventuras."

Ele chegou muito perto de mim.

"OK, sou um cara comum mas gosto de você. Gosto muito."

E me beijou.

"Não vai embora. Posso ser um cara errado, mas não quero perder você. Mesmo se você tiver tido muitos caras, tudo bem."

"Infelizmente, foram poucos", murmurei.

Com um gesto extremamente delicado, ele encostou sua boca na minha. Não foi um beijo. Foi um tempo, um silêncio e a nossa respiração.

"Você quer saber por que eu voltei?", sussurrou. "Eu voltei por causa do seu cheiro."

Nos beijamos. E eu me deixei perder nesse beijo.

Eu poderia perguntar aos deuses por que nós mulheres somos tão suscetíveis a um beijo. Mas há horas em que até os deuses querem ser deixados em paz.

* * *

RW costuma dizer que não é a lógica que administra as atitudes humanas. Mas o raciocínio lógico me encanta por sua flexibilidade e capacidade de distorção.

Existe uma brutalidade por trás dessa doçura. Uma coisa não visível, não detectável, mas profundamente tóxica.

Só que uma parte de mim não percebe.

Preciso avisar todo mundo. Paciência. Arnold vai sobreviver a isso. Mamãe, desculpa, estou perdida em algum lugar. Ivan querido, me perdoa. A loucura continua minha amiga mais íntima.

DE GIOTTO A PATO DONALD

"Você sabia que Van Gogh bebia uma mistura de terebintina e absinto? Uau, como alguém tão torturado pode usar o amarelo desse jeito?"

Ele deitou a cabeça na minha barriga.

"A loucura tem sua alegria. Um sujeito pode ter uma vida feliz e pintar quadros sombrios, pode viver arrasado e explodir na arte."

Eu lia trechos das biografias dos livros.

"Paul Klee teve uma doença rara porque abusava das misturas de vermelho e violeta, que são as cores com maior concentração de mercúrio e cádmio, dois dos metais mais tóxicos."

Tinha um monte de livros espalhados na cama. Folheava *A moda dos costumes religiosos*, Rothko, Pollock, *Ed Mort* do Veríssimo. *Enfeite a vida com ikebanas*, Gauguin, *Aprenda a fazer origamis*, Asterix. *A história da androginia*, *O dadaísmo* e *Cogumelos venenosos*. Ali tinha tudo, de Giotto a Pato Donald.

"Tem coisa mais bonita que um dorso de homem?"

"Tuas coxas", ele mordeu meu joelho. "Eu tô completamente na sua. Quer passar um mês dentro dessa cama?"

"Quero sair um pouco, tá uma tarde tão bonita. Quero ver as ruas. As cores mudam em maio."

"Eu faço o que você quiser", ele disse.

Eu tinha decidido desaparecer dentro dessa circunstância frágil e provisória que me distanciava daquilo que eu chamava de vida.

* * *

Saímos à rua com o cabelo molhado e cara de quem acabou de trepar. Era aquela hora divisória de luz intermediária.

Um resto de sol se espalhava ainda vermelho debaixo da espessa camada de poluição. Parecia um céu artificial. Talvez já fosse.

A luz dourada no vidro dos edifícios, nas águas turvas do rio. Tudo encoberto por um véu empoeirado.

Atravessamos a marginal Pinheiros. Paramos numa ponte e descemos do carro. Havia tratores e guindastes trabalhando nas obras. Uma enorme draga alaranjada retirava o lodo negro do fundo do rio.

No crepúsculo, o céu se dividia. Um lado começava a escurecer enquanto o outro continuava de um vermelho incandescente.

Estrelas mínimas despontavam sobre nossas cabeças. No lado noturno, divisei uma lua fininha com as pontas para cima. Lua turca.

O cheiro do ar era de poluição. De enxofre. O bafo sujo de São Paulo. Qualidade do ar: nenhuma.

A cidade expurga. Expele os gases de seus motores, nuvens de fumaça preta. Emanações do rush. Ondas de barulho.

Ergui os braços e respirei aquele ar de chumbo, sentindo as narinas arderem de aridez.

"Eu amo essa cidade!", gritei e o abracei com toda intensidade, extasiada pelo fascínio da feiura.

Talvez eu ame coisas que não me fazem bem.

Contra o painel luminoso eu disse a ele que o amava e agradeci ao céu aquela forma generosa de anoitecer.

"Você quer casar comigo? Casa comigo!", ele exclamou de repente.

"O quê?"

"Eu quero casar com você."

"Você tá louco! Uma coisa que começa desse jeito não vai durar."

"Por que não?"

"Sei lá. Provavelmente porque começa desse jeito."

"Casa comigo."

"Meu Deus. Você consegue ser pior do que eu."

* * *

De madrugada o telefone tocou. Ele atendeu. Eu não queria acordar e deixei a voz dele atravessar meu sonho, até que o ouvi gritar "nagoya". Como alguém pode gritar nagoya no meio da noite, eu não sei. Aliás nem sei o que é nagoya.

"Hello. Hello. Yes."

Quis perguntar o que estava acontecendo, mas três somalium retardam consideravelmente as decisões. Quando finalmente acordei, o sol inundava o estúdio e ele tinha saído.

Procurei um bilhete, achei um papel ao lado do telefone. Com duas palavras: Venus Venture.

O que era aquilo? Venus Venture. Uma aventura com Venus, alguma coisa com aura de sexo, que me fez revirar o estúdio em busca de mais provas.

Revistei as coisas dele, ruminando aquele nome, sem saber que diabo queria dizer.

Ele não tinha muita coisa. Dois jeans, três camisas, umas camisetas, um casaco. Éramos, sem dúvida, pessoas provisórias. Mas quem passa a maior parte do tempo na cama, enrolado em lençóis e toalhas, não precisa de muito.

No bolso do casaco encontrei uma passagem da Varig, Paris voo 720 com data de vinte dias atrás. Um cartão do restaurante La Palette, uma caixa de fósforos preta com inscrições douradas que tanto poderiam ser do Egito como de alguma loja maçônica.

Dentro da valise achei sua agenda. Não parecia ter nada escrito. Exceto uma página de anotações com sua letra miúda:

Tóquio: ver representação encontro Shintaro
operação AI % Geoffrey
Genebra – Hamburg Sud – Mapo? pt 13

– Koskotas Rio de Janeiro –
Investimentos contato Republic –
Limpar $ Flick: Bolsa
Conexão Berlim – NY Recruit
aniversário Martine

Junto à agenda, um livro, *A insustentável leveza do ser*, com a seguinte dedicatória: "Ainda não aprendemos a ter relações amorosas. Martine"

Dentro do livro, um recorte de revista. Uma dessas fotos de coluna social. Uma mulher morena, meridional, de cabelos longos anelados e nariz forte. O tipo de mulher que aposta tudo na própria sensualidade. Então essa vagabunda é a Martine. Uma mulher vulgar com cara de puta de coluna social. Claro que esse julgamento também pode ser atribuído ao meu ciúme.

Várias passagens do livro estão sublinhadas com caneta amarela. Leio uma por uma. Quero conhecer minha rival através das frases que escolhe.

Então ela gosta de frases bonitas. Deve fazer chantagem sentimental usando o filho e o obriga a ficar em Paris. Ele se preocupa com o aniversário dela. O telefonema. Pode ter sido ela. A piranha ligou pra ele no meio da noite. Ela deve estar aqui. Chegou e marcou um encontro num lugar chamado Venus Venture. E ele me larga pra ir atrás dessa vaca de cabelos cheios de cachos.

* * *

Viro a valise: três pares de meias, dois cintos, um barbeador Braun e um vidro de kaopectate da UpJohn. Leio a bula: "Para el tratamiento de la diarrea. Ayuda a eliminar la causa y a restaurar el funcionamiento normal del intestino."

Pequenas pistas da charada: ele teve diarreia em Paris! Não que isso desvende grande coisa, mas basta para me sentir vingada, intimamente satisfeita.

Mas e daí? Esses raciocínios tortuosos e dispersivos não estão ajudando nada.

Não. De novo não. Não vou deixar. Esse cara me arranca de tudo, do Arnold, do filme. Por causa dele, sou atropelada, internada. Abandono o trabalho, os amigos, Marguerite. Não. Esse cara não vai fazer tudo de novo. Não vou permitir.

Minha odisseia está terminada e eu não vou começar outra.

* * *

Durante seis horas, esperei por ele. A porta estava trancada. Ele tinha me deixado presa. Eu estava sozinha, presa naquele lugar e respirando com minha habitual dificuldade.

Chorei. Agora, as duas narinas tapadas.

Reli várias vezes as frases assinaladas por Martine, olhando o relógio a cada minuto, ouvindo o menor barulho no corredor.

Minha aflição foi crescendo, se transformando em rancor, misturado a um ódio desmedido por ele, por mim mesma, de continuar entregue a ele, até que tudo isso se tornou uma massa disforme, um bolo intragável que, ingerido, leva às últimas consequências.

Num impulso, peguei as coisas dele e atirei na pia. Derramei em cima um vidro de perfume e pus fogo.

Fogo. Fogo para queimar, para acabar com tudo.

As chamas estavam começando a subir quando ele chegou. "Que aconteceu?! Que fogo é esse?!"

Ele abriu depressa as torneiras e a janela. No ar, um cheiro forte de borracha queimada e muita fumaça.

"Que foi isso??!!"

"Eu botei fogo nas tuas roupas", falei tossindo.

Ele me olhou desconcertado.

"Você o quê??!"

"Aonde você foi?"

"Eu não sabia que você era tão louca assim."

"Agora sabe."

"Abre o terraço pra ventilar. Que cheiro é esse de pneu queimado?"

"Deve ser o teu tênis", continuei tossindo.

"Você enlouqueceu?? Que é que deu em você?" Ele tossiu também.

"Você me larga aqui trancada, eu devia estar na Amazônia! Na Amazônia! Tenho um filme pra fazer! Tenho um namorado que não sabe onde eu tô. Eu não tenho mais vida própria!"

"Calma, calma, só porque você fica sozinha umas horas resolve incendiar o apê?" Abanava o ar com um jornal.

"Eu jogo minha vida pro alto e você me deixa aqui trancada!"

"Trancada? Levei a chave porque tem outra pendurada na cozinha e te deixei dinheiro na mesa."

"O que é Venus Venture?"

"Um navio."

"Um navio? Por que você não disse aonde ia?", engasguei. Meus olhos ardiam.

"Porque saí atrasado e não quis te acordar. Tive que atravessar a cidade pra uma reunião no centro. Abre a porta da frente pra circular o ar."

"Uma reunião com quem?"

"Várias reuniões com várias pessoas."

"O que a Martine tem a ver com isso?"

"A Martine?!"

"Por que você não fica com ela de uma vez e me deixa em paz?"

"Você enlouqueceu! Não tem nada da Martine. E que ideia foi essa de mexer com fogo?"

"Você não percebe que eu não existo mais, que parei com a minha vida real pra me enfiar aqui dentro com você?"

"Calma, baby, calma. Não consigo entender por que você tá tão nervosa. Vem, vou te levar comigo. Quer ir até o Venus Venture?"

"Quando?"

"Agora, já. Vamos pra Santos, pro porto."

"Fazer o quê?"

"No caminho eu te explico."

* * *

Ele parou na primeira banca e comprou um jornal. Virava as páginas como se procurasse alguma coisa.

"O que você tá querendo achar no meio dos classificados?"

"Deveria estar aqui."

"Alguma coisa importante?"

"Uma mensagem. Uma mensagem em código no meio dos anúncios."

"De quem?"

"Tá aqui, OK. Tudo certo. Os containers estão no navio. O Venus Venture chegou."

"Afinal, o que você vai fazer nesse navio?"

"Pegar uma encomenda."

"Contrabando? Drogas?"

"No drugs, baby."

"Armas? Um carregamento clandestino de armas?"

"Que cabecinha a sua, hein? Pareço um cara que mexe com armas?"

"Não quer dizer nada, você pode estar fornecendo armas pra alguma revolução sul-americana."

"Não me meto em política, nem nessas republiquetas revolucionárias."

"O que é Nagoya?"

"Uma cidade do Japão. Falei com um banqueiro de lá na madrugada."

"Sobre o quê?"

"Essa transação."

"Que transação?"

"Já te disse, de investimentos."

"Eu não sei que tipo de pessoa é você."

"Não sou a pessoa que você imagina."

"Nem eu."

Minha rinite começava de novo a se manifestar.

"Você ama essa mulher?"

"Não, claro que não!"

"Não é verdade! Por que você mente? Por que você usa mentiras sistemáticas, é cheio de subterfúgios, por quê?"

"Se você confiasse em mim..."

"Não confio. Você nunca diz uma verdade exata."

"Só as mentiras precisam ser exatas. As verdades, não."

"Pra que jogar comigo?"

"Eu não minto pra você."

"Não mente, mas é incapaz de dizer a verdade!"

"OK. A verdade é que a Martine tá doente, por isso fiquei com ela em Paris."

O carro ralentou por causa de uma batida em frente. Uma carreta e dois automóveis.

Lembrei da foto. Aquela mulher sexy não tinha nada de doente.

Assim como ele não tinha nada de sincero e eu não tinha bom discernimento. Nessa altura, nem mesmo escolha.

A fumaceira toda no estúdio tinha me dado outra crise alérgica e um ataque de espirros, coisa de seis, sete minutos. De tanto assoar, mais uma vez, meu nariz sangrava.

"Eles vão achar que eu bati em você."

"Eles quem?"

"Os caras que estão me esperando."

* * *

Paramos na porta do armazém 30.

"Pra que lado é o portão treze?", ele perguntou a um sujeito que descarregava bananas.

"Tem que dar a volta e ir a pé."

Deixamos o carro numa rua mais perto e andamos duas quadras. Eu olhava fascinada as cores dos containers.

Dois sujeitos vieram ao nosso encontro mas nem me olharam. Nenhum dos dois se preocupou em sorrir ou dizer "olá". Não pareciam ter grande consideração por mulheres.

Eram dois tipos feios e falavam baixo. Eu não confiaria neles de jeito nenhum. Um deles parecia um ex-boxeador: testa curta, olhos unidos, nariz torto, arcada inferior pronunciada e expressão abobada. Em cima da gola rolê marrom, tinha um enorme crucifixo dourado.

O outro também não parecia muito inteligente, mas estampava um ar de quem se acha astuto. Era baixo, atarracado, tórax largo, omoplatas inchadas. A parte de baixo parecia atrofiada, as pernas tortas. Usava um colete imitando couro, com algumas caveiras aplicadas.

"O Mapo tá lá dentro te esperando", disse com sotaque castelhano.

"Já estou aqui. Uma visita dessas a gente recebe pessoalmente", ouvimos uma voz fanha nas nossas costas, como se viesse de um rádio.

Ele era careca, glabro e sua pele parecia a de um lagarto estirado ao sol.

"Mapo, há quanto tempo."

"Como vai, meu jovem? Vejo que muito bem, a julgar pela maravilhosa companhia."

Seria eu.

"Esse é o Mapo. Essa é a minha mulher."

"Muito prazer." Beijou minha mão.

A voz parecia ser transmitida em ondas curtas mal sintonizadas. Mapo talvez sofresse de uma espécie de afasia, tão irregular a emissão de suas frases. Mesmo assim, ele não poupava palavras.

"Parabéns por seu bom gosto. Estão convidados para jantar em minha casa esta noite, tomar um bom vinho e comemorar."

Aproximou seu rosto do meu. Seu hálito era péssimo.

"Respeito as mulheres. Sou um profundo devoto de Santa Guadalupe."

Mapo ensaiou um sinal da cruz. "Acredita em coincidências, senhorita? Então veja: sofri um acidente e quase morri, fui socorrido por uma enfermeira chamada Guadalupe. E minha mãe lembrou que a parteira, quando nasci, também chamava Guadalupe. Sou um homem que crê em milagres e está vivendo a sua segunda vida."

Ele não só falava mal, como falava demais. Às vezes, sua voz variava como uma estação de rádio num túnel, além do grave problema do hálito. Eu queria dar o fora dali.

Mapo foi caminhando a meu lado, mas o fato de ele ser manco atrapalhava o ritmo dos meus passos. Comecei a mancar também.

Paramos em frente a uma porta de ferro. Da rampa de um dos navios, descarregavam barris.

Eu estava preocupada com minha rinite alérgica, tinha medo que meu nariz sangrasse de novo e me afastei um pouco. Os homens entraram no armazém e fui andando devagar pelo píer. Algumas gaivotas ainda rondavam por ali.

Do ancoradouro eu podia enxergar a sala iluminada. Entrevia a reunião através dos vitrôs partidos. Na minha frente havia um enorme guindaste iluminado e, acima dele, a lua.

Eu me perguntava o que estava fazendo naquele lugar, como esse cara conseguia me desviar do meu rumo pra rota que ele queria, como se minha vida fosse extraordinariamente menos relevante que a dele.

Alguns navios atracados estavam em péssimas condições. Um meio torto, tombado para o lado. Pela quantidade de ferrugem e piche, devia estar ali há muito tempo.

***

Sentada na ponta do cais, num lugar cheio de manchas brancas do cocô das gaivotas, olhei a escuridão do mar. Ao longe brilhavam as luzes dos barcos. O cais parecia a má projeção de um velho filme.

Lembrei de quando RW me deu o livro do Conrad. Ele gostava de "Laguna", eu preferia "O cúmplice secreto". Um capitão esconde um estranho no seu navio, um clandestino, um suposto assassino.

De repente um caso de amor se transforma num filme policial B e me cerca dos bandidos dos meus gibis. Não sou exatamente o tipo de pessoa que suporta ignorar o porquê das coisas, mas não era hora de perguntar nada.

Eles continuavam lá dentro. Nada fazia sentido. Que tipo de contato ele teria com tipos tão desprezíveis? Tudo parecia uma brincadeira ridícula que eu poderia desmascarar a qualquer momento, se a lâmina do medo não estivesse perfurando minha medula.

Que dia tenso, meu Deus. No fundo da bolsa achei dois gramas de kiatrium e mastiguei até sentir os bulbos da língua insuportavelmente amargos.

Finalmente, eles saíram e me chamaram. Fomos andando pelo cais até um imenso navio que estava sendo descarregado. Li no casco: "Venus Venture".

Ele me abraçou.

"Desculpa te fazer esperar."

"Que gente esquisita é essa?"

"Shh... depois."

"Pode baixar os containers!", gritou um dos marinheiros e deu dois assobios longos e um curto. Um rosto cavo apareceu na escotilha.

"O que é que tem nesses containers?", perguntei.

"Livros."

"Livros? Essa gente não parece interessada em literatura."

"Fala baixo. São livros de contabilidade, depois te explico."

"Quer conferir?", disse Mapo se aproximando.

Eles caminharam em direção aos containers.

Fiquei parada no mesmo lugar. Olhei o céu em busca de algum sinal, alguma resposta. Mas não existia resposta possível porque eu não sabia nem mesmo o que perguntar.

"Obrigado, Mapo", disse ele.

"Vocês vão embora? Não vamos jantar juntos esta noite?" Senti a mão de Mapo nas minhas costas. "Abriria o melhor vinho em homenagem à sua beleza."

"Fica pra próxima", ele respondeu me puxando pela cintura.

Eu estava cansada de desperdiçar sorrisos com Mapo. Não sei por que me preocupava em agradar aquela pessoa asquerosa. Sempre acabamos prisioneiros de quem nos elogia.

"Foi um enorme prazer, minha querida." A voz de Mapo falhava, mas seu mau hálito, não.

Só consegui respirar aliviada, apesar da rinite, depois que zarpamos dali.

DESEJOS CONFUSOS, FANTASIAS DESREGRADAS

Talvez já estivessem claros os signos da nossa fatalidade e fosse fácil prever. Talvez não. A atmosfera das docas me entretinha com suas ruas, seus bares enfurnados e barulhentos. Uma luz vermelha atravessava a fumaça, as caras das prostitutas, dos travestis, dos estivadores.

Aquele universo de figurantes oferecia drogas e sexo abaixo do custo. Meninas e meninos de programa, bebidas e aparelhos importados do Paraguai, diversões baratas, caça-níqueis, mesas de jogo na calçada, caras cansadas jogando sinuca.

O clima daquele cenário despertou minha fantasia e mudou meu estado de espírito.

"Por que não vamos pra um desses hoteizinhos?", perguntei me insinuando.

"... eu prometi te alimentar."

"Então você escolhe o restaurante e depois eu escolho o hotel."

"Teu dia foi péssimo, mas tua noite vai ser uma delícia", ele disse e me beijou.

Entramos num pátio onde ficava um pequeno restaurante iluminado, fumegante e cheio. No bar, alguns marinheiros falavam alto. Achamos uma mesa atrás da coluna e a garçonete nos atendeu com cara de quem chorou.

"O prato do dia é bijupirá. É peixe servido com purê", disse limpando a mesa.

"O peixe tá bom?"

"Tá", respondeu sem convicção.

Pedimos peixe e cerveja. Ela anotou e deu uma fungada no nariz.

"Como você pode ser amigo de um cara como o Mapo?"

"Ele não é meu amigo. Presta serviços pra Trust, só isso."

"De que acidente ele falou?"

"Um acidente, um incêndio no Suriname, ele quase morreu."

"E que tipo de serviços?"

"O Mapo tem cabeça pra finanças. A família tinha cassino em Cuba na época do Fulgêncio Batista. Ele é louco por jogo. Tem uma fortaleza onde funciona um cassino clandestino."

"Você tá envolvido com jogo?"

"Eu? Claro que não. E nem com ele. Vejo o Mapo muito raramente, ele tem um bom tráfico de influências. Na época da revolução do Fidel, a família fugiu para as Guianas e ele aplicou a grana através da Trust."

"Eu não sei como alguém como você curte essa gente, esse mundo de negociatas, atrás dessas grandes fortunas tem sempre um roubo, um desfalque."

"In gold we trust", ele riu. "O poder e o dinheiro mudam de mãos e as operações são complicadas. Em algumas horas, se movimentam centenas de milhões de dólares. Você consegue imaginar o que o Marcos tirou das Filipinas? O rei Farouk? O Noriega? Até de Berlim Oriental, o Erich Honecker tirou alguns milhões de dólares. Você nem imagina o que acontece nos bastidores do sistema. As grandes obras de arte penduradas nos melhores museus do mundo são falsas. O tesouro no Palácio de Topkapi em Istambul, visitado diariamente por centenas de turistas, é falso."

"Como você sabe?"

"Porque o verdadeiro deixou o país há um bom tempo. Dinheiro não tem pátria. Um cara preso no Irã movimenta sua conta em Genebra. Quanta gente abre falência no Brasil e aumenta consideravelmente a conta em Nova York? Os grandes investimentos são números num painel, ordens telefônicas causando derrocadas, suicídios, revoluções. Não existem grandes fortunas, existem grandes dívidas."

A comida chegou. Eu estava morta de fome.

"Gosto de te ver comer, você come com volúpia." Ele entrelaçou sua perna na minha, debaixo da mesa.

"Que livros eram aqueles?"

"Livros de contabilidade do caso Shintaro."

"O velho que morreu? O tal Centro de Pesquisa da Inteligência Artificial?"

"O velho armou uma das melhores fraudes da década. O centro recebeu uma grana altíssima do governo, forjando resultados de descobertas científicas."

"Quer dizer que a grande jogada é um golpe?"

"Qualquer operação financeira de bom tamanho é um golpe. Teu critério depende do lado que você tá. A Trust opera no Brasil desde o governo Juscelino e você nem imagina quanta grana rolou nessa época. Gente ficando milionária da noite para o dia. É claro que fortunas nem sempre duram. Acabam na mão de herdeiros despreparados e se perdem. Tem famílias em que o cara morre e ninguém sabe onde ele deixou o tesouro. Dizem que a família do Adhemar de Barros tem até hoje a chave de um cofre perdido que eles não conseguem localizar."

"Que louco."

"Você não calcula a quantidade de contas secretas, de empresas fictícias, off shores com sócios fantasmas, cofres sigilosos que ninguém nunca mais acha. Porque os caras não deixam nada escrito. Todo mundo pensa que é imortal."

"E esses caras que aplicam confiam na Trust?"

"Existe uma ética no mundo. Uma ética na guerra, uma ética no roubo. O homem em última instância não perde a ética, apesar das aparências em contrário."

"Querem sobremesa?" A garçonete voltou. Ainda choramingava. Dia difícil esse.

"O que é futu?"

"Banana verde cozida com aipim."

"É gostoso?"

"É", ela disse sem o menor entusiasmo.

"Só café e a conta. E um licor de gengibre."

A contravenção tem seu charme. Toda aquela conversa naquele tipo de lugar tinha me envolvido no clima ilícito de filmes com ventiladores no teto, venezianas de luz recortada, corpos suados e trepadas sensuais.

"Filmes proibidos", brindei virando o copo.

Ele sorriu, pagou a conta e saímos.

A garçonete enxugou os olhos no avental e examinou atentamente a gorjeta.

* * *

Agora vinha a parte que me interessava em toda aquela história. O lado lúdico onde eu podia exercitar minha fantasia e escorregar meu prazer.

Escolhi um hotelzinho com astral de pecado. Escada escura, luz vermelha, cama de casal, colcha de franjas. Meu desejo me transportava a essas cenas de cinema que dão tesão. Deitei na cama e vi uma lagartixa nos espiando do teto, o que considerei um sinal de sorte.

Una lucertola ci spia dal soffitto. Minha mãe cantava isso pra gente dormir.

Dormir, palavra mágica. Ele deitou e me abraçou.

Apesar de todas as expectativas da minha libido e da atmosfera excitante, não houve tesão capaz de vencer aquele sono. Estávamos tão cansados que não conseguimos passar do primeiro abraço.

Adormecemos exaustos e completamente vestidos na luz magenta daquele submundo.

* * *

Acordamos com o barulho estremecedor das britadeiras e um clarão agressivo na cara. Sem a fantasia noturna, aquele lugar deprimia.

A realidade nunca acompanha nossos desejos.

Saímos depressa para um dia nublado, atravessando tábuas em cima dos buracos da calçada. A rua era outra. Barracas de feira, construções, tapumes, tapadeiras. A vida honesta tinha se instaurado, com cadeiras em cima das mesas e gente lavando o chão.

Cinemas fechados, nenhum cartaz dos shows vagabundos, nenhum vestígio da noite anterior, exceto dentro das latas de lixo.

Fomos tomar café no porto, que àquela hora estava a pleno vapor. Da noite, só sobrou alguma macumba com vela acesa nas esquinas.

Fui andando ao lado dele enquanto os caminhões jogavam a fumaça escura do escapamento em cima de nós.

A conversa de ontem ainda rodava na minha cabeça. Fosse o que fosse, ele teria minha cumplicidade como no conto do Conrad.

SEXO, SUSHI
E CINEMA

Bom dia, beijos sonolentos, meia soquete cor-de-rosa, o corpo se alonga, espreguiça na cama, a camiseta larga, dourados pelos púbicos, um copo d'água.

"Bom dia, baby", ele abre a janela.

O café esfriando em cima do livro *Les demoiselles d'Avignon*. A mordida na maçã, a constatação de que um lado está meio podre.

"Vou sair e comprar frutas. Você vem comigo?"

"Preciso dar uns telefonemas e ir até o banco. À noite te levo ao cinema, OK?"

Ele entrou no chuveiro e deixou o caderno de telefones aberto na cama. Folheei procurando por alguma *demoiselle d'Avignon*. Ali tinha gente demais. Centenas de nomes em vários lugares do mundo. Ele entrou no quarto enrolado na toalha.

"O que você tá fazendo?"

"Procurando pistas. Quero saber com quem você dormiu em Paris, em Berlim, em Tegucigalpa. Você conhece toda essa gente?"

"Não mexe nisso."

"Brady, Botha, Beregovoy, Carvajal, Carvalho. Você tem telefones da Tunísia, do Cairo, Maputo, Kuwait, Kuala Lumpur, onde é isso?"

"Dá aqui."

"Você é amigo de Shevardnadze, Samir Jubran, Serpa, Trabulsi, Turner? A: Alfredo Hoz, Buenos Aires. Aldridge, como se pronuncia?"

Ele tirou a caderneta da minha mão.

"Aldridge, secretário da Aeronáutica dos Estados Unidos."

"Uau. Você é amigo dele?"

"Não, mas tenho contato."

"Pra quê?"

"Não é o tipo de coisa que você se interessa."

"Então eu vou ligar pra ele e perguntar."

"Você já ouviu falar dos aviões Stealth?"

"Never."

"São bombardeiros invisíveis aos radares, a fábrica é em Palmdale, na Califórnia, e a Trust tem interesses lá. Isso é tudo que uma menina bonita precisa saber."

"Detesto quando você fala assim."

"É só pra te proteger, meu amor."

Achei estranho. Era a primeira vez que me chamava de meu amor.

"Você disse que a Trust não mexia com armas. Esses bombardeiros por acaso não são armas?"

"A Trust não tem o menor interesse em saber como funcionam. Sabe qual o preço de cada brinquedinho desses? Quinhentos milhões, baby, quinhentos milhões de dólares, fora a comissão."

"Vão usar na Terceira Guerra Mundial."

"Qual a diferença? Explosões em Salvador, na Cisjordânia, na cabeça do Arafat? Todos os governos mentem. Não há possibilidade de paz nas regiões explosivas, como não há possível controle civil na América Latina."

"Tenho horror à política."

O telefone tocou e levei um susto. Era a segunda vez que tocava desde que tínhamos chegado naquele lugar.

Ele falou mais de meia hora com a porta do quarto fechada e foi impossível escutar. Eu me retorcia de curiosidade.

Quando desligou, tinha o rosto contraído, duro.

"Que aconteceu?"

"Nada. Tudo OK."

"Quem ligou?"

"Prefiro você fora disso."

"Não dá pra conviver com alguém sem saber de nada."

"Baby, é por você."

"Por favor."

Sentei no colo dele e joguei o último trunfo.

"Você tava falando com a Martine."

"Não, claro que não."

"Pode me contar, era ela, não era?"

"Não. Eu tava falando com Tóquio."

"Uma japonesa? Você tem uma outra mulher japonesa?"

"Para com isso. A viúva do caso Nakushi tá dando problemas."

"Não falei que tinha mulher no meio?"

"Para de brincar. A coisa estourou, foi pros jornais. A viúva do Abe fez uma denúncia de que ele foi assassinado com uma injeção de ar. E o desvio da grana pode vir à tona. É lógico que ela fez isso porque quer achar o dinheiro. Tem a chave do cofre, mas não sabe o banco nem o número da conta."

"E por que ela não pergunta pra Trust?"

"Porque ela não sabe da existência da Trust. Pouca gente sabe."

"E vocês vão roubar a herança da pobre velhinha?"

"A pobre velhinha tem vinte e oito anos, ex-miss Paquistão, terceira mulher do Abe e o que ela quer de aposentadoria beira trezentos e cinquenta milhões de dólares."

"Porra... e a Trust vai devolver a grana?"

"Já tem advogados resolvendo isso."

"Mas por que devolver se ela nem sabe que a Trust existe?"

"Ela não. Mas o filho do Nakushi sabe."

"Ah, bom. Não é com ele que vocês estão tratando?"

"Era. Só que ele foi encontrado morto essa manhã."

"Morto? Assassinado? Foi isso que te disseram no telefone? Mas morto por quem?"

"Não sei. Mas a coisa complicou. Preciso sair. Se o telefone tocar, não atende."

* * *

Abri a porta com dificuldade, carregando três sacolas de frutas e maços de helicônias, estrelícias, alpinia e bastões-do-imperador. Estava decidida a copiar uns arranjos de ikebana do livro. Ele ainda não tinha chegado.

"Sou sempre exagerada, exagerada", reclamei espalhando as frutas e as flores por todo lugar. "Me deixo levar pelo impulso da compra e agora onde enfio isso?"

Tudo tão abstrato. Nem posso imaginar quantos sejam trocentos milhões de dólares, mas com certeza os detonaria se caíssem na minha mão.

Espalhei as coisas, resolvi encher a banheira e um copo de gim, gelo e limão.

Cada vez que eu saía sozinha, voltava arrasada. Havia um universo em andamento lá fora e eu não fazia parte dele.

Tinha a incômoda sensação de ter tomado o ônibus errado e ter saído daquilo que eu considerava vida. Era o tal choque da realidade.

Meus dados pessoais, trabalho, amigos, família, tinham sido obliterados em minha mente, onde só existia esse espaço particular atemporal, e esse cara. Um caça-tesouros misterioso, reticente, um Francis Drake em busca da conta perdida.

Eu vivenciava um universo paralelo, tão irreal quanto a vida que chamam de real. Aqui eu não era aquela que eu tinha sido. Aqui, eu praticamente não existia. Tinha um lado fascinante em largar tudo e me refugiar numa história com um cara de quem sei tão pouco. Era como se eu deliberadamente desviasse meu destino, mudasse o previsto e me escondesse de todos nessa aventura particular.

Aqui, eu não sou.

"Você confia em mim?", ele perguntou antes de sair.

"Confio", menti.

Olhei o telefone. Lembrei que a estrelinha repete automaticamente o último número discado. Testei. Começou a tocar.

"Alô?"

"Telesp. Que número chamou, por favor", voz de telefonista. Desliguei.

Tentei de novo. Entrou uma gravação:

"Não foi possível completar a sua ligação. Verifique o número discado. Favor consultar..."

Saco. Tentei outra vez, de novo a gravação.

Desliguei. Em seguida disquei pra Joy.

"Caramba, onde é que você tá?!"

"Viajei, tô viajando."

"Você não foi pra Amazônia!! O Ivan me ligou cem vezes! Tá todo mundo louco atrás de você!!"

"Não diz pra ninguém que eu liguei. E a Marguerite?"

"Vai ficar nesse mistério? Não vai me contar?"

"Não."

"Ai, eu ia viajar no fim de semana com o Ricardo, mas Maria Quitéria estragou tudo."

"E o Nando?"

"Acabou que ela descobriu."

"Quem?"

"A mulher do Ricardo. Maria Quitéria, Kitty, Kitty pariu. Ela deve ter feito uma lavagem cerebral nele, porque ele nunca mais apareceu."

"Joy, escuta..."

"... devo estar entrando num desses Saturno com Urano."

"... e a Marguerite?"

"Vou passar o resto dos meus dias cuidando dessa gata vesga? Não aguento mais. Bem chatinha ela. Afia as unhas no sofá, enche tudo de pelo e tá no cio."

"Ela é castrada."

"Nunca trepou? Ah, então é por isso. E se eu ligasse pra aquela parasita da Kitty e dissesse que comigo ela não precisa ter medo de perder a posição, por que a única posição dele que me interessa é na cama?"

"Ai, socorro", gritei.

"Que foi? Alô? Alô?

"..."

"Que aconteceu? Você tá bem?"

"Acabei de inundar o banheiro, mas tô bem."

"Onde você tá?"

"Preciso desligar, cuida bem da Marguerite. Tchau."

Joy ainda falou alguma coisa que não ouvi.

A água transbordada da banheira avançava lentamente na minha direção.

***

Meu saldo do dia: dúzias e dúzias de flores e frutas esparramadas e eu espalhando no chão encharcado todas as toalhas do lugar quando o telefone tocou. Era ele.

"Ainda bem que você atendeu."

"Onde você tá?", perguntei respirando mal.

"No Rio."

"Onde?"

"No Rio de Janeiro."

Calma, calma, garota, são só quatrocentos quilômetros.

"O que você tá fazendo no Rio de Janeiro?" Um nó na garganta.

"Resolvendo umas coisas. Ouve só, vou ter que ir pro Japão."

Não vale chorar.

"Você disse o quê?!"

"Vou pra Tóquio amanhã."

Que raio de mulher é você que enfrenta tudo com lágrimas?

"Quero te ver antes de ir. Vem pra cá? Olha tem grana na gaveta, deixa ver, são dez pras sete. Corre que dá tempo, compra a passagem e pega o último voo, que eu vou te buscar."

Você não pergunta por que existem terremotos quando está no meio de um.

Você tem meia hora pra chegar no aeroporto. Repete automaticamente roupa, sacola, gaveta, dinheiro, passagem, bolsa, remédios, documentos, tentando fechar o zíper do vestido.

"Maldição!"

Seu coração é uma bomba-relógio. De repente, você se encontra descalça no corredor e já trancou a porta. Volta, sua idiota, que ninguém toma avião descalça.

No engarrafamento da 23 de Maio, você se ouve dizendo ao motorista: "Depressa, não posso perder o avião", como nos seriados americanos da TV, com a diferença de que aqui tá tudo parado.

***

EMBARQUE IMEDIATO – Portão 1. Minha ficha de espera para o último voo é número 23 e a ponte aérea está lotada. Faz frio, chove, estou gelada. Na pressa enfiei a bota sem meia e dói cada vez que raspa no meu calcanhar.

Um jovem executivo ao meu lado me sorri. Minha aparência deve estar desoladora.

"Tenho a ficha 22", ele diz, "se eu conseguir embarcar e você não, te cedo a vez."

"Obrigada", falei surpresa. Será que ele me achou tão desesperada?

"Com chuva até o tráfego aéreo congestiona."

O imponderável faz meu número ser o último a ser chamado. Subo a escada do avião mancando um pouco e tentando me equilibrar no vento com o guarda-chuva que eles oferecem. São quase onze da noite e a companhia pede desculpas pelo atraso.

Tenho certeza de que o tal executivo não quis ser irônico quando sentou ao meu lado, apertou o cinto e disse:

"Puxa, você é uma garota de sorte, hein?"

***

Na cena seguinte, uma mulher solitária percorre a avenida Atlântica.

Ele se encontra a caminho de um Japão cheio de conotações futuristas, enquanto eu esbarro em camelôs, prostitutas, mendigos e turistas que, no calçadão, borboleteiam como insetos no calor.

"Noites de Copacabana", dizia a matéria do jornal, "imprevisíveis. Mentirosas. Devassas. Libertinas." Uma cidade de alma feminina.

Durante quase vinte horas ficamos fechados no quarto 1315 do Meridien. A cama sempre foi o melhor lugar para os nossos encontros.

"O que aconteceu? Por que essa viagem pro Japão de repente?"

"O velho Abe foi mesmo assassinado com a injeção de ar."

"Mas o que você tem a ver com isso?"

"Eu, nada. Mas depois que mataram o filho, com quem estávamos negociando, as coisas engrossaram."

"E quem matou?"

"Não sei. Nada é tão simples. Vou até lá pra entender isso. Daqui a cinco dias já tô de volta."

"Pra que continuar se metendo? Não vai. Sai fora dessa, larga esse negócio. Por favor, por mim. Você me ama?"

De toda a conversa, na verdade essa era a única resposta que me interessava:

"Você me ama?"

Essa pergunta já foi feita por todas as mulheres do mundo, de Golda Meir a Margaret Thatcher, de Indira Gandhi a Benazir Bhutto.

Depois que ele foi embora, continuei fazendo várias perguntas enquanto andava pela praia, olhando a lua que às vezes aparecia atrás das nuvens.

Não, Copacabana não me daria nenhuma resposta. Ela estava definitivamente mais abandonada do que eu.

* * *

De volta pra São Paulo, liguei pra RW. Tocou três vezes. Nem acreditei quando ele mesmo atendeu.

"Pensei que você tivesse me esquecido", ouvi do outro lado da linha.

"Vivo telefonando, mas você nunca atende."

"A ligação está péssima."

"Posso te visitar?"

"Não estou ouvindo direito."

"Como você tá? Tudo bem?"

"No rápido declínio da senescência."

"Eu estou com saudade de você."

"Considerando a brevidade da vida, tudo é desimportante."

"Por que você nunca atende o telefone?"

"Viajei."

"Viajou? Pra onde?"

"Fiz uma palestra."

"Que maravilha! Onde?"

"No Hospital São Lucas."

Ele riu de um jeito estranho. Acho que era uma risada.

"Você disse hospital?" Em seguida, uns chiados. Pensei que ele tivesse desligado.

"Eu disse que, dependendo da densidade, um planeta pode cair vítima do seu próprio poder gravitacional. Foi isso que eu disse. Agora preciso desligar."

"Posso te ver essa semana?"

"É melhor se apressar porque não pretendo durar muito."

"Não brinca."

"Até."

"Se cuida. Tchau, um beijo."

* * *

Nessa noite, quando eu dormia com seu suéter enfiado no meio das pernas, ele ligou de Hong Kong.

"O que você tá fazendo aí?", perguntei.

"Teu passaporte tá em dia? Você pode embarcar amanhã?"

"Você tá brincando..."

"Então quinta-feira, no voo das onze e meia. Você vai achar a passagem em seu nome no balcão da Varig. São Paulo-Tóquio, via Los Angeles. Não esquece o visto e não vai se distrair e descer em LA."

"Mas e você? Como você foi parar em Hong Kong?"

"Não se preocupe, te encontro em Tóquio. Você vai ter um quarto reservado no Okura Hotel. Na portaria, você vai receber um recado e um depósito em ienes. Traz a chave do armário de Berlim, pode ser que a gente precise. Eu chego à noite e te explico tudo. Tchau, um beijo."

Ele desligou antes que eu dissesse pra ele tomar cuidado.

No estúdio, ainda havia no ar um leve resquício das flores podres e passei a noite em claro.

Mamãe, mamãe, a tua menina entra em boeings que não deveria.

O ARCO, O ALVO, A DISCIPLINA

O movimento dos corpos celestes é errático. Obedeço a imprevisíveis leis do universo e me encontro dentro de um quarto com tatame em plena Tóquio, desconectada e incomunicável.

Pedi "Ko cha, ko ryokucha, kudasay" curtindo meu dicionário de bolso e agora tomo um chá verde que talvez me recupere desse jet lag.

Num verdadeiro caos metabólico, misturei várias pílulas, dessas de aliviar as tensões da vida ativa. Coisas que o dr. Schilling me prescreve, aquele velho transtornado.

Estou me sentindo à deriva, desfocada, sem rumo, meta, objetivo.

Aqui estou eu quase no final do milênio, fechada num quarto de hotel na capital da modernidade. Pela janela, posso ver o automatismo motorizado de um parque de grama artificial e esquilos eletrônicos.

Ele nem me deu tempo pra pensar. De repente, célere como a leitura de um micro, eu estava no avião.

Durante o voo, diversas vezes, tentei dormir, ler, comer, olhar o filme. Um filme banal, desses cheios de sentimentos falsos e imagens ocas, que me fez revirar na poltrona e pedir pra aeromoça com seu sorriso de plástico todos os jornais e revistas que pudesse conseguir.

Queria escrever a sequência dos últimos acontecimentos pra tentar me orientar, compreender meus movimentos erráticos e comecei a rabiscar umas frases, quando uma pequena nota numa revista chamou minha atenção.

Era sobre Arnold e uma possível ruptura do Esterco. Olhei sua foto e me senti culpada. Sumi sem nenhuma explicação. Fui péssima. Arnold deve achar que me perdi no meio da Amazônia ou morri por lá. Sei lá o que ele deve estar achando. E se ele estiver sofrendo, precisando de mim?

Como eu ia poder explicar pra ele essa pessoa que eu sou? Essa parte de mim que se desintegra aos poucos sem sequer deixar pistas por onde passa?

Mesmo largando no caminho pedaços de mim, não deixo vestígios. Alguma coisa me devora e devora esses restos que ficam por aí. Não deixo rastros.

Consegui me lançar nessa queda livre vertiginosa atrás da vida de um cara que tira todas as minhas redes de segurança e me deixa cair. E ao mesmo tempo me salva de uma outra vida tão irreal quanto essa.

Talvez uma série de coisas não devam ser esclarecidas e seja melhor pedir outro chá verde, fechar os olhos e me entregar a esse turbilhão de pensamentos desconexos.

O CREPÚSCULO DA GUEIXA

O que disse mesmo o *I Ching*? O oráculo chinês, com sua sabedoria de quatro mil anos antes de Cristo, me pedia prudência. Mas prudência nunca foi meu forte.

"Todos os seres são claros, só eu sou turvo", dizia Lao Tsé.

Quando preenchi a ficha do hotel, percebi que aquela pessoa não era mais eu. Assinei meu nome, mas meus dados me pareceram distantes como os de outra pessoa.

Tinha deixado para trás todas as coisas que constroem um indivíduo. Não carregava mais comigo a minha história.

Era isso. Uma total perda de identidade.

Eu definitivamente não era mais a referência que eu tinha de mim.

O que é que nos identifica? Um nome, um número, uma aparência física, uma família, os amigos, um trabalho, uma cidade?

O que é exatamente que faz uma pessoa? O que é aquilo que a gente pensa que é?

Aquilo que a gente imagina ser?

E imagina o que os outros pensam que somos?

Tudo isso agora estava distante como olhar um ponto remoto num mapa.

Eu me sentia perdida e livre.

Peguei a chave e reparei na coincidência todas as vezes do número treze.

No quarto fui tomada pela extensão da coisa. Estou sozinha em Tóquio e ninguém sabe disso, exceto ele. Mas ele ainda não chegou. Há um depósito de ienes em meu nome, porém nenhum recado.

Talvez eu deva pelo menos especificar meu tipo sanguíneo. Anotei num papel Tipo B-Rh negativo e enfiei dentro do passaporte. Preciso levar uma vida normal na medida do possível.

Fechei a janela. Dormir, eu precisava dormir.

* * *

Tive um sono intranquilo, entrecortado de sobressaltos. Várias vezes o escutei bater na porta, senti a mão dele no meu ombro e levantei assustada pensando ter ouvido sua voz.

Fui até o corredor, não vi ninguém.

Não posso dormir. Se eu dormir, não vou escutar o telefone e ele vai ligar a qualquer minuto.

"Telefone, toque, por favor."

Deus, quando fez o tempo, certamente o fez em grande quantidade, cheio de horas e minutos. Mas os minutos japoneses me parecem muito mais extensos, são minutos gigantescos, esmagadores.

"Deus, faz esse telefone tocar agora, por favor."

Chega. Não vai tocar, eu sei que não vai tocar, como não tocou durante tanto tempo. Chega.

Vou me alimentar, pedir comida e um travesseiro melhor.

Tomei duas aspirinas, pinguei centenas de gotas em cada narina e desci.

* * *

O hall estava vazio. Passei pelo lobby com seus balões amarelos e resolvi explorar o hotel. Atrás de um dos salões, encontrei a porta de uma espécie de bar na penumbra, sem ninguém. Entrei e vi uma figura solitária. Podia ser o garçom da noite, sentado atrás do balcão.

"Excuse me, do you speak English?"

"Yeh, yeh, hai."

Ele respondeu alguma coisa que talvez fosse inglês, mas não entendi nada. Reparei que estava jogando algum game sozinho.

Fiz várias perguntas e ele repetiu suas respostas num sotaque incompreensível. A conversa não avançava. Abri meu *pocket interpreter* japonês comprado no aeroporto. Pedi saquê e começamos um papo intransponível num verdadeiro código secreto. Pelo menos, era uma companhia.

Falei nomes que conhecia pelo cinema. Ozu, Mizoguchi, Kurosawa.

Ele não parecia entender uma palavra. Eu me sentia propícia a confidências. Pedi outro saquê e resolvi falar em português mesmo.

"Uma vez, transei um japonês. Ele era muito interessante. Eu devia ter ficado com ele. Sou uma idiota, sumi e nem respondi as mensagens que ele deixou. Deixei escapar uma oportunidade única. Ele era tão delicado..."

Tive a brilhante ideia de ligar pra ele. Tentei achar minha caderneta de telefones.

"Como era mesmo o nome dele? Deixa ver... um nome assim como Mateus... eu anotei esse nome em algum lugar... Tadeu, tá aqui, é isso, Tadeu. Como eu pude esquecer um adorável japonês chamado Tadeu?"

O porteiro repetia alguma coisa apontando com o dedo um lugar no mapa da cidade, mas não prestei atenção.

"Please, tell me how to call this number: São Paulo, Brazil."

"Hai, yeh."

"Kono bangô ni denwa suru hoho o oshiete kudasai", li aos tropeços no pocket book. "This is the number. Chōkyori... denwa o kaketa nodesuga... I'd like to make a long distance call."

Pedi a ligação e mais um saquê.

Era bom poder falar sozinha no bar.

"O Tadeu era o cara certo pra mim e eu fui displicente com ele", fui explicando, "ele falava japonês perfeitamente, se estivesse aqui vocês se entenderiam."

Que horas são no Brasil? Será que ele vai se lembrar de mim?

O porteiro me passou a ligação.

"Alô, alô, alô."

"... favor deixar sua mensagem após o bip." Merda.

Deixei o mais doce dos recados sem dizer meu nome. Não teria adiantado.

Ofereci saquê ao meu amigo, que balançou a cabeça.

* * *

Eu precisava falar com alguém. Liguei para RW e ele não atendeu.

Devia ligar pra minha mãe, coitada. Fui estúpida com ela, num momento tão difícil. Mas um simples telefonema não vai atenuar a culpa que sinto há anos e com certeza ela exigiria explicações que eu não estou a fim de dar.

Tentei o número de Beni, mas ninguém atendeu. Beni, Beni, eu precisava tanto falar com você agora. Beni, você me entende, você é o único que sabe de mim.

Precisava falar com alguém, precisava muito. Fiz minha última chamada pra Joy.

"Porra!! Cadê você? Você morreu?!!"

"Tô em Tóquio."

"Por que você nunca diz a verdade?"

"Joy, nessa altura mentir dá muito trabalho. E a Marguerite?"

"Continua viva, por enquanto. Onde você se meteu?"

"Se eu soubesse..."

"Quer me contar o que está acontecendo com você?"

"Tô apaixonada."

"Você bebeu?"

"Apaixonada, apaixonada."

"Quem é o cara?"

"Ele tá me fazendo mal."

"Ah, nem me fale. Eu nunca mais vi o Ricardo! Tá lá com a mulher dele, aquela inútil."

"Não dá pra falar agora, Joy."

"Espera aí, não vai desligar de novo sem me contar onde você tá."

"Tchau, dá um beijo no Nando e cuida bem da Marguerite."
Desliguei. Fiz um brinde ao meu parceiro noturno.
"Ao caos dos nossos sentimentos. Banzai!"
"Banzai."
Os olhos cansados dele e o saquê me deixaram emotiva.
"*Ai*, essa palavra. *Ai* e *Hai*. *Amor* e *sim*. Em japonês, amor e sim soam iguais. Todo amor é um sim."

A pequena gueixa expõe seus insensatos pensamentos a um estrangeiro solitário e noctívago e espera. Depois pega o elevador, sobe e espera. Fecha seu desejo dentro do quarto e espera.

Uma longa espera.

O telefone não vai tocar nessa noite, talvez nunca mais toque.

CANÇÃO DE TÓQUIO

No dia seguinte, tomei um táxi e disse o nome de um bairro: Shinjuku, indicação do porteiro.

As ruas cheias, os bares, os rapazes de blusões de couro, o barulho ensurdecedor da sinfonia da cidade. Salas de pachinko com suas máquinas de jogos eletrônicos, máquinas de sanduíches, cigarros, refrigerantes, rádios, neons, mundo high tech.

O desperdício da eletricidade. O universo irreciclável.

A cidade com seus bêbados nas esquinas, casais comendo yakitori na rua, o formigueiro das galerias, vitrines tecnológicas, vitrines de comida. A hiper-realidade é uma espécie de hipnose.

Feito essas pílulas efervescentes que se dissolvem em contato com a água, fui me desfazendo aos poucos, fluida, diluída nessa multidão pelas calçadas.

Percorro as ruas de Tóquio com a sensação de ter desaparecido. Simplesmente sumi, não existo mais.

Como se eu tivesse entrado num salão de ópio, onde o tempo parou circunstancialmente no limbo e na fumaça.

Um cartaz vermelho descorado chamou minha atenção. Era um local pequeno chamado Sendai e no balcão de sushi havia um grande aquário, com um peixe negro de longas barbatanas, que me lembrou o de Madame Agda.

Comer me fez bem, além de me manter ocupada por um tempo. Era um lugar atulhado e a caixa registradora tilintava. A fumaça que saía do chá e dos cigarros enevoava o rosto das pessoas e lhes dava um aspecto sinistro.

Um homem sozinho ao meu lado fazia origamis com os guardanapos de papel.

Qualquer coisa pode ser importante se for associada a outra, vista sob nova perspectiva. Cada gesto, cada palavra pode esconder sob seu sentido um sinal, uma pequena revelação, a parte mínima de um segredo.

"Fortune cookies?", perguntou a japonesa quando pedi a conta.

Demorei a entender que eram os tais biscoitos com a sorte escrita.

"Yes, please. Hai kudasai."

Dentro do biscoito, um pequeno papel com alguns ideogramas. Devia estar tudo ali, bastava desvendar.

Voltei para o hotel com três patinhos de origami no bolso, uma conta de jantar de duzentos dólares e um papel de biscoito com minha sorte indecifrável em japonês.

Agridoce Nippon.

Um país onde as facas têm alma, as cerejeiras florescem e os biscoitos da sorte não mentem jamais.

***

"Any message, please? Watashi ate no dengon ga todoite imasu ka? Algum recado para mim?"

Diga que sim, por favor. Diga que ele ligou trezentas vezes e disse "Baby, estou louco por você, viciado em você, desesperado". Deixou esse recado maluco dizendo que não pode viver sem mim.

"No message."

Não. Ninguém a procurou, ninguém. Nenhuma mensagem, nenhuma necessidade.

"Good night."

"Oyasuminasai. Sayonara."

Deixei Tóquio de manhã e soube pelos jornais que no dia seguinte tinha havido um terremoto. A terra tremeu 5,6 na escala Richter.

Nenhuma natureza é pacífica, nem a humana.

***

Cheguei e fui direto para o estúdio, que continuava uma zona. Nem sei quanto tempo dormi.

Quando o telefone tocou, foi como se eu tivesse recebido uma pedrada de gelo na cabeça e acordei pensando que ainda estava em Tóquio. No escuro, não conseguia achar a luz.

"Alô."

"Que sorte te encontrar."

Você quer matar esse cara.

"Você deve estar uma fera comigo."

Você não responde.

"Ouve só, tô supercansado, liguei ontem pra Tóquio, mas você já tinha deixado o hotel. Não tive como te avisar antes, me desculpa. Por favor, me desculpa."

Você continua em silêncio.

"Não deu pra ir. Não deu, depois te explico. Não fica assim, por favor, tô louco pra te ver."

Você o odeia. Finalmente, você o odeia de verdade.

"Embarco essa noite de volta. Chego amanhã às sete e meia da manhã em Guarulhos, via Varig. Não tem nada que eu possa fazer pra você me perdoar?"

"Não."

"Eu te amo."

No meu embate com a paixão, ela acaba vencendo todos os rounds.

* * *

O relógio do aeroporto marcava quinze para as seis quando você entrou no banheiro. Você chegou cedo para evitar um possível desencontro.

A primeira pílula de ansilive você tomou depois do telefonema, a segunda no táxi e a terceira agora, molhando o pescoço na pia e assustada com as olheiras de uma noite em claro.

Uma freira, que está lavando as mãos, pergunta se você se sente bem.

"Tenho excesso de sal nas veias", você diz sem o menor nexo.

Vai várias vezes até o portão de desembarque. Olha sem parar a tabela de horários. No balcão, informam novamente: nenhum atraso previsto.

"Não, ainda não. Nos últimos dois minutos não pousou nenhum avião", responde pela centésima vez o rapaz do guichê.

"Obrigada", você repete respirando com dificuldade.

Então finalmente vai se recostar no banco, zonza, e repara que sua saia está do avesso.

Alguém cutucava meu ombro quando abri os olhos. Era a faxineira.

"Essa bolsa é da senhora? É um perigo largar aí desse jeito."

"Que horas são?"

"Vinte pra meio-dia."

Entrei em pânico. Eu tinha adormecido, simplesmente estava dormindo há horas num banco de aeroporto. Corri. Procurei por ele, e dessa vez no balcão nem souberam me informar se seu nome constava da lista de passageiros. Tarde demais.

* * *

No táxi, os aviões passando em cima da minha cabeça, decidi não voltar mais para o estúdio. Lá não era meu lugar.

Dei o endereço de casa, mas, quando o táxi parou em frente ao meu prédio, olhei as janelas fechadas, sem coragem de subir.

Voltar significava retomar a vida, a Interstar, os amigos e eu não sabia por onde começar.

De repente, senti uma urgência de ver RW. Ele tem razão, aquele velho alcoólatra. Escolhi um pai ainda pior do que o que eu tive. Escolhi um amante incapaz de me dar o que preciso. Faço escolhas duvidosas e procuro coisas nos lugares errados, nas pessoas erradas.

Assim como ele, preciso de uma nova identidade, já que nada me prende a coisa nenhuma. Não posso nem dizer que perdi, porque eu nunca tive. Nenhum laço profundo, nenhum fio terra que me desse alguma base.

Estou sozinha, profundamente sozinha.

Talvez despejar essa história em cima de RW, como eu fazia na escola, possa me aliviar. E ele vai me ouvir, mesmo com seu fastio, seus devaneios, sua visão cáustica da vida e aquelas malditas teorias sem sentido.

Pedi ao motorista para fazer um retorno e fui procurar RW.

RW tem que me ouvir e eu preciso me livrar.

RELATÓRIO RW

"Como é que você tá?"

"Velho. Impiedosamente velho", ele disse virando as costas. Entrei e fechei a porta. O lugar cheirava a decomposição. A poeira em cima dos papéis amontoados parecia centenária, e ele, o único sobrevivente de uma demolição. Notei uma pequena cicatriz ainda avermelhada no canto esquerdo da boca.

"Que foi isso?" RW não respondeu, continuou se mexendo como se procurasse alguma coisa.

"Puxa, quanto tempo que a gente não se vê", falei sentindo um prazer sincero de estar perto dele. Mas, quando tentei lhe dar um abraço, RW se desvencilhou e foi até a janela.

"Velhos estão sempre carregando pacotes, embrulhos", ele disse.

"O quê?"

"Os velhos na rua. A velhice carrega coisas, casaco, guarda-chuva. Os velhos se agarram a coisas materiais com medo de serem tragados. Seguram as coisas achando que as coisas os seguram na vida."

"Você disse que foi internado? Você foi pro hospital?"

RW entrou na cozinha e mexeu numas garrafas embaixo da pia.

Fui atrás dele.

"Você disse no telefone que tinha ido pro hospital? O que aconteceu?"

"Você esqueceu de mandar conhaque."

"Mandei vinho tinto. Vinho é melhor pra saúde."

"Prefiro conhaque."

RW estava curvado sobre o microscópio.

"Estou fazendo um experimento revolucionário que vai se chamar microcaos hiperenergético", disse. Nem perguntei do que se tratava porque ele mentia. Não para mim, que ele pouco se importava comigo, mas precisava da mentira como um escudo contra o tempo, contra o peso do tempo.

A dispersão se estampava nos seus olhos, junto à catarata que azulava o contorno de suas pupilas. Uma pessoa para viver precisa acreditar em alguma coisa.

"Deve ser interessante", falei.

RW tomou um copo de vinho e começou a caminhar. Ele discursava para uma plateia invisível.

"O equilíbrio dos opostos é matemático na natureza. O antiuniverso de antimatéria corresponde ao nosso universo de matéria na mesma quantidade."

Olhou para o teto e levantou a voz. Mas no seu delírio se via um homem cansado.

"Não existe o tempo. Existem apenas antipartículas impossíveis de detectar. Menores que o antielétron, o pósitron, partículas que são o germe da nossa lenta destruição. Partículas da morte dentro da matéria da vida."

Apanhou um de seus blocos encardidos em cima da mesa e rabiscou algumas coisas.

"Aqueles idiotas vão dizer que não é possível, porque a antimatéria em contato com a matéria se desintegraria em milionésimos de segundo. São ciosos da própria ignorância e invalidam tudo o que não podem provar. Bah, um bando de incompetentes, conformados com a própria mediocridade!"

RW ergueu um braço como se apontasse alguma coisa no cosmo, além do teto.

"Mais importante que a experiência é ver a beleza nas equações."

Descobri em cima da mesa uma trilha de formigas. Carregavam grãos de arroz de um prato esquecido entre pesados compêndios.

"Ninguém mais limpa isso? Você não tinha alguém..."

"Mandei embora. Não há nada mais inútil do que lutar diariamente contra a sujeira, a poeira, a desordem. Se o caos é a ordem natural do universo, deixa a natureza ser caótica. Diariamente o caos invade nossas vidas e, no entanto, todos os dias, lutamos contra a erosão. Para que limpar alguma coisa que irá inevitavelmente sujar de novo amanhã?"

Fui procurar um pano na cozinha pra dar uma limpada nos livros. Descobri uma pilha com mais de uma dezena de livros iguais.

"Quem é essa Clarice Flaubert? Por que você tem tantos livros dela?"

"Clarice Flaubert *c'est moi*."

"*A paixão do diabo*, de Clarice Flaubert? Fala sério, quem é essa mulher?"

"Eu."

Olhei RW, ele engoliu o vinho do copo.

"Tradução de Gustavo Tácito Vidal?"

"Também sou eu."

"Você está me dizendo que usa esses pseudônimos e escreve um livro chamado *A paixão do diabo*?", perguntei incrédula.

"Eu estava precisando de dinheiro."

"Não acredito!"

"Foi fácil, fui alinhavando uns crimes que o Antunes me contou e inventando outros. Numa sequência claustrofóbica, um homem é morto fechado numa sauna a duzentos graus."

Ele deu aquela mesma espécie de risada.

"Tem de tudo, menos lógica. Suspense e lógica não são coisas que combinam."

"Você é inacreditável..."

"Eu podia me especializar nisso, escritor de livrecos vagabundos. Escritores, assim como assassinos, precisam estar atentos aos detalhes."

RW encheu o copo e sentou balançando freneticamente as pernas.

"Um velho impotente e rancoroso escrevendo histórias idiotas para leitores idiotas", resmungou.

Parecia se divertir com isso.

"Não é difícil inventar assassinatos. Tem sempre gente matando gente, três tiros, onze facadas. Preciso perguntar ao Antunes as novidades."

Antunes tinha me contado que, desde a morte de Angélica, RW pedia cópia dos casos arquivados ou não solucionados pela polícia. Essa leitura tinha se tornado uma mania.

"Sabe da última que o Antunes me contou? Mulheres passam pela alfândega carregando no colo bebês mortos e recheados de cocaína. O que você acha disso, hein? Matam um bebê, enchem o seu abdômen de cocaína e ficam ninando o cadáver dentro do avião."

RW tomou o resto do copo e fez uma careta de desprezo.

"Não, nenhuma subliteratura suja seria capaz de engendrar essa cena. O horror. O horror. Você pensa que sabe tudo, mas não. O horror da vida é insuperável."

Depois ficamos um tempo em silêncio, os dois. Ele aproveitou para se servir de mais vinho.

"É preciso odiar para ser justo. Grandes personagens são sempre transtornados pelo ódio."

No rosto cavo de RW era perfeitamente possível ver a conformação de seu esqueleto debaixo da pele. Contraiu os músculos com seu velho ríctus, numa expressão de dor.

"Você acha que eu a matei?", perguntou de súbito. Parei de respirar.

Ele passou por mim e foi andando devagar.

"Tanto faz. Agora tanto faz. Vou ao banheiro."

Quando voltou, se deixou cair ao meu lado, parecia exausto. Engoliu depressa o vinho e tossiu.

"Tive muitas mulheres. As mais interessantes são as que escondem a própria volúpia, são as perigosas. As mulheres que rebolam muito são sempre insípidas na cama."

Ele estava bêbado.

"Eu não sei o que você vem fazer aqui. Assistir à minha gradativa deterioração. Vem ver o solipsismo patético de um velho que precisa se orgulhar da sua masculinidade. Os homens têm um complexo, medo de decepcionar uma mulher na cama."

Ele encostou na parede.

"Chego na velhice massacrado. Minha vida foi uma tortura por amor a uma mulher."

* * *

Senti sua dor ancestral. Meu Deus, eu faria por RW o que não pude fazer por meu pai. Desejei naquele minuto ter feito uma só coisa na vida que ele admirasse. Uma só, me bastava uma. Uma centelha de admiração naquele olhar.

Mas a única coisa visível nos olhos de RW era a miséria do mundo. Peguei sua mão e segurei a pele ressequida de seu braço. Me senti emocionada de tocar nele com uma intimidade que nunca houve entre nós.

Ele me olhou.

"Como posso ser seu ídolo?", murmurou, desabando sua máscara. "Se você me olha e vê a imagem do fracasso. Um velho consciente de sua inutilidade. Para com isso. Para de me olhar com adoração."

Desviei o rosto constrangida e caminhei em direção ao banheiro. Não queria chorar na frente dele. Ainda o ouvi reclamar.

"É insuportável ter que estar à altura da idolatria de alguém. Não sei como Cristo aguentou."

O banheiro cheirava mal. Dei descarga várias vezes. RW gritou atrás da porta:

"Tenho preguiça de tomar banho. Sou um desastre fisiológico e sinto pontadas lancinantes no intestino."

Abri a porta e o encarei.

"Você está tentando me chocar? Será que você é tão ingênuo que acredita que eu vou ficar chocada com tudo isso?"

Ele fez uma pausa e me olhou nos olhos. Sua voz saiu triste, lenta.

"Você quer saber se eu a matei, não quer? E se eu fosse o assassino? Você não tem medo de ficar fechada aqui com um assassino?"

"Não."

Já não falava comigo, tinha o olhar perdido dos maníacos, dos loucos, o olhar da minha avó Raquel.

"Quando a Angélica morreu, o Antunes me relatou a autópsia e cada palavra dele foi uma martelada seca. Não foi estrangulamento, foi esganadura. O assassino usou as próprias mãos. Ela não foi estuprada, o ato foi consensual."

Seus olhos estampavam a dor maior que eu já tinha visto.

"O culpado serei sempre eu", disse e se jogou na poltrona. Naquele instante me pareceu um homem franzino, um homem pequeno e franzino.

"Eu seria incapaz de fazer mal para aquela mulher, mas mesmo assim fiz, não fui o homem que ela queria e ela procurou outros homens enquanto eu procurava desvendar o mistério do cosmo. Eu não olhava pra ela, eu olhava pro espaço, eu a afastei de mim. Eu sou um idiota."

Seu olhar percorreu as rachaduras da parede e se deteve na janela sem paisagem. Não sei precisar quanto tempo durou aquele silêncio. Afinal, ele disse:

"Minha vida foi bruscamente interrompida e não tive um só sentimento que não fosse mesquinho. O tempo todo corroído pelo rancor. Todos esses anos, sobrevivi de rancor. Ela morreu, eu não morri."

Fez uma pausa longa. Até o ar parecia dolorido.

"Não estou morto, mas estou aniquilado. Já não luto mais. Perdoei Angélica, perdoei seu assassino. No fundo, precisamos perdoar e ser perdoados, é isso que queremos. Mas perdoar é um lugar vazio, árido, um lugar onde mais nada nos sustenta."

Um homem tão profundamente torturado e eu não sabia o que fazer para atenuar isso.

Sua dor me atingia e eu não sabia como me defender.

Pousou os olhos em mim e agora seu ríctus parecia novamente um sorriso.

"Agora quero que você vá embora. Me deixa só, por favor."

Levei o copo até a cozinha e apanhei minha bolsa.

"Vem cá", disse.

Devagar me aproximei dele e abaixei. Percebi seu rosto úmido e a tensão dos seus dentes espremidos entre os maxilares.

Sua voz saiu rouca, sincera.

"Sou a pior escolha para essa sua devoção. Nunca fui o pai que você esperava."

* * *

Abri as janelas do meu apartamento, mas ainda não me senti pronta pra vida.

Gostaria de jogar tantas coisas fora, de trocar de pele como uma serpente, de recomeçar. Mas eu ainda era a mesma serpente que engolia o próprio rabo, o ouroboros num círculo fechado onde eu continuo repetindo os mesmos erros.

Minha eterna odisseia em busca de coisa nenhuma, ou alguma coisa impossível como a procura inalcançável do amor de um pai.

O padrão repetitivo de querer mudar o que não muda, um fato consumado, um abandono.

Quantos abandonos ainda serão necessários para me convencer de que eu posso mudar essa rota? O que preciso para conseguir mexer nas constelações que me condenaram a esse eterno retorno, a eterna espera dentro de circunstâncias onde não existe nenhuma esperança?

* * *

No dia seguinte, me enfiei no supermercado, para comprar coisas básicas pra casa e comida pra Marguerite, que eu estava louca pra buscar o quanto antes. Assim que eu conseguisse me recompor pra encarar Joy e Nando.

Andava pelos corredores empurrando o carrinho, pegando coisas das prateleiras e colocando dentro sem pensar.

As lágrimas debaixo dos óculos escuros atrapalhavam minha visão, mas não queria que me vissem chorando, mesmo se chorar não me trouxesse nenhum alívio.

Lembrei de comprar coisas para RW e enchi o carrinho mesmo sem vontade de voltar lá.

Faço compras maquinalmente enquanto sou bombardeada de lembranças.

Ainda existe dentro de mim um cara que me deixou sozinha num hotel estrangeiro e eu continuo carregando comigo. Um amor alimentado por um sentimento de exclusão.

Voltei do outro lado do mundo e não consigo me livrar da imagem dele.

Carrego uma coisa que não existe como a luz das estrelas. Elas brilham e não estão mais lá, não são o que vemos. Coisas mortas, desaparecidas e que resistem.

* * *

Antes de buscar Marguerite na casa da Joy, achei melhor levar as compras para RW. Resolvo ir sem avisar, porque, se ele não abrir, deixo tudo no corredor como sempre.

A índia abriu a porta com a cara pintada de vermelho e preto.

"Ele morreu. Tem o moço aqui."

"O quê?"

Aquilo demorou a fazer sentido.

"... RW morreu?!"

A índia fez que sim e foi se encostar no canto. Talvez aquela tinta na cara fosse seu luto.

Um choque. Parei atônita na porta.

"Você conhecia ele?", me perguntou um sujeito de óculos. "Sou jornalista. Me pediram uma matéria sobre ele. Parece que tinha feito umas pesquisas interessantes sobre a teoria quântica da relatividade. Você sabe alguma coisa?"

"Não."

"Sabe alguma coisa sobre ele?"

"Era um grande cara", eu disse quase sem voz.

Na mesa de RW, no meio da desordem, localizei seus manuscritos, as folhas soltas de seus blocos imundos, sua letra, suas equações.

Peguei tudo antes que fosse pro lixo. Não ia fazer falta a ninguém.

"Vou levar isso", falei pra índia, que continuava quieta agachada, olhando o chão.

Deixei todas as compras para ela, que me olhou agradecida.

"Você sabe de alguém que possa me dar umas informações sobre ele?", perguntou o repórter.

"Não."

Virei as costas e saí.

"Você já vai embora? Espera, vou descer com você."

Ele olhou em volta, cumprimentou a índia e saiu atrás de mim.

* * *

Entrei no carro dele maquinalmente, como poderia ter sentado num banco de jardim. Antes de ligar o motor, ele esfregou as mãos e fez um comentário sobre o vento.

Inesperadamente, perguntou se podia limpar as lentes de seus óculos na barra do meu casaco de lã.

Aquele mínimo gesto me trouxe uma espécie de calma.

Fiz dentro de mim uma oração silenciosa para que o Universo recebesse com generosidade as almas perdidas, todas as que não encontraram seu lugar no mundo, as que se sentiram deslocadas, inadequadas, sem direção.

"Você está indo pra onde?", ele perguntou.

ESCADAS DE INCÊNDIO

Eu não queria entrar de novo naquele estúdio, mas precisava pegar minhas coisas pra deixar aquele lugar de uma vez.

Estava anoitecendo e abri a porta para o espaço escuro.

"Pensei que você tinha me abandonado", ouvi seu fio de voz. A noite entrava pela janela e ele não tinha acendido nenhuma luz.

Senti uma exaustão tamanha, como se tivesse feito um esforço descomunal. Como se todo o peso do mundo estivesse em cima do meu corpo, e toda a força tivesse fugido de mim. Eu me movimentava com aquele resto de energia dos que precisam se salvar, chegar até a areia, depois de um afogamento.

"Eu cheguei e te procurei. Você não estava aqui, nem na sua casa. Pensei que tinha ido embora", ele disse.

"Eu estou indo embora."

"Por favor, deixa eu te explicar..."

"Não precisa, só vim pegar minhas coisas."

"Você é ainda capaz de me perdoar?"

"Não."

Recolhi depressa o que encontrei, queria sair antes que ele pudesse me derrubar com seus argumentos.

"Espera, por favor, deixa eu te contar o que houve."

Chamei o elevador.

É um momento delicado. Há explosivos debaixo da lona e basta um fósforo, uma palavra errada.

Ele segura a porta do elevador.

"Eu te peço desculpa, me perdoa e por favor me escuta. Vou deixar você ir. Sei como você tá se sentindo. Só te peço cinco minutos ainda. Me dá cinco minutos."

"Não quero ouvir mais nada." Me senti exaurida.

"OK, não vou dizer mais nada. Mas, por favor, não vai embora assim."

* * *

Ter consciência dos seus erros ainda não é suficiente para te livrar deles.

Você sabe que o vício te faz mal, mas não consegue vencer.

Você compreende a sua fraqueza, mas não consegue escapar.

Tem alguma coisa nele que me enfraquece.

Alguns homens possuem certa característica que comove as mulheres. Não se trata necessariamente de uma qualidade. Mas está relacionado ao sentimento de impossibilidade de uma relação.

Sinto vontade de me aninhar no seu colo, como se ele fosse capaz de me proteger, mesmo depois de todo o mal que me causou.

Eu ainda quero que me abrace, como se pudesse cuidar de mim. Me arrancar desse abandono, acolher o coração destroçado que eu carrego.

Eu não tenho a quem recorrer e não consigo resistir.

* * *

A dor que eu trago mistura todas as dores e todas as perdas. Meu pai, RW, e mesmo ele aqui, que chega perto de mim e me abraça, mas que dentro de mim já está perdido.

Não existe mais volta, mesmo se ele me beija tocando delicadamente meus lábios, como da primeira vez.

Deixo que esse gesto me comova com toda a gravidade de que ele é capaz.

Sei que vamos fazer amor pela última vez e que será suave, como se esse momento pudesse apagar todos os outros.

Como se ele quisesse deixar uma última impressão, uma nova memória.

* * *

Depois, ficamos abraçados na mesma posição olhando a noite pela janela aberta, até eu sentir a perna dormente e muito frio.

Ele me cobriu e mais uma vez sussurrou coisas doces. As mesmas palavras doces e delicadas que já não me serviam de consolo.

De fora, vinha o barulho das latas e do motor do caminhão de lixo.

* * *

Os homens sem exceção adormecem primeiro. Ele dorme tenso, não se abandona. Às vezes, estremece, se contrai. Acorda de repente com um frêmito, como se fosse cair, e segura em mim.

"O que foi?"

Ele afunda a cabeça em mim e descansa. Os dois deitados no escuro, um jogo de luz e sombra enganador.

"Você é a única coisa decente que me aconteceu na vida e eu só te faço mal. Eu sou o cara errado, baby", ele sussurrou.

"Eu sei. E por que, por que você faz isso?"

"Porque tá tudo errado, tudo irreversivelmente errado."

Ele falava tão baixo que tive a impressão de poder escutar o barulho contínuo do tempo, o som de cada minuto, uma torneira pingando, uma porta rangendo em algum lugar, o choro de alguém ao longe.

Nesse instante tocaram a campainha.

"Quieta", ele disse. Ficamos imóveis em silêncio.

Tocaram mais uma vez. Mexeram na maçaneta.

Ele foi olhar pelo olho mágico. Passaram um envelope por baixo da porta e ele o apanhou sem uma palavra.

Continuei parada no mesmo lugar.

* * *

O susto me devolveu a razão. Levantei abruptamente da cama sentindo a mesma raiva conhecida.

"O que é isso? Que porra de mentiras você me falou todo esse tempo?!"

"São documentos."

"Documentos, containers, bandidos, dinheiro, Tóquio. Eu não aguento mais! Quem é você?"

"Um cara morto." Ele tirou do envelope um recorte de jornal. Era a seção de óbitos, um anúncio funerário com o nome dele, data do nascimento e da morte.

"Que brincadeira é essa?"

"É uma senha pra dizer pra eles que eu caí fora. Sumi, desapareci. O cara que você conheceu morreu num acidente de carro e foi enterrado ontem. Aqui estão meus novos documentos."

Ele tirou do envelope um passaporte e me mostrou.

"Esse é o cara que eu passo a ser."

"Como assim? O que você quer dizer com isso?"

"Que eu tô mudando de identidade. Sou outra pessoa. Aquele que você conhecia morreu."

"Eu não tô entendendo nada. Do que você tá falando?"

"É um rompimento radical com tudo, e isso inclui você."

Se uma frase pudesse sangrar, seria aquela.

"Não posso te condenar a desaparecer comigo."

"Como assim? Que aconteceu?"

"Quando fui pra Tóquio e te deixei em Berlim, as coisas começaram a complicar. O Shintaro assumiu a operação. Só que resolveu mudar as regras. Ele, Geoffrey e eu teríamos autonomia de manejar uma boa parte da grana independente da Trust e dos políticos. Uma jogada por fora. Naquela altura, ninguém sabia da história da injeção de ar."

"E vocês confiaram nesse cara?"

"Nós nos calçamos. Aqueles livros de contabilidade dariam para arrasar o império. Eu os despachei pessoalmente em Santos. Depois, naquela manhã, recebi o telefonema da morte do Shintaro. Daí a coisa estourou, foi impossível segurar o escândalo. Os jornais, o governo. Em Tóquio, virou o assunto do momento. Ele tinha sido assassinado e a fraude toda veio à tona."

"Aí você foi pra Tóquio."

"O Geoffrey e eu tivemos que tirar nossa jogada paralela do mapa."

"E a Trust nisso tudo?"

"Ninguém fala da Trust, os interesses são muito grandes. A maioria continua com seu dinheiro aplicado por intermédio da Trust."

"E onde tá a tal grana do golpe do Nakushi?"

"Não sei. Por isso fui até Hong Kong e tive que te deixar sozinha no hotel em Tóquio. Foi um erro te levar. Eu queria você perto de mim, mas não podia te colocar em risco. Achei melhor não entrar em contato com você porque as coisas ficaram perigosas. A viúva do Abe, a tal miss, alguém a assustou bastante, provavelmente o Shintaro, e ela sumiu com uma cicatriz no rosto. Foi pra Hong Kong. Nós fomos atrás e descobrimos que ela tinha ligações com gente que joga pesado demais."

"Isso tem a ver com a morte do Shintaro?"

"Na trilha do dinheiro tem sempre algum assassinato. E nessa altura Geoffrey e eu nos tornamos alvos fáceis."

"Mas por que, se você não tá com o dinheiro?"

"Tô com os livros, o que é pior. O dinheiro sumiu. Quem quer que esteja com o dinheiro prefere que esses livros nunca tenham existido, entende? Preciso desaparecer, e a coisa vai ser absorvida, como água no tapete."

Ele guardou o passaporte e abriu a bolsa. Tirou vários papéis e começou a rasgar.

"Tenho que me livrar dessa papelada. Documentos, telefones."

No meio, estava o recorte de revista com a foto da Martine.

"É ela. Tá na cara que não vale nada", ele disse.

"A Martine?!"

"Martine?! Essa é a miss, a viúva do Abe."

"Que idiota, pensei que fosse a Martine."

Ele tirou uma foto pequena da carteira e me estendeu.

"Essa é a Martine."

Olhei minuciosamente a foto. Era uma mulher que tinha envelhecido sem esconder as rugas. Tinha o rosto lavado, cabelos grisalhos e um corpo maternal. Senti simpatia imediata por ela.

"Eu jamais a imaginaria assim. Que idade ela tem?"

"Uns 56, 57, acho."

"É uma bela mulher."

"Ela foi muito importante num determinado momento. Teve um caso com meu pai. O filho, na verdade, não é meu, é dele. Meu meio-irmão. Morávamos juntos. Meu pai a abandonou e foi pra Califórnia. Ela ficou sozinha com o filho e voltou pra Paris. Eu fui com ela. Fui porque eu andava triste, e ela também. Acho que tivemos pena um do outro. Dois anos depois casamos."

Eu não sabia o que dizer e não disse nada.

* * *

Fechei os olhos. Fechar os olhos foi a única forma de me excluir, de dizer que eu já tinha partido, ido embora, não estava mais ali.

Cada um inventa sua própria irrealidade, mas aquela não servia pra mim.

Eu poderia tirar um 38 da bolsa e apontar pra cabeça dele. Um cano curto niquelado a vinte centímetros de sua testa. Disparar.

Quando se conhece um homem? A primeira vez que ele te olha na porta de um cinema? No primeiro beijo? Quando ele te penetra pela primeira vez? Ou quando a dor dele te atinge. Quando de repente a história de um cara atinge você frontalmente e se transforma na sua própria história.

Meu ângulo não é a morte, é o conhecimento.

Para quebrar a estrutura de controle, você precisa atirar e atingir o sistema motor. Você rompe todos os ligamentos nervosos, provoca uma queda de pressão e paralisa. Você não atira pra matar. Você atira pra parar. *Stopping power.*

"Em agosto do ano passado, você foi vista descendo de um táxi de óculos escuros e falando com a vítima na porta de um cinema."

"Não."

"Não adianta negar, mocinha, há impressões digitais suas no Colt 45."

Beni faria o papel de detetive. Antunes seria o comissário. Haveria, como nos filmes, uma rivalidade cúmplice entre os dois.

Chegam tarde demais pra me impedir e me encontram parada ao lado do corpo ensanguentado.

"Está tudo bem agora, garota. Dê-me isto." A Luger ainda quente na minha mão direita.

"Um caso passional. Ela usou balas dum dum, as que estilhaçam."

"Oh, não, por favor, eu só queria atirar o disco da Billie Holliday na cabeça dele."

"Balas dum dum? Ela não pode ser tão má assim."

"Cuidado, há muitas pequenas desamparadas na história do cinema e elas nunca terminam bem."

"Mas nenhuma como essa. Sei quando uma garota está dizendo a verdade."

"Há muitas delas escondendo a verdade nos submundos da cidade, o que essa tem que as outras não têm?"

"Uma Beretta fumegante na mão. Boneca, acho que você está em apuros."

"Fui eu", respondo esgotada. "Ele me raptou, seduziu e eu me defendi estourando seus miolos com essa Magnum."

"Bom, princesa, você está numa enrascada."

"Me dê meia hora, Beni", suplico. "Em nome dos velhos tempos."

"Não se atira num homem desarmado, princesa. Não se atira num homem só porque ele nos rouba a ilusão."

Eu continuava de olhos fechados com todos esses clichês de cinema na minha cabeça.

"Você tem alguma coisa a declarar contra ele?"

"Não."

Vou silenciar sobre o delito desse cara. Não se delata alguém só porque nos fez perder o nosso próprio vínculo e sentir uma dor inteira, completa.

Abro os olhos. Ele continua na minha frente.

"Reconhece esse homem?"

"Não."

Quero esquecer esse rosto.

Olho para ele demoradamente pela última vez. Olho cada traço, o desenho, a tessitura da pele.

Agora tudo desmorona. Tudo se transforma no cenário desmontado de um filme que termina.

* * *

Uma vez, no cinema, perguntei ao meu pai, apontando os personagens na tela:

"Pra onde eles vão quando o filme acaba?"

"Para lugar nenhum", ele respondeu.

Eu imaginava que eles ficavam lá dentro, repetindo aquela coisa toda a cada sessão.

"Eles só fazem isso uma vez", disse meu pai e me pegou no colo.

Se eles só fazem aquilo uma vez, pensei que todo o resto devia ser uma espécie de memória.

Existe um momento em que a vida para, como uma sessão de cinema, e o filme se imprime na memória.

A história se esvai quando se acende a luz.

A nossa acaba de se dissolver em contato com a realidade, como uma relíquia, um vaso etrusco, um afresco milenar que se pulveriza na parede de uma gruta. Uma tomada de ar, e evaporamos. Não existimos mais.

O filme acabou e nós, como aqueles personagens, não vamos para lugar nenhum.

* * *

Estava amanhecendo quando abri a porta do estúdio e saí. O adeus foi breve e silencioso. Respirar, eu precisava respirar.

Na rua, o mundo continuava no mesmo lugar. Com seu cheiro de pão fresco e gente varrendo a calçada numa luminosa manhã de inverno.

Olhei o céu e finalmente consegui respirar.

Senti o ar entrando no meu peito enquanto lágrimas escorriam no meu rosto.

Andei a pé durante um bom tempo. Fazia frio e parei num orelhão.

"Alô, Beni?"

"Meu Deus, você tá viva!!! Eu tô atrás de você há um tempão, ninguém sabe onde você anda! Tá todo mundo preocupado. Que loucura, você sumiu!! O que aconteceu?!"

"... Ah, que bom que você existe, Beni..."

"Cadê você, princesa? Onde você tá? Me diz que eu vou te buscar!"

Comecei a chorar.

"Princesa, calma, só me diz onde é que você tá?"

Não respondi.

"Pelo amor de Deus, onde você tá? Me diz onde é", ele repetiu. "Me diz onde você tá que eu vou te buscar!"

"Beni, ter você é a coisa mais importante, você não imagina o quanto eu preciso de..."

Click. Caiu minha única ficha. E entrou o sinal de discar.

Sem saber o que fazer, saí andando pela rua.

Lembrei da chave do armário de Berlim e a encontrei no fundo da bolsa. Joguei no primeiro bueiro e continuei.

Me livrar, eu quero me livrar.

E me curar, finalmente quero me curar. Me salvar.

* * *

Fiz péssimas escolhas e nenhum cálculo astronômico mede a irregularidade do caos. Somos o que somos graças à maravilha da imperfeição.

Oh, Deus, a maravilha da imperfeição.

Naquele céu luminoso, aos poucos baixou uma névoa cobrindo todas as coisas. A névoa do esquecimento. E eu desapareci nela.

Respirei fundo e pela primeira vez eu conseguia sentir o ar entrando pelas duas narinas. Respirei como eu nunca tinha respirado antes.

De repente fui invadida por uma paz que há muito tempo eu não sentia.

Tive vontade de rezar.

Olhei para as árvores da rua, com troncos e copas gigantes, e compreendi a beleza do tempo. A extraordinária beleza da ação do tempo.

E senti alguma coisa sorrir dentro de mim, enquanto eu observava as folhas de julho caírem com sua circular leveza.

Este livro foi composto na tipografia Latienne Pro,
em corpo 10,5/15, e impresso em papel off-white
no Sistema Cameron da Divisão Gráfica
da Distribuidora Record.